安田靫彦《ゆきひこ》「草薙《くさなぎ》の剣《つるぎ》」

ヤマトタケルは誘い込まれた野で火をつけられるが，草薙剣で草を切り払い，向かい火をつけて難を逃れた．右に描かれているのはオトタチバナヒメ．

諸手船神事《もろたぶね》

国譲り神話に起源をもつと伝えられる祭祀で，毎年 12 月 3 日に，美保神社（島根県松江市美保関町）の氏子たちによって，2 艘の船漕ぎ競争が行われる．

酔笑人《えようど》神事

盗まれた草薙剣が無事にもどったのを喜ぶ神官たち．毎年５月４日の夜に，熱田神宮（名古屋市熱田区）で行われる．

伝スサノヲ・クシナダヒメ画像

八重垣神社（島根県松江市佐草町）の板壁に描かれているが，絵の具の剝落がはげしい．制作年代などは未詳．

歴史と古典

古事記を読む

三浦佑之［編］

吉川弘文館

目次

Ⅲ　古事記以降

図版目次

古事記とその時代

三浦佑之

1　古事記の成立―「序」を通して―

「序」と「上表文」

神々の誕生から七世紀初頭のトヨミケカシキヤヒメ（後の呼称では推古天皇）に至る神話と歴史を伝える古事記という書物はいかなる性格をもち、どのような経緯によって成立したか。わかったつもりになっていることと事実との間にはずいぶん大きな溝があるのではないかという疑いを抱いて久しい。そうだと思い込んでいることが、じつはまったくのでたらめだったというようなことはしばしば起こりうる。そのようなことを考えながら古事記についての概説を述べてゆくことになるので、いささか歯切れの悪い論述になってしまうかもしれないということをはじめにお断りしておく。

三巻から成る古事記の冒頭（上巻の最初）には「序」があり、そこには古事記という書物の成立の経緯がくわしく述べられている。しかし、この「序」には問題があって、「序」と記されてはいるが

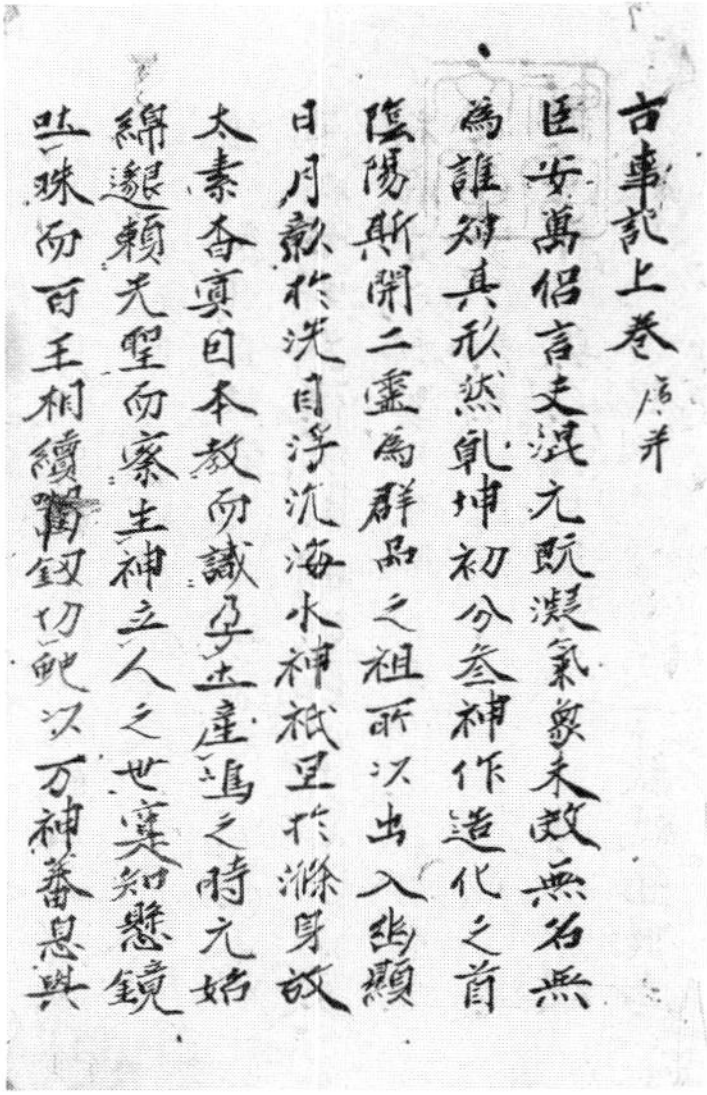
古事記上巻 并序
臣安萬侶言夫混元既凝氣象未效無名無
為誰知其形然乾坤初分參神作造化之首
陰陽斯開二靈為群品之祖所以出入幽顯
日月彰於洗目浮沈海水神祇呈於滌身故
太素杳冥因本教而識孕土產嶋之時元始
綿邈頼先聖而察生神立人之世寔知懸鏡
吐珠而百王相續喫劔切蛇以万神蕃息與

1　古事記序（神宮文庫本）

体裁は「上表文」であり、元から付いていたかどうかは疑わしい。しかも、現存する最古の写本は十四世紀後半に書写されたものなので、元の姿を確かめる術がない。それもあって、研究者の多くは「序」に書かれた内容に基づいて成立を論じてしまうのである。

その「序」だが、冒頭は「臣安万侶《やつこやすまろ》、言《まを》す」で始まり、最後が「臣安万侶、誠《まこと》に惶《おそ》り誠に恐《かしこ》み、頓首頓首《ぬかづきまをす》」で締めくくられている。こうした体裁をもつ文章は「上表文」であって「序」とは呼ばない。注記すると、「序」というのは、読者に対して、成立事情や内容を伝えるために書物のはじめに添えられる文章、「上表文」というのは、そのいきさつを交えて書物の完成を命令者である君主に奏上する文章をいう。両者はその目的がまったく違うもので、「上表文」は完成した書物に別に添えられることはあっても、本文の中に組み込まれるようなことはない。そういう意味で、「序」を冒頭に置いた現存古事記の体裁は、もともと本文とは別に存在した「上表文」が、「序」と名付けられて本文の中に組み込まれた段階のものだと考えなければならないのである。

このような「序」が冒頭に置かれているということが、古事記の成立をわかりにくくしている元凶である。しかも、その元凶を材料にしてしか古事記の成立を論じることができないという大きな矛盾をわたしたちは抱えている。なんとも歯がゆいことだが、それが古事記という書物なのであり、その成立を考えようとする時には、「序」に立ち入る以外に方法はないのである。ここでもまず、古事記「序」に記された古事記成立の経緯を確認することから始めたい。

阿礼の誦習

古事記冒頭に置かれた「序」によれば、古事記という書物が出現する契機として、七世紀後半の「飛鳥の清原《きよみはら》の大宮に大八洲御《おほやしまくにしらしめ》しし天皇」（後の呼称だが、以下、天武天皇と表記する）による歴史への目覚めが出発点であったと記している。

是《ここ》に、天皇詔《の》りたまひしく、「朕《われ》聞く、諸家《もろいへ》の賷《も》てる帝紀《ていき》と本辞《ほむじ》と、既《すで》に正実《まこと》に違ひ、多く虚偽《いつはり》を加へたり。今の時に当《あた》りて、其の失《あやま》りを改めずは、幾年《いくとせ》も経ずして其の旨《むね》滅《ほろ》びなむとす。斯《こ》れ乃《すなは》ち、邦家《みかど》の経緯《たてぬき》、王化《おもぶけ》の鴻基《おほきもとゐ》なり。故《かれ》、惟《おも》ひみれば、帝紀を撰《えら》び録《しる》し、旧辞《きうじ》を討《たづ》ね覈《きは》めて、偽《いつは》りを削《けづ》り実《まこと》を定めて、後葉《のちのよ》に流《つた》へむと欲《おも》ふ」と。

時に舎人《とねり》有り。姓《うぢ》は稗田《ひえだ》、名は阿礼《あれ》、年は二十八。為人《ひととなり》聡《と》く明《さと》くして、目に度《わた》れば口に誦《よ》み、耳に払《ふ》るれば心に勒《しる》す。即《すなは》ち、阿礼に勅語《みことのり》して帝皇《ていわう》の日継《ひつぎ》と先代《せんだい》の旧辞《きうじ》とを誦《よ》み習《なら》はしめたまひき。然《しか》れども、運《とき》移り世《よ》異《かは》りて、未《いま》だ其《そ》の事を行ひたまはざりき。

2　太安万侶

3　稗田阿礼

太安万侶の撰録

壬申《じんしん》の乱を制圧して即位した天武天皇は、乱れた歴史の伝えをみずからの手で正そうとして、稗田阿礼に「誦み習は」せたというのである。その前の王統を簒奪するようなかたちで、兄の子（大友皇子）を倒して皇位に就いた天武にとって、唯一の正しい歴史を作ることは、法（律令）の整備とともに緊急の課題であったはずだ。なぜなら、天武が正統な後継者であることを保証する神話（歴史）は、力としての法（律令）とともに、国家を支える両輪であったからである。

一九九九年に最古の貨幣「富本銭《ふほんせん》」が発掘されて有名になった奈良県の飛鳥池《あすかいけ》遺跡からは、「天皇」という文字が書かれた最古の木簡も出土しているが、それらがともに天武朝（六七二〜六八六）の遺跡から出たというのは重要なことである。また、「日本」という国名が用いられるようになったのもこの時代のことと考えられており、天武朝とは、まさに国家の確立期というにふさわしい時代であり、それを象徴するものとして歴史書が編纂されるというのは、まことに理の当然であった。

ところが、天武天皇によって企図されたという正しい歴史の確立は、阿礼によって「誦習」はされたものの、書物としては完成することがないままに、中断してしまったのだという。それが、次のような経緯を経て完成し、古事記と呼ばれる歴史書へと昇華したと、「序」には書かれている。

> 焉《ここ》に、旧辞の誤り忤《たが》へるを惜《を》しみ、先紀《せんき》の謬《あやま》り錯《まじは》れるを正さむとして、和銅四年《わどうのよとせ》九月十《ながつきのとをか》八日《あまりやうか》に、臣安万侶《やつこやすまろ》に詔《みことのり》して、稗田阿礼《ひえだのあれ》が誦《よ》める勅語《ちよくご》の旧辞を撰《えら》び録《しる》して献上《たてまつ》らしむといへれば、謹《つつし》みて詔旨《みことのり》の随《まにま》に、子細《こまやか》に採《と》り摭《ひり》ひぬ。

天武の事業が止むなく中断したままになっていたのを惜しんだ女帝「皇帝陛下（元明《げんめい》天皇のこと。天武の子草壁皇太子の妃・阿閇《あへ》皇女）」が、太朝臣安万侶《おおのあそみやすまろ》に命じて成ったのが古事記だというのである。和銅四年（七一一）九月に元明天皇の命を受けた太安万侶は、稗田阿礼の「誦習」をもとにして、翌五年正月に古事記を奏上したと序文には記されている。

上・中・下の三巻から成る古事記の、上巻には天地の始発からカムヤマトイハレビコ（初代天皇となる神武《じんむ》のこと）の誕生までの神話が収められ、中巻にはそのイハレビコからホムダワケ（応神《おうじん》天皇、第十五代）、下巻にはオホサザキ（仁徳《にんとく》天皇、第十六代）からトヨミケカシキヤヒメ（推古《すいこ》天皇、第三十三代）に至る各天皇の事績が叙述されている。それら天皇ごとの記事は、妃や皇子女などの名前を列記した系譜部分（「帝紀《ていき》」に相当するか）と、それぞれの天皇代ごとにまとめられた伝承部分（「旧辞」に相当するか）とによって構成されている。しかし、二〜九代の天皇や末尾九代の天皇などのように系譜だけが記載されている場合も多く、その事績が物語として語られる天皇は選ばれた存在だったと言ってよい。

２ 天武朝の事業—古事記と日本書紀—

日本書紀の編纂

養老四年（七二〇）五月に、国家の正史として位置づけられる日本書紀が完成し奏上される。

是《これ》より先《さき》、一品舎人親王《いっぽんとねりのみこ》、勅《みことのり》を奉《う》けたまはりて日本紀《にほんき》を修《あ》む。是《ここ》に至りて功《くう》成りて奏上《さしあ》ぐ。紀《き》三十巻系図《けいづ》一巻なり。（『続日本紀』養老四年五月二十一日）

神話にしても歴代天皇の事績にしても、和銅五年に成立したという古事記と、その八年後に奏上された日本書紀とは、重なる部分がきわめて大きい。しかも、そのどちらもが、天武天皇の歴史書編纂への意志を契機として成立したと伝えているのだが、このことは古代の歴史書の編纂を考える場合にきわめて重大な意味をもっているのではないか。

その日本書紀と天武朝とのかかわりについて言えば、日本書紀編纂は、次の記事にみられる天武の命令によって開始されたと考えてよい。

天皇、大極殿に御《おは》しまして、川嶋皇子《かはしまのみこ》・忍壁皇子《おさかべ》・広瀬王《ひろせのおほきみ》・竹田王・桑田王・三野王《みの》・大錦下《だいきむげ》上毛野君《かみつけののきみ》三千《みちぢ》・小錦中忌部連首《せうきむちういむべのむらじおびと》・小錦下阿曇連稲敷《あづみのむらじいなしき》・難波連大形《なにはのむらじおほかた》・大山上《だいせんじやう》中臣連大嶋・大山下平群臣子首《へぐりのおみこびと》に詔《みことのり》して、帝紀《ていき》及び上古《じやうこ》の諸事《しよじ》を記し定めしめたまふ。大嶋・子首、親《みづか》ら筆を執《と》りて以ちて録《しる》す。（日本書紀天武十年〈六八一〉三月十七日）

もちろん一本道ではなかっただろう。天武十年から四十年も経過したのちに日本書紀が成立したということだけみても、さまざまな紆余曲折があったことは想像できる。しかも、ここには「帝紀」「上古諸事」という名称が出てくるだけで、日本書紀などという書名はどこにも見当たらない。ただ、言えることは、歴史書編纂の流れを踏まえれば、天武十年三月の命令が唐突に発せられたものではないのは明らかである。

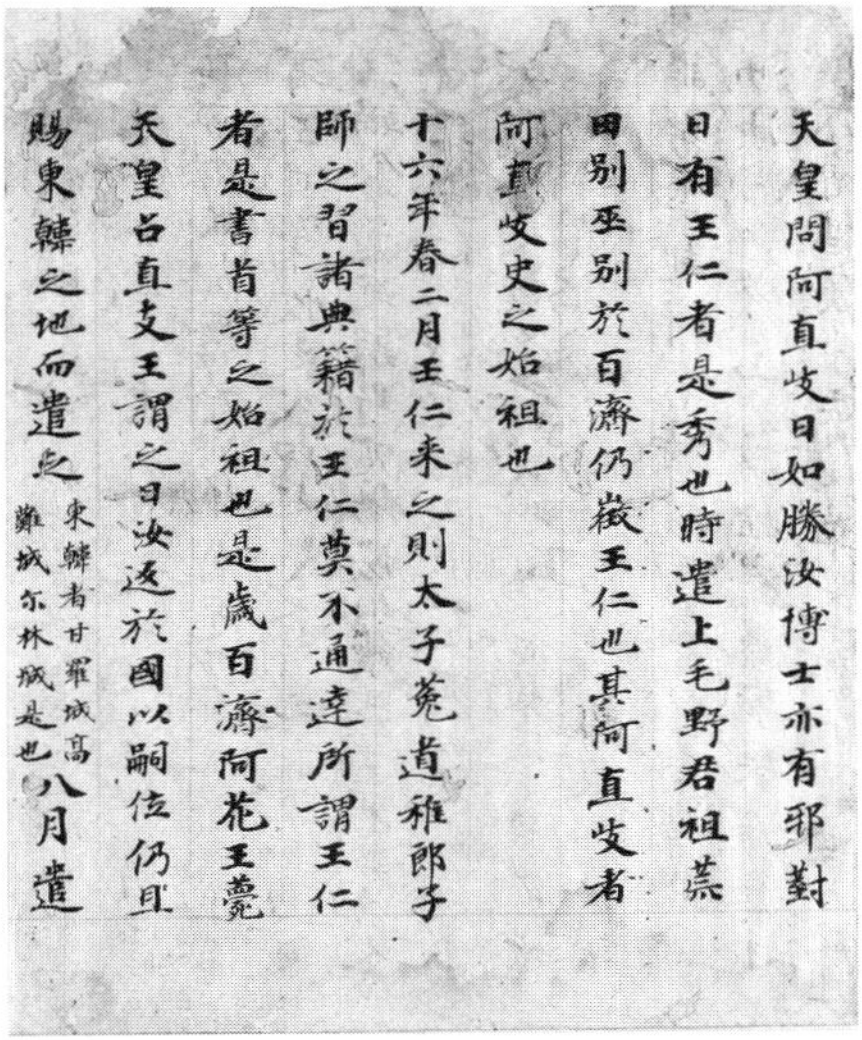
天皇問阿直岐曰如勝汝博士亦有耶對
曰有王仁者是秀也時遣上毛野君祖荒
田別巫別於百濟仍徵王仁也其阿直岐者
阿直岐史之始祖也
十六年春二月王仁來之則太子菟道稚郎子
師之習諸典籍於王仁莫不通達所謂王仁
者是書首等之始祖也是歳百濟阿花王薨
天皇召直支王謂之曰汝返於國以嗣位仍且
賜東韓之地而遣之 東韓者甘羅城高難城尓林城是也 八月遣

4 日本書紀（田中本）

この命令が出る一月前の二月二十五日には、律令の編纂命令が天武によって発せられている。そこからもわかるように、律令国家にとって、法と歴史とは車の両輪のように存在し、それが国家を支えると考えられていた。なぜなら、決まりを作り、それを守らせることによって人びとを掌握する、それは、国家にとって欠かすことのできない統治の基盤であった。当然、それは強制力をもつ法の力によって運用されるのだが、自分たちが国家に帰属し守られているという幻想を抱くことができなければ、国家は永続しない。そのために必要なものが、歴史であった。

歴史というのは、神話とか故事来歴という言葉で置き換えてもいっこうにかまわない。共同体や国家のアイデンティティを保証するのが、神話であり歴史であった。首長的な共同体や王権的なクニ(国)のレベルであれば、それらは口頭で伝えられるが、制度化された律令国家では、神話や歴史は「法」と同様に文字化される必要があった。

しかも、この成書化された法と歴史との併存関係は、七世紀初頭からずっと続いていた。それが歴史的な事実であったか否かは別にして、古代国家の歴史認識としては、「憲法十七条」という法と「天皇記・国記」と呼ばれる歴史書が、ともに推古朝に始まり、その意志は天智朝に受け継がれ、天武朝で事業は本格化し、最終的に養老二年(七一八)に「律令」が、養老四年に日本書紀が完成する。この流れは、歴史的に見てきわめて自然なものであるということができるのである。そして、その自然な流れの中に、天武天皇によって企てられたと「序」に記されている古事記を置いてみたとき、どうにも説明のできない違和感が浮かび上がってしまうのである。

古事記と日本書紀との関係

古事記「序」によれば、国家の根幹が危機に瀕していた。そのために、壬申の乱という、自らがしかけたクーデターに勝利した天武は、歴史を「定実（実を定む）」することによって混乱した秩序の回復を図ろうとしたと、「序」は伝えている。

養老四年に奏上された日本書紀と、和銅五年に撰録されたという古事記が、元を同じくする二つの書物だということは、大元をたどればその通りであろう（たとえば梅沢伊勢三・一九八八）。しかし、その始発を、天武十年の詔と古事記「序」にある天武の発意とに置くとすれば、同じ天皇の意志に発していながら、両者はずいぶん性格の違うものではないかという疑問が生じる。

現存する古事記と日本書紀は、どちらも「帝紀＝帝皇日継」と「上古諸事＝本辞・旧辞・先代旧辞」とによって編まれ、その内容は、天皇家の起源を保証する神話と、今につながる縦の時間軸の中に組み込まれた天皇の事績とによって構成された歴史書であるというような通説的な認識には、じつは大きな陥穽があるのではないか。そもそも、ほぼ同じ時に、なぜ接近した二つの歴史書が編まれたのか。

その内容をみると、日本書紀は各天皇の事績を編年体によって、古事記は古い伝承群を積み重ねた「累積」的な方法によって天皇とその周辺の人々の事績が叙述されている（「累積」については、三浦・一九九八参照）。同じ出来事を記述しながら、出来事に対する認識や叙述のしかたは、まったく異質なものになっているのである。そうでありながら、古事記も日本書紀も、編纂の始発を天武天皇の意志（詔）として位置づけている。この奇妙な事実にこだわる研究者が、文学の側にも歴史学の側にもほとんどいないというのは、どう考えてみても不自然なことである。

おそらく、研究者の多くは、古事記「序」に記された事業は、天武十年三月の日本書紀の記事と同じだと考えているらしい。しかしその考え方は、まったく成り立たないと断言してよい。なぜなら、日本書紀に記す歴史書の編纂は、「律令」の撰定と呼応するかたちで企図された律令国家の事業であるのに対して、古事記「序」に記された行為は、そうした律令国家の事業とは逆行していると言わねばならないからである。つまり、古事記の内容は、律令国家が求めた正史とはまったく異質なものだった。

天武のしたこと

律令国家の建設を推し進める天皇が、まったく異質な二つの歴史書を作ろうと考えることなどありえないのではないか。それは、諸家の伝える帝紀や旧辞を、「もう二つ」作ることになってしまい、唯一の歴史を持とうとする天武の意志と矛盾してしまう。どう考えても、古事記「序」と日本書紀とに記された二つの歴史書編纂事業が、同時に行われたと考えるのは無理である。

とすれば、わたしたちは、日本書紀の記事と古事記「序」の記事と、どちらか一方が嘘をついていると考えるしかないのである。もし、同じ人間が、この二つの事業を同時進行で行わせたのだとしたら、命令者である天武という人物は分裂症だったということになる。あるいは天武は、きわめて猜疑心の強い、だれも他人を信じない帝王だったということにでもするしかない。

さて、どちらが正しいのか、日本書紀か古事記「序」か。そう尋ねられたなら、わたしは、七世紀後半の古代律令国家の歴史書編纂事業から考えて、日本書紀天武十年三月条の記事が正統的な事業を伝えていると躊躇なく断言する。なぜなら、古事記「序」は、律令国家の歴史になる根拠を、何も持っていないからである。古代律令国家が求めた歴史書は、法＝律令と支え合うところの「日本書」であった。そのうちの「紀（帝紀）」に相当するのが日本書紀であった。そして結局、「志（誌）」と「伝」に相当する部分は未完のままに終わってしまったが、律令国家の求めた歴史書は、中国史書にならった正史であったというのは明らかである。

そして、天武十年三月条に記された歴史書の編纂命令が律令国家の意志として説得力をもつのは、その前月の二月に、同じく天武天皇が、律令撰定の命令を出しているところに求められる。法（律令）と歴史書とはつねにパラレルなかたちで編纂され、その二つが車の両輪となって、古代律令国家の制度を支えていたからである。

3 古事記における歴史と文学

古事記の古層性

旧著『古事記のひみつ』などによって論証してきたことを整理して述べれば、古事記本文は、「序」に書かれている和銅五年より数十年さかのぼった時代に書かれたものであり、本文ができて百数十年後の九世紀初頭に、「上表文」の体裁をもつ文章が「序」として付け加えられた。古事記の成立を、わたしはそのように考えている。ところがそうなると、古事記は自らの出自を証明する身分証明書を棄ててしまうことになるわけで、そうなった時、古事記本文の古さはどのように証明できるのか、それが大きな問題として立ち顕われてくる。

確かな証明書としては、上代特殊仮名遣いにおける「も」の仮名の甲・乙二類の書き分けがあり、これは、本文の古さを証明する重要な証拠になるはずである。また、古事記に描かれている神話や伝承の表現や内容は、日本書紀のそれに比べて明らかに古いものであり、律令的な性格からも隔たっている。それらはいずれも絶対年代を特定する根拠にはならないが、律令国家において企図された歴史書編纂の流れを「日本書」の構想の中で見通した時、天武朝以降のいずれの時点にも、古事記のような表現や内容をもった歴史書が入り込む余地はないと、わたしは考えている。端的に言い放てば、古事記は、律令国家の正史として編纂された歴史書とは考えられないのである。

あるいは、フォーマルな朝廷の場から古事記を切り離し、後宮の文学とでもみなすことができれば(三谷栄一・一九八〇)、律令国家とのかかわりを説明することはできるかもしれない。後宮という場は、表向きの政治や権力とは離れて、神話や伝承を語り伝える場として、律令国家の中に位置づけられる空間だからである。そして、そのようにでも考えない限り、律令制度を基盤に国家の体制を整備しつつあった時期に、律令国家の手で古事記が編纂される理由を見出すことはできないということである。しかし、国家という狭い空間に古事記を閉じ込めておく必要はないのではないか。わたしはそう考える。

たとえば、川田順造がさまざまに論じた西アフリカのモシ族における王権内部の語り部と、王権の外を巡り歩く語り部との関係は（川田・一九八六、一九八八など）、王権の歴史や王の系譜の伝承を、国家の中に限定しなくても想定することができるのではないかというヒントを与えてくれる。王を称える語り部は、王権の内部で王を支えるとともに、一方では、王権の外にいて王の神話やその他の出来事を民衆に語り伝える存在でもあるということを、川田の調査報告は教えてくれる。つまり、純粋な漢文を自在にあやつるネイティブも混じって撰録された公式な歴史書である日本書紀に対応するかたちで、王権の外側に古事記が存在したというような想定をしてみることも可能なのではないか。それは、古事記の元になった語りが、王権の外側にあったのではないかという想定と呼応している。

あるいは、このあり方は、時代は下るが、『平家物語』を語りながら国家の埒外を経めぐる琵琶法師たちの存在を想起させる。『平家物語』がもともとどのようにして成立したか、琵琶法師が語り出す以前に、書かれた書物が存在したということも踏まえて言うのだが、そのような書物がすでに以前に存在したとしても、平氏一門の亡滅を語り伝えなければならない人びとが、国家（正統な権力）の外側に存在したということは重要であり、そのような存在を抱え込むことによって、総体としての歴史は語ることができたということではなかったのか。

内容的にみると、推古朝で記事が終わる古事記は、推古二十八年（六二〇）に編纂されたと日本書紀に記されている「天皇記・国記」に連なろうとしたと考えるのがわかりやすい。それは、古事記が実際に推古二十八年に作られたというのではないが、認識としてはそのように考えられていたということである。そして、こうした認識は、たとえば、古事記は推古朝で終わるところのあるもの、つまり過去に向いているとみなす西郷信綱の主張とも重なる（西郷・一九六七）。そして、そのように「過去」に向かわねばならなかったというところに、古事記が語ろうとした世界がいかなるものであったかを象徴しているのではないか。それは、端的に言えば、滅び去った者たちへの眼差しだったというのがわたしの認識である。

マヨワという主人公

論述の方向を変えていえば、「過去」に向いているという古事記の性格は、始源の歴史書である「天皇記・国記」そのものになろうとする性格であって、けっして、未来に向かう国家を支える律令的な性格を志向してはいない。律令国家の歴史認識としては「日本書」がもくろまれ、結果的にはその延長線上に日本書紀が撰録された。当然のことだが、日本書紀は律令国家の意志を体現している。日本書紀が「日本」を連呼するのはそのためであり、古事記がただの一度も「日本」という呼称を用いず「倭」を用いているのは、当り前のことだが、「日本」が出現する前に書記化されたからである。

そのために、古事記は律令的な世界とは隔たって存在する。たとえば、古事記と日本書紀とにおけるヤマトタケル（倭建命と日本武尊）の描きかたの違いを考えれば、両方の歴史書がまったく正反対の方向を向いているということがよくわかるはずである。そうしたありかたは、古事記が文学的な性格をもつという指摘と呼応している。そして、そのような性格は古事記のあちこちに見出されるのだが、ひとつだけ具体的な例を引きながら、古事記の文学的、反律令的な性格についてふれておきたい。それは、下巻の後半で語られる七歳の御子マヨワ（目弱王）の物語である。

父オホクサカをアナホ（安康天皇）に殺され、母ナガタノオホイラツメもアナホに奪われたマヨワは、母とともにアナホの宮殿で暮らしている。そして、ふとしたことから、今は母の夫であるアナホが父殺しの犯人であることを知ったマヨワは、母の膝を枕に寝ているアナホ天皇を殺し、葛城氏の頭領ツブラノオホミの屋敷に逃げ込む。それを知ったアナホの同母弟オホハツセワカタケル（のちの雄略天皇）は、頼りにならない同母の兄たちを殺し、軍隊を率いてツブラノオホミの屋敷を囲む。その場面を古事記は次のように語っている。

また、軍《いくさ》を興《おこ》して都夫良意美《つぶらおみ》の家を囲《かく》みたまひき。ここに軍を興して待ち戦ひて、射出《いい》づる矢、葦の如《ごと》く来《きた》り散りき。是《ここ》に大長谷王《おほはつせのみこ》、矛《ほこ》を杖《つゑ》に為《し》て、その内を臨《のぞ》みて詔《の》りたまひしく、「我《わ》が相《あひ》言へる嬢子《をとめ》は、若《も》し此《こ》の家に有りや」と。

ここに都夫良意美、此の詔命《おほみこと》を聞きて、自ら参出《まゐで》て、佩《は》ける兵《つはもの》を解《と》きて、八度拝《やたびをろが》みて白《まを》ししく、「先《さき》の日問《ひ》ひ賜《た》ひし女子《むすめ》、訶良比売《からひめ》は侍《さもら》はむ。また五《い》つ処《ところ》の屯宅《みやけ》を副《そ》へて献《たてまつ》らむ〈謂《い》はゆる五村《いつむら》の屯宅は、今の葛城《かづらき》の五村の苑人《そのびと》なり〉。然《しか》るにその正身《ただみ》、参向《まゐむ》かはざる所以《ゆゑ》は、往古《いにしへ》より今時《いま》に至るまで、臣連《おみむらじ》の、王《みこ》の宮に隠《かく》りしことは聞けど、未《いま》だ王子《みこ》の、臣《おみ》の家に隠りまししを聞かず。是《ここ》を以《も》ちて思ふに、賤《いや》しき奴《やつこ》、意富美《おほみ》は、力を竭《つく》して戦ふとも、更《さら》に勝つべきこと無けむ。然れども己《おの》れを恃《たの》みて、陋《いや》しき家に入り坐《ま》せる王子は、死にても棄《う》てじ」と。

かく白《まを》して、またその兵《つはもの》を取りて、還《かへ》り入りて戦ひき。ここに力窮《きは》まり矢《や》尽《つ》きぬれば、その王子に白しけらく、「僕《あ》は手悉《てことごと》に傷《お》ひぬ。矢もまた尽きぬ。今は得戦《えたたか》はじ。如何《いかに》か」と。

その王子答へて詔《の》りたまひしく、「然らば更に為《せ》むすべ無し。今は吾《あれ》を殺《し》せよ」と。故《かれ》、刀《たち》を以《も》ちて其の王子を刺《さ》し殺《ころ》して、すなはち己《おの》が頸《くび》を切りて死《し》にき。

滅びゆく御子と臣下

この場面の主人公は、御子マヨワというよりは、いさぎよい最期を遂げる大臣ツブラノオホミ（ツブラオミとも）とみたほうがよいかもしれない。こうした「忠臣（忠誠を尽くす臣下）」像の成立には、おそらく儒教的な思想が影をおとしているであろうし、事実、古事記下巻には儒教思想の影響を受けた伝承がいくつもある。

ツブラノオホミという人物とその行動を、忠臣とか忠義とかいうふうに説明すると、主従関係を前提とした古臭い観念で、戦前の忠君愛国などという死語を思い出させてしまう危険性がないとはいえない。しかし、国家や主君のためではなく、人としての生きかたのひとつの理想を描いているようにみえる部分が、ツブラノオホミの造型には見出され、それが古事記の中でもことさらに魅力的な人物として浮かび上がってくる理由ではないか。国家のために、主君のために功績をたてるというのが、一般的な忠臣像であるのに対して、国家の力に抗うというかたちで、ツブラノオホミの信義は貫かれている。そこに、儒教的な忠臣像を超える魅力があると、わたしには読める。

自分を頼ってきたマヨワは七歳の少年で、その父オホクサカは王族の一人でしかない。マヨワは先代の大君の子でもなく、ツブラノオホミと血縁的なつながりもないのだから、葛城氏の頭領がことさらに護る必要などなかったはずだ。そこから考えると、ツブラノオホミには打算がはたらいていない。

自分を頼ってきたから最後まで護る、事実はどうであったにせよ、物語としてそのように造型されているところに、古事記に語られるツブラノオホミのいさぎよさがあるといえるだろう。打算がはたらいていないというより、ツブラノオホミは負けることがわかっていながら、マヨワを護ろうと決断したのだ。

それが聴き手を感動させる。というのは、この直前に語られる物語によく似た伝えがあり、兄妹相姦のタブーを犯したために弟アナホに攻められるのを恐れた皇太子キナシノカルが、大臣オホマヘヲマヘノスクネの家に逃げこんだと語られている。ところが、ツブラノオホミとは逆に、オホマヘヲマヘノスクネは、自分を頼ってきたキナシノカルを捕らえ、家を囲んだ大君アナホに皇太子を差し出してしまう。スクネは、権力の側に寝返ったのだ。

同じ大臣でありながら、オホマヘヲマヘノスクネとツブラノオホミと、並べられた二人の対応はまったく正反対に語られている。一方は朝廷のために自らを頼ってきた皇太子を捕らえ、一方は負けるとわかっていながら、天皇を殺害して逃げてきた御子を護って戦おうとする。どちらが聴き手に感動を与えることができるか、結果は明らかだ。

反律令的な、反国家的な

律令国家の側から考えれば、当然、オホマヘヲマヘノスクネのような大臣こそが理想的な臣下像である。それに対して、天皇あるいは天皇を継ぐべきオホハツセワカタケルに背いて、前天皇を殺したマヨワに味方するという時点で、ツブラノオホミは反王権的、反国家的な存在である。そして、そう

5　極楽寺ヒビキ遺跡

した人物をうつくしく感動的に語ろうとする。そこに、古事記という作品の本質が窺えると、わたしは考えている。

同じ事件を描く日本書紀の場合、オホハツセワカタケルは、円大臣《つぶらのおおおみ》の屋敷を囲むと、あっさりと火をつけて焼き殺したと記されている。反逆者を格好よく死なせようなどという意識は日本書紀にはないのである。ちなみに、二〇〇五年二月、古墳時代中期（五世紀頃）の、葛城氏にかかわると考えられる屋敷跡が奈良県御所《ごせ》市極楽寺の「極楽寺ヒビキ」遺跡から発掘され、出土した柱は焼け焦げていた。そして、その後の調査研究によって、この建物は、住居というより「この地域を統括する公的性格を有した施設」とみられている（奈良県立橿原考古学研究所附属博物館・二〇〇六）。その建物が焼けていたという事実は、葛城氏の滅亡と重ねて考えるとたいそう興味深い。おそらく、日本書紀に描かれているように、葛城氏は、オホハツセの軍隊に建物を囲まれ、焼き殺されたというのが真実だったのである。

マヨワとツブラノオホミの伝承に限らず、古事記の中には反律令的・反国家的な性格をもつと思われるものが散見される。たとえば、サホビコ・サホビメやヤマトタケルの伝承(中巻)、メドリとハヤブサワケやオケ・ヲケの伝承(下巻)を読んでみるといい。そこには、個々の登場人物と王権(国家)との対立や軋轢が描かれており、その構造は日本書紀とも同じでありながら、古事記がその関係性をどのように認識しているかという点で、律令的、国家的な性格に背を向けているということがよくわかるはずである。そしてそれは、古事記が律令国家の内部に組み込まれた歴史書ではないという証拠の一つになるだろう。

これらの伝承は、古事記「序」の説明とは違って、八世紀初頭に記述されたものではないと考えたほうがよい。古事記「序」は、古事記の伝承の真実を伝えてはいないと考えるべきなのである。古事記は、「序」にあるような、天皇によって管理された歴史書であるという説明とは齟齬をきたしてしまう内容の伝承であふれている。そして、上代特殊仮名遣いの「も」の書き分けなどを参照すれば、古事記は、すでに七世紀後半までに成立していたと考えなければならないのである。

4 出雲神話と歴史

出雲の神々と古事記

順序が逆になってしまうが、全三巻のうちの上巻に置かれた神話部分についてふれながら、古事記がどのような性格を持っているかという点について述べてみたい。まずはじめに、上巻の構成だが、拙著『口語訳　古事記』では、全体を以下の六つの章段に区分した。

其の一　イザナキとイザナミ―兄妹の国土創成
其の二　アマテラスとスサノヲ―高天の原の姉と弟
其の三　スサノヲとオホナムヂ―文化英雄の登場
其の四　ヤチホコと女たち―求婚と嫉妬の物語
其の五　国譲りするオホクニヌシ―天つ神と国つ神
其の六　地上に降りた天つ神―天孫の日向三代

まずは、右の章段に従って、その展開を簡略に示してみよう。

イザナキ・イザナミの二神が誕生し、大地や神々を生むが、その最後に火の神を産んだイザナミが焼け死んで黄泉《よみ》の国へ行き、連れ戻そうとして出掛けたイザナキが果たせずに逃げ帰ってアマテラス・ツクヨミ・スサノヲの三貴子を生む（其の一）。イザナキは、アマテラスには高天《たかま》の原、ツクヨミには夜が支配する国、スサノヲには海原の統治を命じるが、妣《はは》の国（妣は亡母の意）に行きたいスサノヲは命令に背いて追放される。その後、アマテラスのいる高天の原に昇るが、邪心があると疑われて対立し、ウケヒやアマテラスの岩戸籠もりののちにスサノヲは再び追放されて出雲の国に降りる（其の二）。出雲でヤマタノヲロチを退治したスサノヲはクシナダヒメと結婚し、その子孫であるオホナムヂがさまざまな試練ののちに地上の王者となって繁栄する（其の三、其の四）。高天の原のアマテラスは、葦原の中つ国を自分たちの子孫に統治させようとして神を派遣し、二度の失敗ののちに、タケミカヅチがオオクニヌシ（オホナムヂのこと）とその子らを屈伏させてに国譲りに成功する（其の五）。アマテラスの孫ホノニニギが地上に降臨して、子のホヲリ（山幸彦）、その子のウガヤフキアヘズと子孫を継いで地上の支配者となった（其の六）。

この古事記に語られた神話に対して、日本書紀の神話部分（全三十巻のうちの巻一、二の二巻）では、本文（正伝）のほかに多くの一書（異伝）を持っているのだが、正しい伝えと認識されている正伝だけを繋いでみると、その内容はきわめて単純な構造になっている。ごく簡略に整理すると、国や神を生み成したイザナキとイザナミとが結婚してアマテラスを生み、そのアマテラスが高天の原を支配し、孫のニニギが地上に降りて子孫を継いで天皇となる、という展開になっている。それだけを語れば、日本書紀の編纂目的であるところの天皇家の歴史は語れるということである。

その大枠は古事記も同じなのだが、古事記と日本書紀とにおける神話叙述の違いは、右に掲げた其の三、其の四の部分のほとんどが日本書紀には存在しないということである。正伝はもちろん、数多く列挙された一書においても、ほとんど取り上げられることはない（詳細は、三浦・二〇〇三参照）。そして、それらは一般に「出雲神話」と呼ばれる部分である。

なぜ出雲神話を語るのか

古事記上巻で語られる神話部分のおよそ四分の一を占める出雲神話は、稲羽のシロウサギ、オホナムヂの冒険譚と国土統一、ヤチホコ（オホナムヂの別名）の神語りなどよく知られた神話と、スサノヲ・オホクニヌシ・オホトシを筆頭にした出雲の神々の長大な神統譜とによって構成されている。神統譜でいえば、スサノヲからトホツヤマサキタラシまで十七代の出雲の神々の系譜と傍系にあたるオホトシの系譜が出雲神話には伝えられており、アマテラスからカムヤマトイハレビコまで、六代の系譜しかもたない天皇家の皇統譜との深みや広がりの差は歴然としている。

なぜ古事記は、出雲の神々の系譜や葦原中国の平定以前の出雲の神々の活躍譚を延々と語る必要があったのか。日本書紀のように、それらの系譜や神話をすべて排除したとしても、天皇家の歴史を叙述することはできたのである。どのように読んでみても、出雲神話と出雲の神々の系譜とを用いて語ろうとしたのは、出雲世界の強大さであり最初の地上の支配者としての出雲の王の物語である。それが古事記になぜ必要だったのかということを考えないかぎり、古事記がどのような性格をもつ歴史書であるかはわからないのではないか。

出雲とはいかなる世界かという点については、今までもさまざまに論じられ、その議論は錯綜してまとまりがつかないといった状況に置かれている。たとえば、神話に描かれた出雲は中央（大和朝廷）による机上の創作だとみなす見解があるが、そのように考えたのでは、ではなぜ、中央の史書編纂者たちが作り上げた正史としての日本書紀に出雲神話と神統譜が存在しないのかという疑問に答えることができない。どうみても、机上のでっち上げで書き上げられるような代物ではない。

神話的な版図の問題として東の伊勢、中央のヤマトに対置された西の暗黒世界としての出雲という世界観の問題として考える西郷信綱『古事記の世界』によって示された見取り図は、今も魅力的な仮説である。その構想については賛意を表したいが、一方で、ヤマトや伊勢の西には多くの国々があるのに、その中からなぜ出雲が選ばれたのかという疑問に対する説明がなされないかぎり仮説のままで終わってしまう。また、出雲の具体像を巫覡《ふげき》による宗教的な力をもつ世界として認識しようとする松前健の諸論（松前・一九七六など）も、その実態が明らかにされたとは言いがたい。

こうした問題を考える時、最近の、出雲における考古学的な発見の意義は大きく、出雲大社の壮大な建築遺跡や大量の銅鉾や銅剣・銅鐸などの発掘、四隅《よすみ》突出型方墳のような日本海沿岸地域に特徴的な古墳の存在などを考慮すれば、出雲にはヤマトの勢力と対立する別の勢力圏が存在したという可能性は高いのではないか。ただし、その実態は、相変わらず不明のままである。

棄てられた出雲

古事記と日本書紀との違いはどこにあるかという点を簡略に整理していえば、古事記の記述は過去に向いており、推古天皇で下巻を閉じるという構成からみると、その成立の真偽は別として、「天皇記・国記」を復元するという歴史認識が濃厚に認められる。そして、そこには、律令的な世界に対立する反国家的、反王権的な世界観が浮き上がってくる。それに対して日本書紀は、律令国家にとってのあるべき「歴史」を叙述するという歴史認識と編纂意識とを明確にもっているとみなければならない（三浦・一九九八など）。

そうした古事記と日本書紀の性格の違いから考えれば、八世紀における律令国家の歴史を体現する日本書紀にとって、古事記的な「出雲」は語る必要のない世界になってしまったのである。つまり、律令国家にとっての出雲は、山陰道に属する一つの国でしかなく、それ以上でもそれ以下でもなかったということである。もちろん、よく知られているように前代の名残りとしての「国造」制という特殊な支配形態は残っているが、それは過去の残滓であり、中央の朝廷に服属した国としての証しでしかないのである。

6　まとまって出土した銅鐸・銅矛
（島根県斐川町　荒神谷遺跡）

7　四隅突出型方墳（島根県安来市仲仙寺9号墳）

一方、七世紀以前の王権を志向する古事記にとって、出雲という世界は強大な対立者として存在した。そして、その出雲を打ち倒すことによって王権が確立したという枠組みが、古事記の語り伝えた神話世界にはどうしても必要だったのである。その神話の中の出雲が、現実の出雲という世界をどこまで反映していたのかはわからないが、まったくの架空世界だったとは言い切れないのではないかとわたしは考えている。

「日本」を連呼し続ける日本書紀の神話が構想する世界観と、「倭」であり続ける古事記の神話が構想する世界観とでは、その歴史認識に大きな隔たりがあるといわねばならない。おそらく、律令国家が成立する前の時代でなければ、出雲世界との対立を中枢に据えた古事記的な神話は構想されることはありえない。そういう点からも、和銅五年に太安万侶が古事記を撰録したという「序」の内容は受け入れがたいことである。

古事記を読む

近代の認識に従えば、古事記は文学ではないし、歴史でもない。しかし、七世紀の日本列島に立脚して言えば、古事記は歴史であり文学であった。そして、哲学であり教訓であった。そこには、あらゆる根拠があり、彼らのアイデンティティを支えていたはずである。

古事記という書物を、文学の側と歴史の側とがいっしょになって読むという作業は、今までにも数多くありそうなのに、じつはほとんど目にしたことのない試みである。歴史研究者が日本書紀や風土記を論じるのは当然だが、古事記は回避されるという傾向にあるためかもしれない。しかし、古事記神話に描かれた出雲を通して歴史を考え、古事記に語られている五世紀の伝承を通して歴史を考えることで、歴史研究も文学研究も新たな何かを見出すことができるのではないか。

本書が、考古学・歴史学・日本語学・文学・思想史などの諸分野から古事記を多面的に論じることの意義は大きい。そして、今回の試みが、将来的にはより多様な分野が共同した学際的な古事記研究を進めてゆくための第一歩になることを期待したい。

コラム

天皇

斎藤英喜

天皇はシャーマン王、祭祀王をその起源にもつという。古事記が語る天皇たちは、その起源のイメージを濃厚に伝える。天皇即位の前に、シャーマンのイニシエーションのごとく、混沌・周辺を象徴する「熊野」を通過し、死と再生を体験する初代・神武天皇。三輪のオホモノヌシを祭祀し、天《あま》つ神・地《くに》つ祇《かみ》の社を定めた崇神《すじん》天皇。または自ら神がかりの祭儀を行なう巫女王・神功《じんぐう》皇后。

さらに天皇たちのなかには、強大な神の威力＝祟りの前に恐怖の体験をするものも少なくない。出雲の大神の「祟り」で息子のホムチワケが聾唖となってしまう垂仁《すいにん》天皇。神の意思を疑ったために祟り殺される仲哀《ちゅうあい》天皇。また日本書紀では、崇神天皇も、神祭りをおろそかにしたために短命であったという異伝も伝える。そうした天皇伝承からは、強烈な神の力と対峙し、それをいかにコントロールできたかが「天皇」のアイデンティティに繋がっていたことを知りえよう。

8 「天皇」と記した木簡

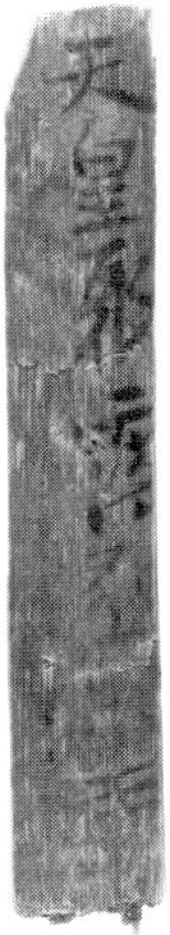

天皇聚〔露カ〕□弘寅□

祭祀王としての天皇の姿は、宮中祭祀に顕現する。祭祀の現場からは、彼らがつねに「神」

なるものと直接に向き合い、その威力を制御する祭祀王としての役割を持ち続けていることが見えてくる。たとえば「御体御卜《おおみまのみうら》」という異様な名称の占い儀礼。天皇の御体に障りがないかを年二回、定期的に卜占する儀礼だ。その卜占を執行した卜部《うらべ》・宮主《みやじ》の秘伝書では、占いの結果、かならず天皇は皇祖神アマテラスの祟りを受けることが「定事」とされてきた。天皇は、自らの始祖神の祟りを受けながら、その災厄を祓うことを伊勢神宮の神官たちに肩代わりさせるのであった（斎藤英喜『アマテラスの深みへ』）。

さらに天皇即位の大嘗祭において、天皇が読む祝詞《のりと》（お告げ文）には「伊勢の五十鈴の河上に御座せる天照皇太神《あまてらすおおみかみ》」以下、八百万《やおよろず》の神々への加護とともに、神々からの災い、さらに天皇に仕掛けられ「呪い」の力の消去を祈念していたのである。それは鎌倉時代の『後鳥羽院宸記《ごとばいんしんき》』に残されていたが、なんとほぼ同じ内容の祝詞が、平成の天皇の即位大嘗祭でも読まれていた。そして晩年の昭和天皇が一番気にかけていたのは、老年のため祭祀に携われなくなったことであったという（『入江相政日記』）。

コラム　近親相姦

岡部隆志

古事記の天皇の系譜において兄妹婚の例は少なくない。例えば「大江の王、庶妹銀王《ままいもしろがねのみこ》を娶《めと》して、生みませる子」（景行記）「（仁徳天皇は）庶妹八田若郎女《やたのわきいらつめ》を娶したまひき」などとある。「庶妹」とは異母妹のことである。異母妹との婚姻は当然近親相姦であるが、禁忌となってはいない。一方允恭記に「木梨之軽太子《きなしのかるのひつぎのみこ》、日《ひ》継《つぎ》知らしめすに定まれるを、未だ位に即きたまはざる間にその伊呂妹《いろもの》軽大郎女《おほいらつめ》に奸《たは》けて歌曰《うた》ひたまひしく」とあり、皇位継承者であった木梨之軽太子が同母妹と通じたことを「奸けて」と記していることから、同母妹との結婚は禁忌であったことがわかる。このように近親相姦をタブーとする意識あるにしても、異母妹においては認めるなどその禁忌は緩やかであったことがわかる。

天皇の系譜において異母妹の兄妹婚が許容されるのは「父系の血をなるべく濃く保とうとする考えのあらわれ」（古橋信孝『神話・物語の文芸史』ぺりかん社、一九九二年）だが、神話的幻想に基づくとも考えられる。起源神話や始祖伝承に兄妹婚姻譚を語るものは日本の本土や沖縄にけっこう多い。また、世界各地の洪水神話、特にアジアの洪水神話には、洪水によって兄妹が生き残り近親相姦の禁忌を意識しながらも結婚し、始祖となっていくという話が共通して見られる。古事記神話にしてもイザナキ・イザナミの結婚は兄妹婚だという指摘がある。

始祖が兄妹の婚姻に始まると語られるのは、共同体の絆をたどっていけばみな共通の血を継承しているという幻想をたぐり寄せるからである。その場合、兄妹との結婚が理想とされた。何故なら、同じ血を継承する関係（家族）の中で、最も他者同士の関係に近く、男女の関係に成りやすいからである。家族という社会制度を作る上では兄妹婚は禁忌だが、心理の上では男女の関係もあり得るという微妙さが、神話では禁忌を外して始祖の関係として描かれたのだと思われる。

なお、万葉集の恋愛歌で、男女がお互いを妹背《いもせ》と呼ぶが、妹背は兄妹の呼び方であって、万葉の歌における恋愛において、兄妹婚という近親相姦の響きを持つ幻想がそこに機能しているからだという指摘がある（西郷信綱『古事記研究』未来社、一九七三年）。

I 歴史と神話・伝承

9 伝アシナヅチ・テナヅチ画像
八重垣神社本殿（松江市）に描かれていた．剝落が激しいが，左にテナヅチの顔，右にアシナヅチの烏帽子が見える．

一　出雲神話と出雲

関　和彦

1　出雲国風土記とスサノヲ命

解けぬ謎

一般に出雲《いずも》神話というと古事記・日本書紀にみえるスサノヲ命のヤマタノヲロチ退治を要とする稲《いな》田《だ》姫《ひめ》との神婚神話、そして越《こし》遠征から始まり、国譲りに終わる大国主神《おおくにぬしのかみ》の神話が想起されるであろう。ただし、世間的には知られていないが、出雲国風土記《ふどき》にも大国主神を筆頭として多くの神々が織りなす神話が採録されており、それも出雲神話の名を冠することができる。

出雲国風土記は七一三年の風土記編纂の官命に基づき出雲国　造《くにのみやつこ》が地域首長の郡司を総動員して編纂したものであり、二十年後の七三三年に完成した。そこに見える神話は出雲各地の地名を核にして語られており、極めて地域性が濃厚である。

古事記は天武天皇の命により編纂が始まり、七一二年に完成し、日本書紀は天武天皇の皇子である舎人親王らの手によって七二〇年に編纂されたものである。その両書は王権の中枢において編纂されたものであり、出雲国風土記とは中央・地方、また編纂主体の政治的地位という観点から見ても決定的に対称的である。この点に関して近年、瀧音能之は、今まで「出雲神話」と一括されていた研究状況に留意し、出雲国風土記の神話を「出雲神話」、記紀にみられる出雲神話を「出雲系神話」と呼称し、両神話の相違を明確にして論議すべきとの提言を行っている（瀧音・二〇〇一）。

確かに出雲国風土記と記紀の出雲神話の大半は重なることがないようにみえ、スサノヲ命のヤマタノヲロチ退治神話が出雲国風土記に姿を見せていないこともあり、その提言は的を射ているであろう。しかし、それは「大半は重なることがないようにみえ」、「姿を見せていない」との認識の上で成り立つ提言であることに気が付く必要があろう。ここでは記紀の「出雲系神話」がいかに「出雲神話」的であるかを主に古事記のスサノヲ命神話を素材に考察し、出雲国風土記、そして記紀神話を包む元・神話体系を読み解いてみたい。スサノヲ命のヤマタノヲロチ退治神話は確かに地域で誕生した出雲国風土記には見えない。ではそれは中央において創作された神話なのであろうか。

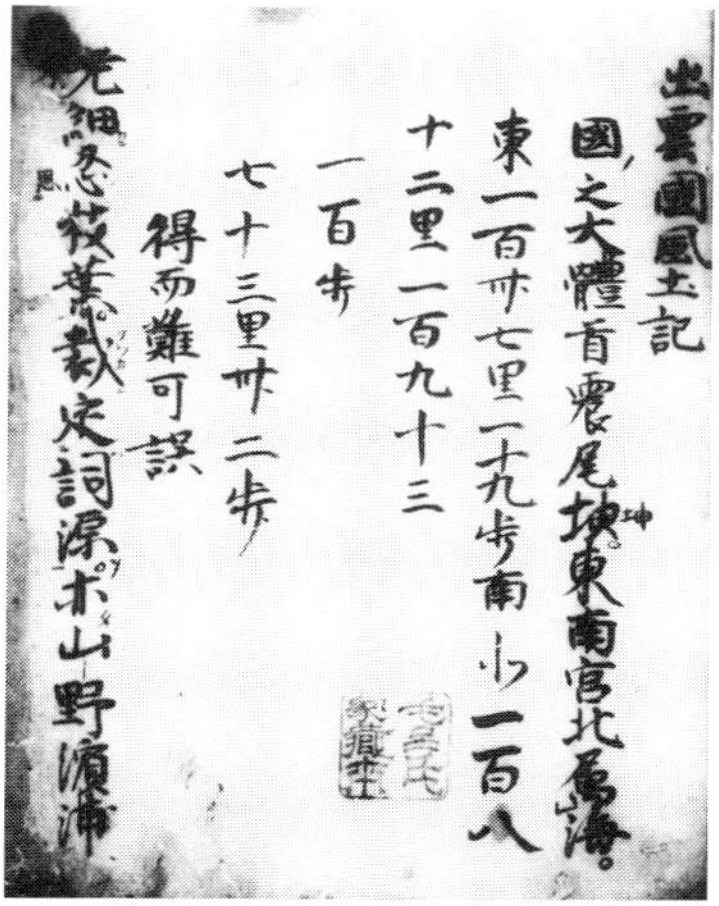
出雲國風土記
國之大體首震尾坤東南宮北属海
東一百卅七里一十九歩南北一百八
十二里一百九十三
一百歩
七十三里卅二歩
得而難可誤
老細思枝葉裁定詞源亦山野濱浦

10　出雲国風土記

古事記によれば高天原《たかまがはら》から追放された「須佐之男命」は「出雲国の肥《ひ》上《の》河上、名は鳥髪《とりかみ》といふ地」に天降ったという。現・斐伊《ひい》川の上流地域にあたる。その時、河の上流から箸が流れてきた。スサノヲ命は上流に人がいると思い、遡って行くと、「童女《をとめ》を中に置」いて泣く、「老夫《おきな》と老女《おみな》と二人」に出会った。老父・老女は「アシナヅチ・テナヅチ」と名乗り、「童女」は末娘の「クシナダヒメ（櫛名田比売）」であった。老父が言うには「コシノヤマタノヲロチ（高志の八俣遠呂智）」が毎年来て、次々と娘を食い、次は残る「クシナダヒメ」の番という。語るところによれば「ヤマタノヲロチ」は「目は赤加賀智《あかかがち》の如くして、身一つに八頭八尾《やかしらやお》有り。亦其の身に蘿《こけ》と檜椙《ひすぎ》と生ひ、其の長は谿八谷峡八尾《たにやたにをやお》に度《わた》りて、其の腹を見れば、悉《ことごと》に常に血《ち》爛《ただ》れつ」様相であった。

スサノヲ命は「童女」との結婚を条件に「ヤマタノヲロチ」退治を約束し、「童女」を美しい櫛に変身させ、自らの「美豆良《みづら》」に刺して、戦う装いを整えた。そして「アシナヅチ・テナヅチ」に「ヤマタノヲロチ」に飲ませる「八《や》鹽折《しほおり》の酒」を作らせ、「八の門」に置いた「酒船《さかぶね》」に盛り、待機させた。

スサノヲ命は、「ヤマタノヲロチ」が「酒船」に頭を入れ、酒を飲み干し、酔い臥し寝たところを、「十拳剣《とつかつるぎ》」で切り刻み、殺すことに成功する。その時、「肥河血に変りて流れ」たという。

その後、スサノヲ命は「クシナダヒメ」を娶り、新居を造る場所を出雲国に求め歩き、「須賀（スガ）」の地に到り、そこを適地として、「我が御心須賀須賀斯《すがすがし》（わが心清清しい）」と言い、その地に宮を造ったという。それでそこを「須賀」と呼ぶようになった。スサノヲ命は、その地から「雲立ち騰」る様子を見て、「八《や》雲《くも》立つ　出雲八重垣《いづもやへがき》　妻籠《つまご》みに　八重垣作る　その八重垣を」と歌ったとい

11　スサノヲのヲロチ退治（佐陀神能　松江市佐太神社）

う。

宮が出来るとスサノヲ命は「アシナヅチ」を宮の長に任命し、「イナダミヤヌシスガノヤツミミノカミ（稲田宮主須賀之八耳神）」と名づけた。さらに「クシイナダヒメ」を「久美度《くみど》に起して」「ヤシマジヌミノカミ（八島士奴美神）」を生んだという。

長い紹介となったが、ここではこの古事記のスサノヲ命（須佐之男命）神話の検討を通して、先の課題に迫りたいと思う。

肥の河上

この伝承によるならば「須佐之男命」が降りたった場所は「鳥髪」の地となる。その「鳥髪」は「出雲国の肥（上）の河上」、すなわち斐伊川の上流に位置する。この斐伊川の上流地域は、出雲国風土記によれば仁多郡に属していた。

仁多というのは、天の下造りし大神である大穴持命が「この国は大きくもなく、小さくもない。川上は木の穂が刺しかい、川下は足這《あしば》う。這《は》い度《わた》ると、その地は爾多《にた》しき小国なり」と仰った。それに因んでここを仁多という。

古事記・日本書紀のスサノヲ命の神話を承知しているならば、なにゆえ、スサノヲ命の伝承が出雲国風土記の該当地域に採集されていないのか、誰もが疑問を持つであろう。斐伊川の上流域を空間とする仁多郡の管轄「郷」の横田・三處・三澤・布施の四郷の伝承においてもスサノヲ命は全く姿を見せないのである。対称的に仁多郡郡名伝承、三處・三澤・布施郷の伝承は大国主神の伝承世界となっているのである。

確かにスサノヲ命は記紀によれば仁多郡の地・「鳥髪」に姿を現すが、一般にどの場所で八俣遠呂智を退治したかについて学問的に検証されることはない。但し地元ではまことしやかにその場所が語られ、その神話伝承地は上は奥出雲町の佐白地域から雲南市木次・三刀屋町、下は加茂町まで分布している。

明治三十一年に新設された簸川《ひかわ》尋常中学校（現・出雲高等学校）の教師として招かれた大町桂月は出雲各地を歩き、出雲の歴史・神話・自然に触れ、三十三年には逍遥記である『一蓑一笠《いっさいいちりゅう》』（長瀬定市編『斐伊川史』一九九七年復刻から）を著している。それによれば、桂月は妻子を連れて湯村温泉（雲南市）を訪れている。

去年の夏、妻子を連れて、六、七里さかのぼりて、湯村温泉にやどりぬ。こゝに大蛇のこもりしと伝うる巌窟、足名椎手名椎の墓と称する古塚あれど付会の甚しきにただ失笑したるのみ。

地元の人々の言い伝えを「失笑したるのみ」として一蹴している。彼が「失笑した」巌窟は天ヶ淵として今も見学地として整備されている。同所には筆者も何回か訪れている。「失笑」はしないものの古代史研究者として冷静に見つめてあくまで「付会」された「言い伝え」として付き合っている。しかし、「付会」であるかどうかに関しては未だ誰も検討していないのである。なお、「付会」とされた伝承は大永三（一五二三）年の『雲州樋河上天淵記』（『群書類従』正第二輯）に載せられており、中世まで遡ることが確認され、また享保二（一七一七）年に完成した地誌の『雲陽誌』（大日本地誌大系）にも採録されており、神話は伝承地に配され記述されており、江戸中期には奥出雲の地の人々の生活空間において神話が生きていたことがうかがえる。

大蛇退治の現場

古事記によれば、「須佐之男命」が「八俣遠呂智」を「切り散り」にした際、「肥河」は「血に変りて流れ」たとしている。多くの研究者がスサノヲ命と製鉄を結びつけ、スサノヲ命を製鉄神とする根拠の記述であるが、ここで重視しておきたいのは「肥河」という表記である。

「肥河」は現在の斐伊《ひい》川のことであるが、仁多郡に源を発し、大原・飯石《いいし》・神門《かんど》・出雲の諸郡を流れる斐伊川はその流路の長さにより、古事記では「肥の河上」、日本書紀は「簸の川上」、出雲国風土記は「斐伊河上」、「斐伊川下」というように「上・下」を付すのが一般的である。出雲国風土記を通覧すると同様の表現は複数の郡を流れる飯梨河（野城河）、神門川でもうかがえる。

出雲国風土記は斐伊川に関して出雲郡で項目を立て説明を施すが、川名としては「出雲大川（河）」

とする。出雲を代表する河川として国名を付したのであろう。斐伊川全体を表わす際には「出雲大川」とするが、流路の各郡の記載では微妙にその表現が異なる。

仁多郡　室原川　その源は郡家の東南の方、卅六里にある室原山より出でて北に流れる。この川は則ちいわゆる斐伊大河の上にあたる。

灰火《はいひ》小川　その源は灰火山より出で、斐伊河の上に入る。

飯石郡　三屋《みとや》川　その源は郡家の正南の方、廿五里なる多加山より出で、北に流れて斐伊川に入る。

大原郡　幡屋小川　その源は郡家の東北の方、幡屋山より出でて南に流る。魚はいない。右の四つの水は合流し、西に流れて出雲大河に入る。

屋代小川　その源は郡家の正北の除田野より出で、西に流れて斐伊大河に入る。

出雲郡　出雲大川　その源は伯耆と出雲と二つの国の堺にある鳥上《とりかみ》山より流れ出て、仁多郡の横田村に出る。

そして横田・三處・三澤・布勢等の四つの郷を流れ、大原郡の堺である引沼村に出て、そして来次・斐伊・屋代・神原等の四つの郷を通り、出雲郡の堺にある多義村に流れ出て、河内・出雲の二つの郷を経て、北に流れ、さらに折れて西に向かい、伊努《いぬ》・杵築《きづき》の二つの郷を経て、神門水海に注ぐ。

ここが有名な斐伊川の下である。

斐伊川の最上流に位置する仁多郡では「斐伊大河の上」、下流の出雲郡では「斐伊川の下」であるのに対して中流域の飯石郡では「斐伊川」、大原郡では「斐伊川」「斐伊大河」と表記されていることが分かる。その出雲国風土記の斐伊川表記を念頭において、改めて古事記の「須佐之男命」が「八俣遠呂智」を退治した場について見ると「其の蛇を切り散りたまひしかば、肥河血に変りて流れき」とあり、「肥の河上」ではなく、「肥河」としていることに気が付く。

「肥河」は出雲国風土記でいう「斐伊川」であり、それは中流域の大原・飯石郡内の呼称である。そこは明らかに「鳥髪」の地より下流域であり、大町桂月が「失笑」した湯村温泉周辺の神話伝承地は、その「肥河」域に当たることが分かる。古事記の「八俣遠呂智」神話は鳥髪の地だけが注目されてきたが、古事記は微妙に斐伊川中流域の大原・飯石郡にもヤマタノヲロチ神話を植えつけていたのである。

佐世郷のスサノヲ命伝承

出雲国風土記大原郡佐世郷の地名起源伝承に「須佐能袁命」が登場する。

佐世《させ》郷　郡家の正東、九里二百歩にある。古老が伝えていうには、須佐能袁命が、佐世の木の葉を頭に刺して、踊躍《おど》った時、刺した佐世の木の葉が土に墜ちたという。それに因んでここを佐世という。

出雲国風土記でスサノヲ命が取り上げられるのは僅か四ヵ所であり、記紀のスサノヲ命の出雲での活動を念頭に置くと誰もが違和感を持つであろう。その稀有な伝承の一つが大原郡に残されている。

この伝承に関して加藤義成は『出雲国風土記参究』（一九五七年）の中で言及し、「踊躍は一種の鎮魂の舞踊であろう。須佐之男命が踊りをなされたという伝えがあったことは、この神の伝承にほほえましい幅を加えるものであるとともに、当時、一種の神舞のあったことを想像させるものである」とする。氏の言うように「須佐能袁命（スサノヲ命）」が頭に「佐世の木の葉」を挿して踊り、勢い余って木の葉が落ちたという躍動感のある微笑ましい伝承である。

確かにこの伝承から古代における神舞を想定することは可能であるが、伝承を大原郡佐世の地から切り離し、また「踊躍」を「神舞」として一般化することは問題ではなかろうか。神であるスサノヲ命が「踊躍」するのであるから「神舞」であるが、佐世の地での「神舞」であることを忘れてはならない。その神舞はどのような場において舞われたのであろうか。

この神舞において重要な役割を果たしているのは頭にかざした「佐世の木」である。そこで注目すべきは「佐世の木」その物ではなく、頭に「刺す（挿頭す・かざす）」行為の方でなければならない。スサノヲ命と「かざす」といえば直ぐに思い出すのは、スサノヲ命が八俣大蛇を退治する際に「湯津《ゆつ》爪櫛《つまぐし》にその童女を取り成して、御美津良《みみづら》に刺」したことである。戦いに臨むに当たり、童女の稲田姫を櫛に変え、それを「美津良」に挿したということであろう。「櫛」は串の集合体であり、「奇《く》す」に通じ、神魂《かみたま》の依代《よりしろ》である。

万葉集巻十の一九七四歌では「春日野の　藤は散りにて　何もかも　み狩の人の　折りてかざさむ」とみえ、春日野の狩人が藤の花が散った時、何を頭に挿すのであろうか、とするが、「狩」という動物との戦いに際し、神魂の依代を「かざす」慣わしがあったことがうかがえる。

頭の毛に物をかざすことは霊力の活性化を促すと信じられていたのであろう。疲れ果てたヤマトタケル命が能煩野《のぼの》で詠じた「命の　全《また》けむ人は　畳薦《たたみこも》　平群《へぐり》の山の　熊白檮《くまがし》が葉を　髻華《うず》に挿せ　その子」にみえる「白檮が葉」を頭に挿す行為も同じことなのであろう。

スサノヲ命の「佐世の木の葉を頭刺」しての「踊躍」は、佐世の地が古事記の八俣大蛇退治の場とする斐伊川中流域の大原の地であり、退治後の勝利の喜びの「神舞」と考えるべきであろう。古事記のスサノヲ命伝承の流れ、その時空を押さえるならば、佐世の地におけるスサノヲ命の舞は決して奇異な伝承ではないことが分かるであろう。

熊谷郷と三屋郷の狭間

出雲国風土記によれば斐伊川の中流域に当たる飯石《いいし》郡熊谷《くまたに》郷にスサノヲ命の妃である「稲田姫」に係わると思われる伝承が残されている。

> 熊谷郷　郡家の東北のかた廿六里にある。古老が伝えていうには、久志伊奈太美等與麻奴良比売命が妊娠して、生む場所を訪ね、求めていたところこの地に到りて、「甚《いた》く久麻々々しき谷なり」と仰ったという。それに因んでここを熊谷といふ。

ここに見える「久志伊奈太美等與麻奴良比売命」は「くしいなだみとよまぬらひめのみこと」と読ませている。加藤義成はこの神名を「久志伊奈太美」を「奇し稲田見」、「等與」を「豊」、「麻奴良」を「真瓊ら」と読み、「奇しく神秘な御霊をもって稲田を見守られる、豊かな美しい玉のような姫神」と理解し、スサノヲ命の妻神である「櫛名田比売」の別名とする（加藤・一九五七）。「久志伊奈太」

は氏の指摘とおり「櫛名田」に通じており、いわゆる稲田姫のことであろう。

この伝承によれば稲田姫が妊娠し、子を産むべき地を求め、出産の場所として適切な「久麻々々しき谷」を選んだという。現・雲南市木次町上熊谷において北流していた斐伊川が大きく「久麻々々しく曲がる所がある。そこでは斐伊川が出雲国風土記飯石郡条にみえる「河辺社」を包み込むように流れているのが印象的である。「河辺社」、現河辺神社の祭神は「久志伊奈太美等與麻奴良比売命」である。この地での稲田姫の出産は古事記におけるスサノヲ命と稲田姫との出会い、ヤマタノヲロチ退治、そして出雲国風土記佐世郷での勝利の神舞の流れの中にあることが分かる。

加藤は稲田姫の神名の「久志伊奈太美等與麻奴良」の「美」に関して「見」との見解を示すが、「美等與」として理解すべきではなかろうか。この点に関して古く国学者の岡部春平は『出雲神社考』(弘化三年・一八四六年の跋文あり)で「美等與」を地名と考えて「三屋」とし、後藤蔵四郎は『出雲国風土記考証』(一九二六年)において「みとあたはし」と訓み、「御門を與へて共に寝る」との理解を示し、ともに隣郷の飯石郡三屋郷を意識しているのは興味深い。

出雲国風土記の飯石郡三屋郷条は「三屋郷　郡家の東北のかた廿四里なり。天下造らしし大神の御門、即ち此処にあり。故《かれ》、三刀矢といふ」としているが、スサノヲ命・稲田姫に係わる異伝があった可能性もあろう。

2 出雲国造と出雲神話

出雲国風土記に不要なヤマタノヲロチ伝承

佐世郷のスサノヲ命伝承を古事記のヤマタノヲロチの神話と結びつける考え方は研究者の間にはなかった。しかし、出雲国風土記の伝承を仔細に見ていくと、斐伊川中流域の大原・飯石郡には古事記にはみえないヤマタノヲロチの神話の流れの断片が確認できるのである。それは研究者の目ではなく、地元の生活の中に出雲国風土記の神話が息づいていた証のようでもある。

雲南市大東町下佐世、「佐世小川」の右岸の崎山に佐世神社は鎮座している。境内の石碑には「須佐能袁命八岐大蛇ヲ退治シテ後、欣喜ノ余リ稲田姫ト神舞ヲナサレタ時、頭ニ刺シテイタ佐世ノ木ノ葉ガ落チタ」と由緒が刻されているという。地域ではすでに佐世郷伝承をヤマタノヲロチ神話と結び理解していたのである。確かに出雲国風土記にはヤマタノヲロチ神話はないが、それが風土記編纂時、直ちに斐伊川流域にヤマタノヲロチ神話がなかったということを意味はしていないことに気が付くべきであろう。

ここに至り今までの「出雲神話」「出雲系神話」という出雲神話観から脱却できるのである。七世紀後半から八世紀前半、記紀、そして出雲国風土記の編纂が行われていた頃の古代出雲、斐伊川中・上流域の大原・飯石・仁多郡域には、スサノヲ命のヤマタノヲロチ伝承が生きていたのである。出雲国風土記に記されている神話が地域社会で育まれたのではなく、それをも含んだ「原」神話が語られていたのであろう。その「原」神話とは出雲国風土記、そして記紀の出雲神話が融合した内容であったと思われる。

ただし、そのスサノヲ神話とは別に同地域には出雲国風土記仁多・大原・飯石郡条で分かるように「大国主神」伝承も広まっていたのである。仁多郡では仁多郡の郡名伝承をはじめとして、三澤・布勢郷における大国主神と子神・阿遅須枳高日子《あぢすきたかひこ》命の斐伊川溯上伝承、大原郡では八郷の中、神原・屋代・屋裏《やうら》・来次《きすき》の四郷の伝承が「大国主神」に係わっているのである。

この問題は「出雲神話」「出雲系神話」と分類し、中央・地方の立場の相違とすることではなく、記紀と出雲国風土記の史料としての性格の相違に注目すべきなのである。古事記においては神話のストーリーが大切であり、現にヤマタノヲロチ神話としての流れを保持している。一方、出雲国風土記は全編を通して郷名起源を語ることに生命を置いているのであり、神話のストーリーはそれぞれの地域に分断されることになるのである。

出雲国風土記秋鹿《あいか》郡伊農《いぬ》郷条に「赤衾伊能意保須美比古佐和気能命《あかふすまいのおほすみひこさわけのみこと》」、出雲郡伊努郷に「赤衾伊努《いぬ》意保須美比古佐倭気《さわけ》能命」が登場する。神名に二字ほど異同があるが、同一神として考えて間違いない。秋鹿・出雲郡は間に楯縫郡を挟み、地域的な隔たりはあるが、両郡には共通する地域首長の「日《くさ》下部《かべ》」氏が存在していることから元々両伝承は「日下部」氏の保持していた氏族伝承であり、それが出雲国風土記の編纂段階において「伊能」・「伊努」郷の地名起源伝承として二分化されたことが分かる（関・二〇〇六）。同様の事例は出雲大社造営神話が出雲郡杵築郷条と楯縫郡郡名起源伝承に、「ウノヂヒコ命」の伝承が楯縫郡大野郷、大原郡海潮《うしお》郷条に、大国主神の伝承が大原郡条に限定しても神原・屋代・屋裏・来次郷に分断されていることに表出している（関・二〇〇六）。

また出雲国風土記は神話に対して地名起源を説明する一点において関心を持っており、一つの郷に二つの神話は載せていないという事実が浮上してくる。結果、出雲国風土記は基本的に神々の行動、言葉で地名起源を語るが、「一郷」には「一柱の神」の伝承というスタイルを保持することになる。さらに正しくいうならば出雲国風土記はその冒頭で明言しているように「詞源《なのもと》を裁《ことわ》り定め」とあるとおり地名の由来を述べることが目的であり、神話を採録し、神話の集大成を目指したものではないのである。その点を念頭において考えれば、出雲国風土記の最終編纂時点において様々な地域神話が洩れた可能性もあったのである。その場合、記紀で重要な位置づけが与えられているスサノヲ命のヤマタノヲロチ退治神話でさえも、地名起源に係わらない神話として当然のこととして採録されなかったのである。

古事記の地名起源伝承といえば先に触れた「その後、スサノヲ命はクシナダヒメを娶り、新居を造る場所を出雲国に求め歩き、須賀の地に到り、我が御心須賀須賀斯と言い、その地に宮を造ったという。それでそこを「須賀」と呼ぶようになった」という部分が思い浮かぶ。この「須賀」の地は雲南市大東《だいとう》町に大字「須賀」として残る。

出雲国風土記大原郡には残念ながら須賀郷はないが「須賀」の地と係わる「須我山」「須我小川」

12　須我神社（島根県雲南市）

「須我社」が確認できる。この「須賀郷」と呼ばれても不思議ではないその空間を出雲国風土記は海潮郷として紹介している。問題はなぜ「須我」にスサノヲ命の「須賀須賀し」を結び付けなかったかである。実は当該地域は大原郡海潮郷伝承に登場する「須《す》義《が》禰《ね》命」の世界であり、「須我」は本来スサノヲ命とは関係なく、「須義禰命」の「須義」に拠っているのである（加藤義成・一九五七）。

出雲国風土記の編纂段階においてスサノヲ命の「須賀須賀し」は「須我」に結びつけられることはなく、隣接する御室山条に「神須佐乃乎命、御室を造らしめ給ひて、宿らせたまひき」という形で足跡を残すに留まることになるのである（関・二〇〇六）。

出雲国風土記と出雲国造

なぜ、出雲国風土記ではスサノヲ命と大国主神の位置づけが異なるのであろうか。その点に関しては、「一郷一地名」起源伝承の方針のもとにおいてスサノヲ命の神話の多くが非「地名起源」伝承であったことに注目し、今までの地方・中央、すなわち「出雲神話」「出雲系神話」という理解ではこの問題が解けないことを示してきた。しかし、その地方・中央という観点を全て否定する必要はなく、改めて記紀と出雲国風土記の編纂の主体の政治的な立場について考えておくことが肝要であろう。

ここでは出雲国風土記編纂の中心に居た出雲国造の神話観を検討する。その場合に参考になるのは出雲国造《くにのみやつこ》の奏上する神賀詞《かんよごと》にみえる神話である。ここでは神賀詞の史的検討は別に譲り（関・一九九二）、国造が奏上した神賀詞にみえる神話の骨子をとらえてみたい。

出雲国造が奏上する「八十日日はあれども、今日の生日《いくび》の足日《たるび》に、出雲国の国造、姓名、恐み恐みも申したわはく（数多の日はあるが、今日のこの吉日にあたり、出雲国の国造の某が恐れ畏しこみ申し上げます）」から始まる神賀詞に語られる神話は、熊野大神と大国主神、出雲国内に鎮座する百八十六柱の神々の祭に専心する出雲国造、その出雲国造の祖先神の「天穂比命《あまのほひのみこと》」が国情視察をし、さらに大国主神を「八百丹杵築宮《やほに》（出雲大社）」に鎮座、奉祭したという展開をとっている。この神話は記紀の国譲り神話に対応したものであり、日本書紀では出雲大社に「隠れた」大国主神を祭る祭主を「祭祀を主らむは天穂日命、是なり」とあるように出雲国造の祖先神である天穂日命を指定している点に注目しておきたい。出雲大社は祭神が「大国主神」、そして祭主が出雲国造の祖先神「天穂日命」であることが絶対条件なのである。

その出雲国造が中心になり編纂した出雲国風土記では、当然その国譲りの主人公である大国主神が最重視される神であり、斐伊川上流の仁多郡、中流域の飯石・大原郡には大国主神、そしてスサノヲ命の神話が重層的に存在したと思われるが、「一郷一地名」起源の方針のもとスサノヲ命の伝承の多くは採用されなかったのであろう。結果的に意宇《おう》郡安来《やすき》郷、飯石郡須佐郷、大原郡佐世郷・御室山条という僅か四地域に断片的にスサノヲ命の伝承が残されるという不可思議な現象が生まれたのである。

前述したように今まで謎とされてきた出雲国風土記の神話と記紀の神話の関係については、当初はまとめて出雲神話とされ、近年は両神話の相違から分けて考える傾向にあった。しかし、「出雲神話」「出雲系神話」と分けることにより地域と中央という一つの観点で処理され、多面的な検討から遠ざかるという弊害を生んだことも事実であった。ここではその狭間に立ち、「出雲神話」「出雲系神話」の両者の母胎であった「原」出雲神話世界を明らかにしてきた。

出雲国風土記を通覧すると確かにスサノヲ命神話は希薄である。しかしそれは古代において出雲にスサノヲ命神話がなかったことは意味していなかったのである。出雲国風土記意宇郡安来郷条に次の伝承が残されている。

安来郷　郡家の東北のかた廿七里一百八十歩にある。神須佐乃烏命《かむすさのをのみこと》、天《あま》の壁立《かきたち》を廻っていた時、この地に到りて「わが心は安平《やす》けくなった」と仰ったという。それに因《ちな》んで安来という。

出雲東部に残るただ一つのスサノヲ命の伝承である。ただ孤立し違和感を覚える神話である。出雲国風土記には見えないが、この伝承はかつて出雲の地を覆っていたスサノヲ命の広大な神話の一部であろう。「原」神話では何らかのストーリーで他のスサノヲ命の神話とつながりを持っていたと思われる。このような新たな視点に立つことにより、出雲国風土記と記紀の狭間で眠っている「原」神話を探すことも可能になるであろう。

二　遠征する英雄と歴史

岡部隆志

1　ヤマトタケル物語

英雄物語

古事記中巻の景行天皇の記事はほとんどが倭建命（以降ヤマトタケルと記す）の物語である。古事記中巻は、天孫降臨した神の末裔によるヤマト王権の国作りを主に描いているが、ヤマトタケル物語は、武力による国作りを描いているという意味において中巻を代表する物語である。このヤマトタケルの物語はいわゆる「英雄物語」として様々に論じられてきた。

国や民族の起源を語る神話や歴史物語において、まつろわぬ者等や外敵と闘いその国や民族の礎を築いた闘争的な人物を英雄とよぶなら、古事記の物語全体の中で、もっとも相応しい英雄はヤマトタケルということになろう。ヤマトタケル物語の悲劇的な物語性を見ずに、王権の権威を背景にした武力による征伐のみを取り出すなら、まさに、ヤマト王権が日本全土の王権として支配の基礎を固めていく物語として読めるからだ。ヤマトタケルは九州の熊曾建《くまそたける》兄弟や、出雲の出雲建を倒す（西征）。

13　橿原神宮　明治23年（1890）に創建された

次に、東国（東の十二道）の荒ぶる神やまつろわぬ者を征伐（東征）するのである。西の九州、出雲、東の十二道（東海道、関東、陸奥あたりまで含むか）とは、そのまま古事記が成立した時代の日本全土を象徴する。つまり、ヤマトタケルは、王権の支配を日本の隅々にまで行き渡らせた英雄なのでもある。

古事記とは、日本の国の起源を語る神話であり歴史物語であるから、神話の時代あるいは歴史のある段階で英雄を描いていくのはある意味で当然である。世界的に見て、闘争的な一人の英雄の力によって国や民族の統一が成し遂げられる、と語られるのは普遍的であり、古事記も例外ではないということである。

古事記の英雄像

英雄の定義をその程度に大まかにとらえるならば、スサノヲ、オホナムチ（オホクニヌシ）、カムヤマトイワレビコ（神武天皇）もまた英雄であると言えるだろうか。スサノヲは出雲の始祖であり、オホクニヌシは出雲の国を統一し出雲の王になる。カムヤマトイワレビコは、九州から東征し大和に王権の基礎を作る。あるいは、オホハツセワカタケル（雄略天皇）も英雄とする見方もある。

だが、古事記においては、それらの英雄はみな同じように武勇によって敵を征服し国土を広げていったと語られるわけではない。以上にあげたスサノヲ、オホナムチ、カムヤマトイワレビコ、ヤマトタケル、オホハツセワカタケルのうち、カムヤマトイワレビコとオホハツセワカタケルは、ヤマト王権の王であって、その行動は、あくまでも王としての役割を逸脱しない振る舞いであり、その意味では、他の英雄のような劇的な物語を生きてはいない。カムヤマトイワレビコ（神武）は、高天原の権威を背景に国津神を従える話だし、オホハツセワカタケル（雄略）の物語も、ほとんどが求婚の話ばかりである。

それに対して、スサノヲ、オホナムチ、ヤマトタケルの物語には共通するところがある。いずれも少年の成長物語として描かれている。通過儀礼的な意味合いの強い試練を克服していくパターンが繰り返される構造になっているのだ。しかも、みな王権の周縁に位置するものたちである。従って、王権の制度の中に入らない彼等の生は激しいものであり、古事記の中の物語として他に抜きんでているのである。

物語として語られるに値する英雄という条件を加えるなら、古事記における英雄物語とは、スサノヲ、オホクニヌシ、ヤマトタケルの物語のことだとみなしていいであろう。とすると、その英雄の様相は単純な武力王というものとは違ってしまう。その物語とは、王権から外れた位置に立つ神もしくは人間が、困難を克服しながら成長し、結果的には高天原もしくは王権の支配の確立に寄与していくというものだ。そこが、古事記の英雄物語の特徴であると言えようか。王権を担う征服者の単純な武勇譚ではないのである。

その中でもヤマトタケルの英雄像は、スサノヲやオホナムチに比べてより劇的と言える。それは、スサノヲやオホナムチが神であるのに対して、ヤマトタケルが人間であるということによるだろう。神は神であるゆえか死は描かれないがヤマトタケルは人であるがゆえに死んでしまう。

14　熱田神宮

そして、人であっても、スサノオの暴力性に匹敵する荒ぶる面も見せるし、八十神《やそ》に殺されても女神の力によって生き返るオホナムチのように、ヤマトタケルは叔母ヤマトヒメや入水して海を鎮めたオトタチバナヒメに助けられる存在である。父から疎まれるほどの過剰な暴力性、武力ではなく策略で敵を倒す知恵、叔母に頼る弱さ、結婚、山の神に言挙げをしてしまう過ち、そして死、親族の嘆きと、その展開は、古事記の物語の中でも圧巻であり、スサノヲやオホナムチの物語性を超えるものだ。

従って、ヤマトタケルの物語こそ、古事記の典型的な英雄物語なのである。ただし、ヤマトタケルは明らかにヤマト王権を代表する武力王としての面を持つが、その物語においては、複雑さを抱え込んだ人間的側面が強調される。彼の英雄物語が、日本の古代社会における王権生成の物語の一つなのだとして、何故、そのように描かれるのか、それを考えることはとても重要なことであると思われる。

歴史のよりリアルな側面から見れば、古事記のヤマトタケル物語の成立を通して古代国家が抱えた課題が見えてくるかもしれない。あるいは、それこそ、日本における、伝承や物語という言語文化の始まりの姿を伝えてもいよう。

2　英雄時代論争

英雄時代はあったのか

ところで、古事記に描かれた英雄物語をめぐって英雄時代論争というものがあった。その論争のきっかけを作ったのは、高木市之助の「日本文学における叙事詩時代」という論文である。この論文は戦前の一九三三年に書かれた。高木市之助は、この論の中で、スサノヲや神武天皇、ヤマトタケルの物語は英雄時代の痕跡ではないかと述べ、日本の古代に英雄時代というべきものがあったと論じる。その具体的な証拠を久米部の戦闘歌謡（神武天皇記）に求めた。こういった歌謡は、英雄叙事詩の素材の一種ではなかったかと述べ、日本にも英雄叙事詩を生み出した英雄時代のあったことを論じたのである。

英雄時代があったという高木市之助の論は、戦後、西郷信綱によって引き継がれる。西郷信綱は「古代叙事詩」（一九四八年）で、英雄時代を積極的に肯定していく。英雄時代というのは、支配、被支配という階級社会が成立する以前の混沌とした時代を、原始王とでも言うべき神格化された英雄が活躍し、秩序ある社会を生み出そうとする時代ととらえた。英雄叙事詩はそういった時代を背景に持つと言うのである。

高木市之助は英雄時代を「諸氏族又は諸民族間の接触が激しく、屢ゝ遠征や移住が行はれ、随つて戦闘はこの時代を特徴づける最も重要な英雄達の仕事」（「日本文学における叙事詩時代」）と、王権成立以前の部族間抗争の時代とみなしているが、西郷信綱もまた同じと見てよいであろう。歴史としてみれば、三世紀〜五世紀、ヤマト王権成立前史あるいはヤマト王権生成期の時代と言ってよいか。この戦闘の時代を題材にして、神格化された英雄の活躍が叙事詩として語られた、というようにみなすわけである。

ただし、両者とも歌謡や物語を通して想定される英雄叙事詩と、歴史としての英雄時代との関係は必ずしも明確ではなかった。英雄時代とは歴史の問題であり英雄叙事詩は文学史の問題である。古事記や日本書紀における歴史的人物の実在性は、津田左右吉による文献批判によって疑問視されたように記紀の歴史記述をそのまま受け取ることは出来ない。ヤマトタケルの物語があるからヤマトタケルが実在したというわけではない。一方、ヤマトタケルのような人物がいたから、物語が生まれたのだという単純なものでもない。文学の表現、つまり、歌謡や物語としてヤマトタケルという人物が造型される必然は、単純に、モデルとなる人物が実在したことに求められないのである。日本の歴史の必然として、英雄時代と評価される一時期があったとして、その時代に英雄物語が生まれたとは言えないし、あるいは単純な反映論風に、そういう時代があったからその時代を反映した物語が生まれたとは言えないということである。歴史の必然と、物語が生まれる必然（文学史の必然）は違うからである。

高木市之助は、英雄叙事詩の素材としての歌謡成立を、万葉成立のそう遠くない前に長短歌定型が出来、さらにそれより前の時代が英雄叙事詩の時代だったという言い方をしている。その時期が歴史としての英雄時代に重なるとは明確に語ってはいない。西郷信綱は、英雄時代は戦いの時代であるから英雄叙事詩は生み出していない、戦いの時代が終わり王権の成立した時代になって、戦いの時代を題材にした英雄叙事詩が生まれたのだ述べている（西郷・一九五一）。

西郷信綱の指摘は、歴史と文学史の違いをわきまえたものだが、実は、これは、高木市之助や西郷信綱の英雄時代論を受け、歴史としての英雄時代と文学史としての英雄叙事詩とを定義しその接点を探ろうとした石母田正の影響を受けたものではないかという指摘（三浦佑之・二〇〇三）がある。

歴史学者の石母田正は「古代貴族の英雄時代」（一九四八年）で、英雄時代を、階級の未分化な原始的時代から階級化した専制国家へいたるまでの過度期（中間時代）であり、その時代を三世紀から五世紀とする。この時代は戦闘の時代であり、英雄が存在したとすれば、天皇の系譜につらなる王ではなくて、部族間の闘いにおいて果敢に闘ったそれぞれの部族共同体の首長ではなかったかとする。この時代を経て専制国家が成立すると、古代の貴族達は、かつての戦闘の時代の英雄であった部族の首長を、王権の礎を作った天皇の始祖の物語に作り替え、記紀の英雄像を成立させたというのである。そして、古事記に描かれた英雄を、神武天皇に象徴化される散文的英雄、神武東征物語の歌謡群のなかにおける叙事詩的英雄、ヤマトタケルにおいて典型的に見られる浪漫的英雄の三つのパターンに分ける。

この石母田正の論の意義は、英雄時代があるとするなら三世紀から五世紀までの王権国家成立までの過度期の時代に当たること、文学史としての英雄叙事詩または物語は、王権成立以後、王権成立の前の過度期における共同体の首長の活躍を天皇の始祖の物語として造型したものであると、歴史と文学史の関係を明らかにし、そして、文学史的な意味での英雄像を分類した上で、ヤマトタケルの物語はその悲劇性によって神武天皇のような英雄叙事詩ではないと論じたことにあると言ってよい。

この石母田正の問題提起はその後たくさんの英雄時代論を生むことになったが、反論も現れた。北山茂夫は、ヤマトタケルのような古事記の英雄像というのは、専制王権成立以降、王権内部の矛盾によって起きた歴史的事件を反映させた物語に過ぎないものであって、たかだか皇統に連なる征服者に過ぎないものを、英雄化して語るのはよくないと批判した（「日本における英雄時代によせて」一九七五年）。

この批判は、やや左翼史観的な色合いを帯びたものであったが、英雄という呼び方が、文学の概念をそのまま歴史に持ち込んだものであって、客観性を持ったものではないといったそれまでの英雄時代論争で投げかけられた批判をより明確にした。こういった批判にさらされ、ヤマトタケルのモデルを天皇の系譜に連なる存在ではなく、部族共同体の族長に求める論が多くなるが、英雄時代論争はひとまず終焉を告げる。

ヤマトタケル物語の成立

ここで、英雄時代への批判を受け止めつつも、英雄時代を肯定する意見を紹介しておこう。井上光貞は、四・五世紀の日本では、大和政権はその内部における諸氏族を服属させ、世襲体制を周囲の世界に拡大し、地方の独立の諸国家の族長をも自己の法則にしたがって秩序づけはじめていたが、実際は、朝廷の諸氏族も、地方の族長も、六世紀以後の資料をもってしてははかり知れないほどの独立性と自由とを保持し、そこに展開された社会と歴史は活気に満ちた時代であったはずで、そこに権力的な国家が形成される以前の、日本の英雄時代を想定することは誤りであろうか、と述べている（井上・一九七三）。

そして、古事記のヤマトタケルの物語の成立を次のように記している。

わたくしは、この物語の上限が、四世紀中葉というような古い時代のことではないとしたが、その下限は東北地方の蝦夷計略がおもな課題となった七世紀までは下ることはないであろう。旧辞が初めて本となったのは、津田氏のいうように六世紀中葉のことであるが、倭建命のこの話もまた、それ以前には成立していたに違いない。倭建命の物語を、記紀の順序どおりに四世紀中葉のこととして理解しようとする人のある一方には、これを七世紀のものとする人びともある。七世紀にこの物語が潤色されたであろうことは認めなくてはならないが、この話のもとの形は、旧辞一般と同じく、六世紀中葉以前に成立していたとわたくしは考えている。（井上・一九七三）

歴史としての英雄時代をどう評価するかは意見の別れるところである。現在、歴史の分野では古墳時代に相当する四・五世紀を英雄時代と見る見方には否定的なようである。五世紀頃までのヤマト王権と地方豪族の関係は、六世紀以降の国造制等による支配機構による支配とは違って、お互いが見返りを要求するような、直接的互酬関係にあった（熊谷公男・二〇〇一）。その意味では、六世紀よりは五世紀の族長は「独立性と自由」を保持していたと思われる。ただ、英雄時代という評価には、武力闘争という内乱的状況があって、その混乱を治めていく王または将軍の活躍が欠かせない。が、古墳時代が内乱の時代という見方は疑問視されており、ヤマト王権の支配秩序はそれなりに安定したものであって、ヤマト王権が地方の服属を拒む勢力を武力で従わせる闘争はあったのだとしても、それは英雄時代と呼ぶ程のものではない、ということであるようだ。

倭王武が宋に送った上表文（四七八年）に「昔より祖禰《そでい》躬《みずか》ら甲冑を擐《つらぬ》き、山川を跋渉《ばっしょう》し、寧処《ねいしょ》に遑《いとま》あらず。東は毛人を征すること五十五国、西は衆夷を服すること六十六国」とある。ヤマトの王が自ら甲冑を着て地方を服属させる闘いに赴いたということの記述が、英雄時代があったとする意見の論拠になっている。だが、五世紀にはすでに国内の地方平定は有力豪族による仕事であり、ヤマトの王が

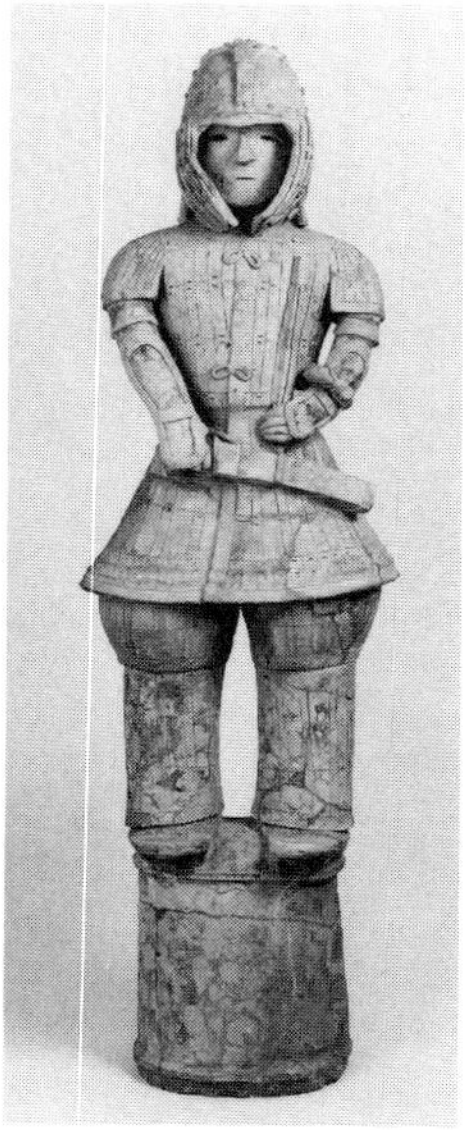

15　武人埴輪

直接手を下すことはなかった。この上表文自体、冊封関係にあった中国に対してヤマトの王が「安東将軍」の位を得るためのレトリックではなかったかという見方もある（熊谷公男・二〇〇一）。

以上のように、史実の問題として英雄時代を想定することはなかなか難しいようである。一方、古事記のヤマトタケル物語の成立に関しては、大筋において井上光貞の考え方に集約されるのではないか。古事記編纂時期の七・八世紀を反映した物語であるという意見もあるが、そういった見解を持つものでも、ヤマトタケル物語の原資料がなかったとは誰も言っていない。原ヤマトタケル物語資料がどういうものだったかはわからないが、それが、伝承される過程において潤色され、古事記に組み込まれる段階に、当然、最後の脚色が加えられたという想定で間違いはないであろう。

従って、ここで確認しておくことは、三世紀から五世紀にかけてのヤマト王権成立以前もしくは王権形成期の時代が、英雄時代に擬せられるのだが、それを英雄時代と呼ぶのかどうかについては否定的な見解があるということ。そして、おそらくはこの時代にか、あるいはこの時代の記憶をもとにヤマトタケル伝承とでも言うべきものが語られ、それを原資料として抱え込んだ旧辞をもとに古事記が編纂されていった、ということである。

3　ヤマトタケル大王の系譜

景行とヤマトタケルは父子ではなかった

景行天皇とヤマトタケルが実際の父子ではないという指摘は従来からなされている。それは、系譜の矛盾として指摘されてきた。系譜では、景行天皇はヤマトタケルの曾孫カグロヒメを妃としているが、息子の曾孫と結婚するということはまずあり得ない。とすれば、この系譜自体が疑わしく、景行とヤマトタケルは父子ではないという説が出てくるわけである。

特に、景行↓成務↓仲哀↓応神とつらなる皇統譜は、その実大変複雑であって、そこに系譜の改竄があるのではないかと言われている。

この改竄説を積極的に唱え、系譜の矛盾を綿密に検証したのが吉井巌である。系譜が具体的にどのように改竄されたのかについての細かな説明は省くが、吉井はヤマトタケルの子にあたる仲哀天皇の名前「タラシナカツヒコ」が「タラシヒコ」と「ナカツヒコ」の二つに分かれることに着目し、「タラシヒコ系」の系譜と「ナカツヒコ系」の二つの系譜があり、その二つの系譜が意図的に結びつけられて複雑化しているのだと述べる。景行の名前は「オホタラシヒコオシロワケ」であるが、やはりこれも「オホタラシヒコ」と「オシロワケ」に分けられる。問題は、ヤマトタケルだが、ヤマトタケルはナカツヒコ系だとする。とすると、オシロワケ↓ヤマトタケル↓ナカツヒコという旧系譜が存在していたはずであり、それが、タラシヒコ系の系譜に組み込まれることで、ヤマトタケルが排除され、現系譜である「オホタラシヒコオシロワケ（景行）」→「ワカタラシヒコ（成務）」→「タラシナカツヒコ（仲哀）」へと改竄されたのだというのである（吉井・一九七七）。

その改竄の理由は、五世紀の新時代を切り開いた始祖天皇とも言うべき応神天皇を皇統譜に位置づけるための作為であるとする。旧系譜である「オシロワケ→ヤマトタケル→ナカツヒコ」は、倭王武の上表文にあったように、五世紀後半、王が武力による戦闘に活躍していた時代での系譜であり、おそらくは雄略につらなる系譜でなかったかとする。吉井巌はそれについて次のように述べている。

日向への天孫の降臨の物語から神武天皇の大和平定の物語を語ってきた古事記の世界では、国内の叛徒との戦いに天皇が親政するという姿はふさわしくはなかった。だが、応神天皇は天皇の御子でなければならない。このような配慮から、すでに第六章第一節に述べたように、オシロワケ、ヤマトタケル、ナカツヒコという五世紀の皇統譜が、オホタラシヒコオシロワケ（景行）、ヤマトタケル、タラシナカツヒコ（仲哀）の三代として応神天皇の前に移され、ヤマトタケルの世代にあたる時代にワカタラシヒコ（成務）を天皇に新設して、タラシヒコ三代の皇統譜としたのである。（吉井・一九七七）

それにしてもどうしてこんなアクロバティックな系譜の改竄をしなければならないのか。それは、大王が自ら武力王として遠征した時代が終わり、安定した王権の秩序のもとに専制国家（天武朝）が成立し、秩序の王としての神聖な天皇像が形成され、その天皇の系譜が体系化されていったとき、武力王としての大王の系譜が否定的に継承されたのだと言う。つまり、ヤマトタケルを中心に据えたナカツヒコの系譜は、武力王としての大王の系譜であったが、王権にとって都合が悪いために、最も武力王としての面が強いヤマトタケルが排除されて、現系譜のように改竄されたということなのだ。そして、ヤマトタケル物語は、本来はヤマトタケル大王の物語であったのに、結果的に王権から疎外される悲劇的な皇子の物語となってしまったというのである。

王権の内面の物語

西條勉は『古事記と王家の系譜学』（二〇〇五年）で、吉井巌の系譜改竄説を更に綿密に検証し、吉井巌の提起した系譜の改竄とその歴史認識について大枠において首肯出来ると述べている。

さらにその歴史認識について、西條は次のように述べている。

旧系譜の組み替えにさいして問われたのは、あくまでその英雄の内実であった。国内を平定した覇者的な英雄としての大王像は、七世紀のタラシヒコ系皇統が直面していた国際環境の中ではもはや通用しないものであり、もっと普遍的な原理にもとづく王権思想が要請されていたのである。海上西方の国、新羅に目が届かなかったことが、仲哀に死をもたらす直接の原因であったという語り口には、タラシ系皇統のもっとも核心的な王権思想があらわれている。しかも、その託宣を下した神はアマテラス大神（書紀では伊勢の神）であった。仲哀が死なねばならない背後には、アマテラス大神を中心として成立する高天原神話と伊勢神宮の祭祀があった。その点で、神罰による仲哀の死とヤマトタケルの非業の死は、ぴったりと波長をそろえて響きあっている。このふたりにカゴサカ・オシクマを加えた一連の死の物語は、国内レベルのいわば〈倭―大王〉の思想から、広く東アジア世界に自己を主張しようとする〈日本―天皇〉思想への脱皮をめざす物語でもあるのだ。(西條・二〇〇五)

吉井巌は、ヤマトタケル物語の悲劇的な性格について、武力征伐の歴史であった大王時代が、天皇という呼び方が確立する七世紀の律令王権成立の時代に否定されことに一つの要因を求めている。西條はさらに、大王時代が国内的な思想の時代であり、天皇を抱く七世紀の王権国家が、対外的な交流あるいは戦争という東アジア的な世界を意識したときに、自らの国内的な大王時代を否定的に克服しなければならなかったとする。ヤマトタケル物語の悲劇性をそのような背景のもとに読もうとしている。

いずれも、五世紀頃までの大王の時代を、戦闘王による英雄の時代と認めたうえで、七世紀における天皇の時代において、大王の時代が否定的に継承された結果、古事記のヤマトタケル物語が生まれたのだとするのである。

先に述べたように、五世紀までを果たして英雄時代としてとらえていいのかどうかは、異論のあるところであろう。倭王武の上表文もそのまま信じていいのかどうか、という問題もある。両者の大王時代のとらえ方をそのまま信ずれば、旧系譜が象徴とする大王の時代に仮にヤマトタケルの物語があったとした場合、それは、悲劇的でないそれこそ勇敢な大王の物語としてそのままあったはずだということになる。が、そのように言えるだろうか。仮に戦闘的な大王の時代があったして、その時代には決して悲劇的な英雄の物語など存在しないはずだとは言えないだろう。物語の悲劇性は政治的な背景や時代の問題だけでは論じられない、いわゆる文学の問題である。その文学の視点が抜け落ちていないか。つまり、吉井巌と西條勉の論には、歴史としての英雄の問題と文学史としての英雄の問題との区別に関心が払われていない、という問題がある。

ただ、両者の指摘の本当の意義は、古事記のヤマトタケル物語が、七世紀の王権が自らの過去（古代）を振り返ったときの、その振り返り方が反映されているのだという点を、歴史意識の問題として明らかにしたことにある。歴史としての大王の時代が実際にどうだったのかは、それほど重要視しなくてもよいだろう。問題は、そのように振り返ったということにあるのだ。その意識形成の時代的な問題を、国内の閉じられた意識から、対外的な広がりの中に成立した国家的意識への変換に置いた西條勉の分析は重要である。

七世紀の王権が近代とするなら、ヤマトタケル物語の時代とは、それこそ古代となる。つまり、近代の王権が自らの古代を振り返ったときの一つの作業が系譜の創造（改竄）であり、そしてヤマトタケルの物語であるということになる。そのヤマトタケル物語は、大王から疎外された皇子の悲劇的とも言える物語だったが、それは、七世紀王権が振り返った古代の内容なのであり、別な言い方をすれば、王権の内面を映し出すものなのである。

その内面の成立に、東アジア的な広がりの中に身を置く王権の意識があるという西條の指摘は、逆に、そのような意識の内部の何が、王権の内面として疎外されたのか、それを暗示するという意味で重要なのである。

王権は自らの過去を、歴史ではなく内面として抱え込んだということである。つまり、王権は自分の過去を現在と断絶した〈古代〉として内面化したのだ。そのように内面化せざるを得なかったのは、おそらくは、西條の言うような東アジアという広がりの中に身を置いたことにある。

東アジアへの広がりはそれこそ卑弥呼《ひみこ》の時代からあった。だが、倭の五王の時代までは、日本は、中国とは冊封《さくほう》関係にあった。東アジアという広がりを、自らの国家意識の中に自覚化していたわけではない。それを自覚し始めたのは、中国との冊封関係を解消し、一方朝鮮との関係を強化し、中国から見て日の出る国という意味の「日本」という呼び方を採用した七世紀王権の時代である。つまり、日本という呼称が外側から自分を見た見方であるように（網野善彦・二〇〇〇）、外側から自分を意識し始めたのだ。その急激な意識の変化によって、たかだか一・二世紀昔の自分が、断絶した過去（古代）として内面化された。その内面を象徴する代表的な物語が、悲劇の英雄ヤマトタケルの物語なのである。

4　ヤマトタケル物語の悲劇性

ヤマトタケルの過剰性

日本書紀にもヤマトタケルは日本武尊として描かれているが、その描かれ方は古事記と明らかに違う。古事記が、父景行天皇に疎まれ遍歴する孤独な英雄として描かれているのに対し、日本書紀は、景行天皇の命を受けて各地の王権の権威に随わぬものを征伐する将軍としての性格が強い。その意味では古事記のヤマトタケル像がより文学的であることは確かである。石母田正はその文学性を「浪漫的英雄」と評したのだし、高木市之助もヤマトタケルの、日本書紀とは違う悲劇性を「浪漫的精神」と呼び、それは、古事記の精神と響きあうものであって「日本文学に於ける一つの起原、或は原初的状態」であるとまで述べる（高木・一九四一b）。

それなら、古事記のヤマトタケル像の悲劇性はどういう必然で成立したのだろうか。それを今までは歴史の問題と関わらせながら論じてきた。が、歴史や政治と切り離して、言語表現による物語の問題として、その悲劇性を問うことも必要だろう。

まず、古事記のヤマトタケル物語の悲劇性とはどういうものであるのか。

父である景行天皇は少年小碓命《おうすのみこと》（ヤマトタケル）に兄の大碓命《おおうすのみこと》が食事に出てこないので「ねぎ教え覚《さと》せ」と命じる。小碓命は兄をバラバラに引き裂き殺してしまう。それを知った天皇は「その御子の建《たけ》く荒き情を惶み」て、九州の熊曾建兄弟の征伐を命令するのである。

多くの指摘があるように、ヤマトタケルの悲劇はここから始まる。小碓命は「ヤマトヲグナ」の別名を持つが、「ヲグナ」は少年の意である。その少年小碓命は最初から常軌を逸した暴力性を抱え込んだ存在として描かれ、父景行天皇から疎まれる。この出来事は明らかに小碓命の将来が不安に満ちたものであることを暗示する。

ここはスサノヲとよく比較されるところである。スサノヲも父であるイザナキから「海原を知らせ」と命じられるが母イザナミに会いたいと「哭《な》きいさちる」ことで災いを引き起こし父から放擲される。さらに、姉アマテラスの治める高天原に行き暴虐を働くのである。母への甘えが抜けない少年スサノヲと父との対立、そしてその暴力性、という構図は、ヤマトタケルの物語においても繰り返されている。

スサノヲの神話構造が繰り返されているからといって、ヤマトタケルの物語が神話的構造を持つということにはならない。オホナムチ（オオクニヌシ）の物語では、暴力的なのは兄弟の八十神達であり、オホナムチではない。そこに父との対立があるわけではない。その意味では、スサノヲの物語との構造的な類似性を神話の問題に返すというよりは、物語というものが必然的に孕む類型的な語り口なのだととらえるべきだろう。

母の不在、父との葛藤、過剰な暴力性は、登場人物を日常的な秩序から逸脱させ、非日常の世界へと誘う重要な契機である。だからこそ、多くの物語で何度も繰り返されるのだ。つまり、スサノヲもヤマトタケルも、その物語世界における描かれ方において、非日常へと彷徨《さまよ》い込む契機を豊富に抱え込んだ存在だったということなのであり、そのように描かれる必然において、類似するものを持っていたということなのである。

スサノヲはその過剰性ゆえに高天原に混乱をもたらすが、結果的には、その混乱ゆえに高天原は再生を果たし、天孫降臨という次の物語へと進むことが可能になる。ただし、その原因を作った過剰なる当人は高天原から排除されなければならない。共同体が過剰なる非日常を抱え込むことで一時的には混乱するが、その結果活性化し新たな日常を再生させる、という共同体の運動法則がそこにある。スサノヲの物語はその運動法則を物語のコードにしているのであり、そのコードはヤマトタケルの物語においても使われているということである。

16　ヤマトタケルの墓といわれる白鳥陵（羽曳野市）

ヤマトタケルもまたスサノヲのような過剰性を持つ存在である。高天原を混乱させるという展開はないが、父景行の畏《おそ》れはそこにあったと言ってもよい。そして、その過剰な暴力性は、西の熊曾兄弟の征伐や東の蝦夷《えみし》や荒ぶる神の征伐に向けられる。混乱した状況にヤマトタケルの荒ぶる力が投入され、その荒ぶる力によって、混乱した秩序を治めていく、という構図である。そして、新しい秩序が回復するためには、過剰な力を持つ当人は排除されなければならない。それがヤマトタケルの非業の死ということになるわけである。都倉義孝はこのようなヤマトタケルの過剰性が持つ働きについて次のように述べている。

結論的に言えば、景行は、タケルの悲劇をより悲劇的たらしめるという文芸的効果を狙って無味乾燥、冷酷非情な命令者として造形されたのではなく、日常次元（ケ）における王権の権限たる秩序性（正）の象徴として形象化された存在である。それ故に、冷酷非情な「面」をつけていなくてはならない。正の象徴たる父景行に対して、乱暴者・破壊者である子ヲウスは、日常世界を超越する王権の非日常性（ハレ）の諸力（負）を托された存在なのである。それ故に、秩序からはみ出した人間的行動・感情によって彩られるのである。両者は一対となって、天皇家の王権の永遠なる神聖の秘蹟を更新する両義性（正と負）を支えるべく、形象化された父子に違いない。（都倉義孝・一九七六）

小碓命を、日常世界を超越する王権のハレの諸力（負）を托された存在とするが、スサノヲやヤマトタケルが必然的に帯びてしまう負性に対する構造論的解釈と言えるだろうか。非日常としてのハレの力を負性としてとらえたことが参考になる。このハレの力は、当然日常のケを一時的に混乱させるが、新しいケを回復させる力でもある。その運動法則を、王権の秩序に当てはめて解釈すれば都倉氏の以上のような言い方になる。

それにしても、古事記の英雄物語が、このように、英雄たるべき存在に過剰なほどの負を託してしまうということは注目しておくべきだろう。

西郷信綱は、古事記中巻のヤマトタケル物語は、神の時代から人の時代へ移行する中間的な段階であるととらえた。つまり、英雄時代というのは、「神々の時代を人の世に媒介する構造上の一時代を指示する概念」として用いるべきというのだ（西郷・一九七三）。従って、中巻に登場する人間の物語は半ば神話であり、その意味でヤマトタケルの物語はスサノヲの神話を繰り返すということになる。スサノヲのように、過剰に負性を背負わされる存在の設定が、神話ならではのものとするなら、ヤマトタケル物語においてそれが繰り返されるのも、西郷信綱の言うようにヤマトタケル物語もまた半ば神話だからに他ならないということなのか。

ある意味ではそうだ。すでに述べたように、ヤマトタケル物語は、古事記を編纂したもの達にとってすでに断絶した過去（古代）の物語であった。つまり、すでに王権にとっての内面のストーリーなのである。とすれば、その物語に神話的な類型的構造が繰り返されてもおかしくはない。神話とはある意味では、意識内部の混沌が特定のコードによって引き出され形になった言語表現であるからだ。

文学としてのヤマトタケル物語

が、それだけでヤマトタケルの負性が説明されたというわけにはいかない。その半ば神話的な展開の中に描かれる負を背負ったヤマトタケルの描かれ方には、歴史意識や、共同体や人間を再生させていくようなハレとケの運動法則だけでは説明出来ない、何かがあるのではないだろうか。

その何かとは、われわれがとりあえずは文学と呼ぶところのものによってしかあらわし得ない何か、うまく言語化出来ない何かとしか言いようがないが、少なくともそれがなければ、ヤマトタケル物語は、その豊かな物語性の水準を保っていなかったろうし、実は、古事記の中の大切な物語として選ばれることもなかったのではないか。ヤマトタケル物語の悲劇性とは、その何かの形象化だったのだととらえておきたい。

三浦佑之はスサノオやヤマトタケルの英雄伝承がある「翳《かげ》り」を帯びていると語る。そして、その「翳り」は、「物語を語る『語り手』の視線が何処にあるかということにかかわっている」と述べ（三浦・二〇〇三）、次のように述べている。

古事記という作品に見いだせる、書き手によっては統御することのできなかった個々の神話や伝承がそれぞれに内在させている視線を、ここでは「語り手」の視線というふうに考えておきます。そして、そうした語り手の視線の中に、王権的な世界への違和感がうかがえるのです。

古事記の英雄物語の「翳り」とは何だろう。三浦はそれを王権的世界への違和感だと説明する。それは、語り手は、その物語が王権の物語であろうとそのあらかじめ支配されている物語の意図とは別に、物語を「翳り」の方向に作り替えてしまうことがあるのだ、ということではないか。

古事記はすでに「語り」のレベルにはなく、文字で書かれたものではないかという批判は当然あるだろう。が、三浦はそれを承知であえてこのような言い方をしている。三浦の言う「語り手の視線」は、「書き手によっては統御することのできなかった」内面の語り方の一つなのだとして理解すればよいのではないか。文字通りの「語り」の問題ではないということだ。

内面の語り方は誰にも制御できないということである。「語り」とは、その制御できないことを利用した表現方法の一つだったとすれば、文字によって書かれ、かなりの脚色や編纂意識が働いていると思われる物語記述においても、その制御できない表現のあり方は、決して失われているわけではないのだ。だからこそ、そこに言語化できない何か、あるいは「翳り」のようなものが、内在していくのである。

ヤマトタケルの悲劇性は、そこに脚色があり、歴史意識の産物であるという面も当然あるだろう。が、一方で、内面の表象であり、「翳り」を内在化させる語り口が生み出したものでもある。そのような内面を、かつてのわれわれは、ヤマトタケル物語のような負を抱えた英雄の悲劇として抱え込み、そこに、うまく語り得ない何かを託したのだ。

その感性は、われわれの文学意識の一つの起源であったと言える。従って、その感性は現在のわれわれにもまだ残っているはずである。

コラム

歌謡

岡部隆志

古事記、日本書紀には散文の中に歌が挿入されている。これらの歌を古代歌謡もしくは記紀歌謡と呼び、万葉集の歌とは区別している。記紀の散文の中に挿入された歌であるという点から、物語の登場人物の心情吐露や、劇的な場面を情緒的に支えていく効果をもっている。ただ、歌謡の部分だけを取り出してみると、その多くは必ずしも物語のために創作されたものというよりは、民謡として歌われたものや儀礼などの場面で歌われたものであったと考えられる。

記紀歌謡の形式には、短歌（五七五七七）、長歌（五七五七…）、旋頭歌（五七七五七七）、片歌（五七七）等があるが、五七音になっていない歌も多い。例えば「大和の／高左士野《たかさじの》を／七《なな》行く／嬢《をと》子《め》ども／誰をし枕《ま》かむ」（神武記）は「4／6／4／5／7」である。その意味では、万葉集の歌の形式が確立する前の歌謡の様相を伝えているのではないかと考えられる。その内容においても、「大和へに／行くは誰が夫《つま》／隠《こも》り水《づ》の／下よ延《は》へつつ／行くは誰が夫」（仁徳記）のように繰り返しの詞章が多い。ある決まった音数律と繰り返しの詞章は、歌謡にとって極めて基本的なものであるが、記紀歌謡はこの歌謡の基本が次第に整えられていく段階と見ていい。

記紀歌謡の成立より古く、神話等の長い物語（叙事）を歌っていた神謡の段階が想定される。神話の一部ではなく神話そのものを全部歌っていくもので、現在でも、南島（沖縄）や、中国の少数民族では神話そのものを歌うことで伝承している例がある。一方、恋愛や結婚を目的に男女が歌を掛け合う歌垣は古くからあったと考えられ、それらの歌は掛け合いを基本とするから短い歌であったろう。そのように長い神話を歌う神謡や歌垣での短歌謡、あるいは、儀礼的な場面での様々な歌謡があったはずで、そういった歌謡は地域共同体（村落）を基盤としていたと考えられる。地域共同体を統合するクニ（律令国家以前の段階）の段階になると、閉じられた各地域の歌は次第に共通化され、より地域的な広がりを持つ歌謡（記紀歌謡）が生まれる。当然、その広がりを保証するものとして、音数律や繰り返しの詞章のような様式が成立するのである。貴族文化のもと、その様式がさらに洗練され、より繊細な個の心情を表現し始めたのが万葉集の歌の段階と言える。

三　五世紀の歴史と伝承

平林章仁

1　オホサザキ天皇

五世紀の大和王権

古事記下巻の巻頭は、五世紀前葉の仁徳天皇である。これは仁徳天皇から新しい時代が始まるという歴史観の反映だろうが、五九二年に即位する最初の女帝推古天皇で閉じる。ただし、説話や歌物語などの旧辞的な記事は顕宗天皇までしかなく、未完の歴史書との印象もあるが、仁徳天皇から顕宗天皇の代はおおむね五世紀におさまる。

五世紀は、讃・珍・済・興・武の「倭《わ》の五王《ごおう》」が中国南朝に遣使朝貢を繰り返した積極外交の時代であるが、背景には国際的緊張の高まりが存在した。国内的には、大規模な前方後円墳が盛んに築造され、巨大な王陵が河内地域（大阪府南部）の古市《ふるいち》や毛受《もず》（百舌鳥）の地に集中して造営された。

外交上の必要性もあって河内が時の王権の重要な権力基盤だったことを物語るが、このことから「河内王朝」と称された（直木孝次郎・一九六四）。また、この時代に畿内以西の水運網を掌握して外交を主導し、執政官として強大な権勢を誇ったのが、大和葛城を拠地とする「葛城氏《かづらき》」であった（平林・二〇〇五）。

近年は中国史にいう王朝とは質的に異なるとの批判から、これを「河内政権」と記すのが一般である。河内政権説には、河内を基盤に新しく発祥した王権とみるか、それとも大和の王権が基盤を河内

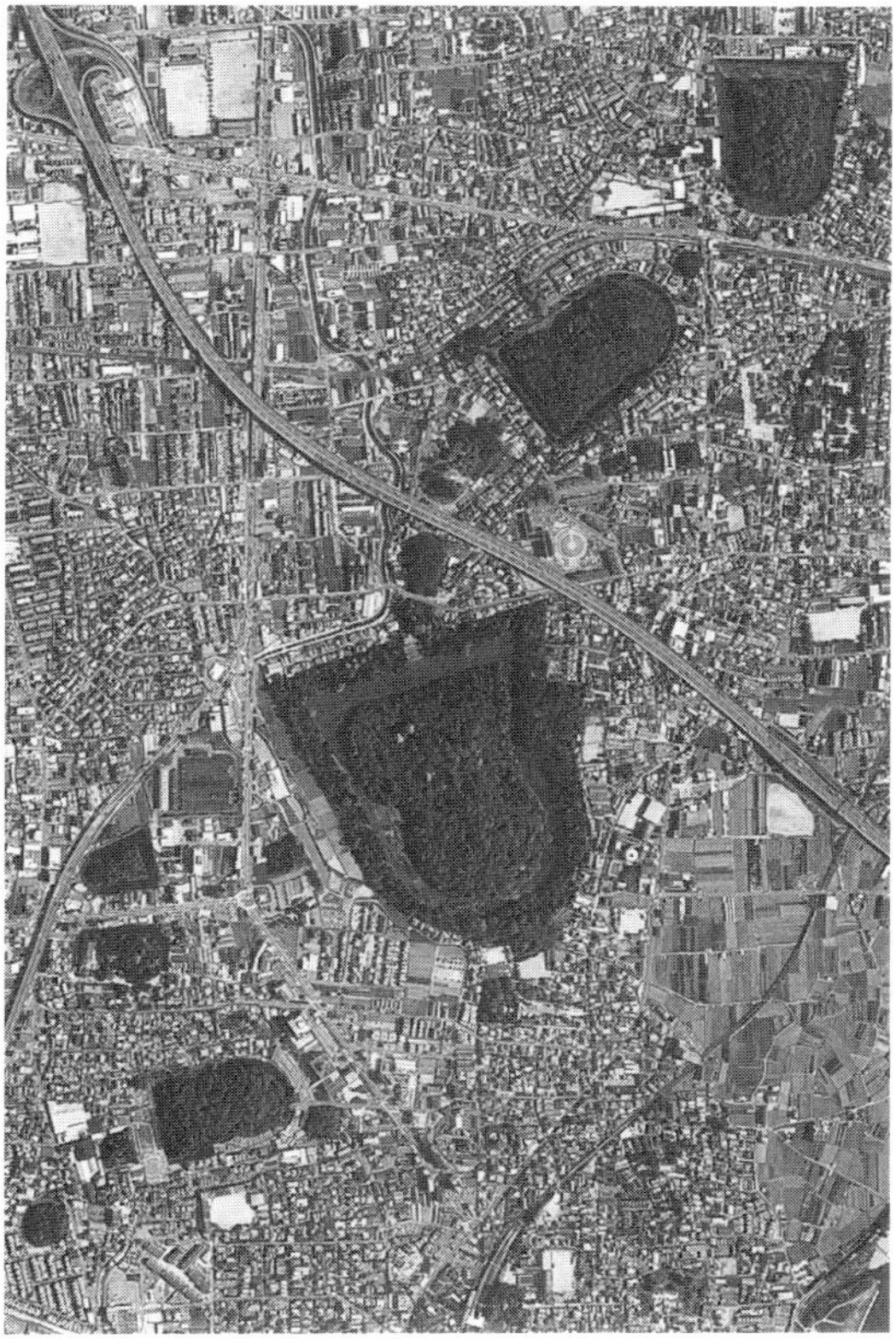

17 古市古墳群　中央が応神天皇陵

に拡大したと考えるかで、見解の対立がある。これは王統交替など古代国家形成史上の問題でもあるが、古事記・日本書紀（以下、記紀とする）の所伝の信憑性とも無縁でない。

記紀は儒教的視点から仁徳天皇を広く徳政を行なった聖帝と描き、古代史研究者は孫の雄略天皇の代を古代王権が専制化した政治上の画期と位置づける。ここでは、河内政権で重要な位置を占める二人の天皇に関わる問題から、五世紀史の再構成について若干の私見を提示しよう（なお、年紀の明らかな日本書紀・続日本紀の記事は出典を省略した）。

ホムタワケとオホサザキ

記紀によれば、新羅征討に反対したために急死した仲哀天皇のキサキ、息長帯比売命《おきながたらしひめのみこと》（気長足姫《おきながたらしひめの》尊《みこと》／神功《じんぐう》皇后）が筑紫で産まれた御子を抱えて大和に帰還する。彼女は難波から淀川水系流域を拠地とする香坂《かごさか》王・忍熊《おしくま》王を倒し、長期の摂政の後に御子が即位する。応神天皇だが、古事記中巻の巻末に位置する。彼の子が仁徳天皇である。

ところで、応神・仁徳などの中国風の天皇名は漢風諡号《しごう》といい、七六〇年代に淡海三船《おうみのみふね》が撰定したものである。本来の名は、応神天皇は品陀和気命《ほむたわけのみこと》（誉田別尊）、仁徳天皇は大雀命《おほさざきのみこと》（大鷦鷯尊）といい、それぞれホムタ、サザキが実名とみられる。

ホムタについて日本書紀は、「誕生したとき、弓を射る際に弦の反動を防ぐの鞆《ほむた》（トモ）のような肉の盛り上がりが、腕の上にあったのでホムタと名づけた」と記す。別の所伝（一云）には、「太子《ひつぎのみこ》として越国《こしのくに》に行き、角鹿《つぬが》の笥飯《けひ》大神（福井県敦賀市の気比《けひ》神社の神）と互いに名を取り易《か》えた。それなら太子の元の名は去来紗《いざさ》別尊《わけのみこと》と申すことになるが、所伝がなく未詳である」とも記す。名を取り替える易名《えきめい》伝承だが、古事記には「易名のしるしに気比大神が天皇に沢山の入鹿魚《いるか》を献上した」とある。これらは事実譚とするより、当時の出産や成年式での命名儀礼の反映とみるべきであろう。

易名のことは、日本書紀も仁徳天皇について伝える。「応神天皇のキサキ仲姫命《なかつひめのみこと》が、仁徳天皇を出産した際に木菟《つく》（ミミズク）が産殿《うぶどの》に飛び入った。同じ日、大臣武内宿禰《おおおみたけしうちのすくね》の妻の出産時には鷦鷯《さざき》（ミソサザイ）が飛び込んだ。これはめでたい徴《しるし》だからと、二人は互いに鳥の名を取り易えて子の名とした」という。武内宿禰（建内宿禰）は、葛城氏をはじめ蘇我氏や平群氏ら臣《おみ》の姓《かばね》をもつ氏族の始祖と伝え、この時産まれた木菟宿禰は平群氏の祖という。

もちろん、このままの事実があったとは到底信じられない。ただ、誕生した新生児にヒトの霊魂を運び入れるため、サザキやツクの鳥形を用いた呪的な儀礼なら想定できよう（平林・一九九二、コラム参照）。

ところで、ホムタとサザキの名に関し、古事記応神天皇段は興味深い物語を伝える。

又吉野の国主等《くずども》、大雀命の佩《は》かせる御刀《みたち》を瞻《み》て歌《うた》曰ひけらく、

品陀《ほむた》の　日の御子　大雀《おほさざき》　大雀　佩かせる大刀《たち》　本《もと》つるぎ　末《すゑ》ふゆ　冬木《ふゆき》如《の》す　からが下樹《したき》

の　さやさや

とうたひき。又吉野の白檮上《かしのふ》に横臼《よくす》を作りて、其の横臼に大御酒を醸《か》みて、其の大御酒を献りし時、口鼓《くちつづみ》を撃《う》ち、伎《わざ》を為《な》して歌《うた》曰ひけらく、

白檮《かし》の上《ふ》に　横臼《よくす》を作り　横臼に　醸みし大御酒《おほみき》　うまらに　聞《きこ》しもち食《を》せ　まろが父《ち》

とうたひき。此の歌は、国主等大贄《おほにへ》を献る時時、恒に今に至るまで詠《なが》むる歌なり。

国主（国栖／国樔）は大和の吉野川上流域に住む土着住民で、宮廷の節会《せちえ》に鮎・栗・菌《たけ》など土毛《くにつもの》を御贄《みにえ》として献上し、その際には歌・笛を奏する定めであった。これには天皇に対する服属儀礼の意味もあり、右はその起源説話である。

ちなみに、先の歌謡は歌意をとりにくいが、「品陀の　日の御子　大雀」（原文は「本牟多能　比能美古　意富佐邪岐」）が佩いている大刀がすばらしいことを褒め称《たた》えたものである。後のものは「白檮の林で白檮の横臼を作り、その横臼に醸《かも》した御酒です。おいしく召し上がってください。われらが父よ」という意で、これは日本書紀にもみえる。

品陀の日の御子

問題は、先の歌謡にみえる「品陀の　日の御子　大雀」の句である。

これまでは「品陀天皇（応神）の御子である大雀命（仁徳）」と解されてきたが、「品陀の　日の御子」と「大雀」は同格の関係で「品陀の　日の御子　大雀」で大雀をさすと解する立場から、吉井巌は「仁徳もホムタの名で呼ばれており、ホムタワケ（応神）は仁徳の分身的虚像もしくは仁徳王朝の支配者たちを象徴する虚像であった」と、応神天皇の存在に疑問をなげかけた（吉井・一九六七）。

さらに直木孝次郎も、この句からホムタとサザキは本来、ひとりの天皇の二つの名であったが、後にそれぞれの名をもつ二人の天皇として分化、伝承されたもので（直木・一九七五）、応神天皇伝承は神の子として誕生した河内政権の始祖王の物語だったと述べ、その実在を否定した（直木・二〇〇三）。前田晴人も、応神天皇の原像は住吉大神から天下統治を約束された幼童神にあり、仁徳天皇は応神天皇の延長であり、同体異名の存在であるとする（前田・二〇〇〇）。

河内政権説の主張は、万世一系の記紀王統譜の信憑性に対する疑問に発する部分もあるが、五世紀の王権の成立問題でもある。応神・仁徳父子の実在が揺らぐなか、オホサザキの名は巨大な王墓、オホサザキ（大陵）の転訛とみるむきもあるが、その名の由来は以下の考察で明らかになろう。

日の御子大雀

「品陀の　日の御子　大雀」の本来の意味を考える際、大雀こそ日の御子なのだから、「品陀の　日の御子」と「大雀」を分離するのは適切でない。古事記が仁徳天皇を「日の御子」と称《たた》えることは、難波日女《ひめ》島へ行幸した際の建内宿禰の歌にもみえる。

日女島に雁が産卵したことについて、仁徳天皇が歌で建内宿禰に、

たまきはる　内《うち》の朝臣《あそ》　汝《な》こそは　世《よ》の長人《ながひと》　そらみつ　倭《やまと》の国に　雁卵生《こむ》と聞くや

と尋ねられた。この問いに建内宿禰は、

高光る　日の御子　諾《うべ》しこそ　問ひたまへ　まこそに　問ひたまへ　吾《あれ》こそは　世の長人　そらみつ　倭の国に　雁卵生と　未《いま》だ聞かず

と、歌で答えたという。

ちなみに、先の歌謡は「内の朝臣よ、お前こそは幾世代も生きた長寿の人だ。大和の国に（冬の渡

り鳥である）雁が卵を産むということを聞いたことがあるか」、後のは「高光る日の御子よ、お尋ねなさるのはもっともです。本当によくぞお尋ねくださいました。私こそ幾世代も生きた長生き者です。しかし、大和の国で雁が卵を産むという話は、まだ聞いたことがございません」という意である。

記紀には天神の御子、日嗣などの表現がままみられるから、オオサザキが「日の御子」と歌われても当然のこととして疑問視されなかったが、それでよいのだろうか。他の「日の御子」の用例の検討と、オホサザキが「日の御子」と呼び称えられた理由の解明が、次の課題である。

2　「日の御子」論

古事記の「日の御子」

古事記では「日の御子」の使用はすべて歌謡に限られるが、用例は多くない。

まず、景行天皇段で、尾張の美夜受比売《みやずひめ》が倭建命《やまとたけるのみこと》に、「高光る　日の御子（比能美古）　やすみしし　我が大君《おほきみ》　あらたまの　年が来経《きふ》れば　あらたまの　月は来経往《きへゆ》く　諾《うべ》な諾な諾な　君待ち難《がた》に　我が著《け》せる　襲《おすひ》の裾に　月立たなむよ」（日の御子である大君よ、年月は過ぎていきます。本当にあなたを待ちかねて、私の裳裾に月が経たないことがありましょうか）と返歌したとみえる。「高光る　日の御子」と「やすみしし　我が大君」は同格で、「大君」が「日の御子」である。ここでは「日の御子」はヤマトタケルのことになるが、個有名でない「我が大君」は他の王にもあてられるから、これが元からヤマトタケルのことを歌っていたとは確定できない。

つぎに雄略天皇段には、長谷《はつせ》の豊楽《とよのあかり》で三重采女《みへのうねめ》が献上した盞に槻の落ち葉の入ったことを、「纏向《まきむく》の　日代《ひしろ》の宮は　朝日の　日照《で》る宮　夕日の　日がける宮……　水《みな》こをろこをろに　是《こ》しも　あやに恐《かしこ》し　高光る　日の御子（比能美古）　事の　語言《かたりごと》も　是《こ》をば」と、長歌を奉り詫びたので天皇は罪を許したとある。これをうけて大后の若日下部王《わかくさかべのみこ》も、「倭の　この高市《たけち》に　小高《こだか》る　市の高処《つかさ》　新嘗屋《にひなへや》に……　照り坐《いま》す　高光る　日の御子に（比能美古爾）　豊御酒《とよみき》　献らせ　事の　語言も　是をば」と歌い、さらに天皇も歌で応じたが、この三首は「天語歌《あまがたりうた》」であると記す。二首の「日の御子」は雄略天皇をさすが、これも固有名詞がみえないから他の王にも用いることができる。

天語歌は天語部の伝承歌謡とみられるが、天語部の伴造の天語連《あまがたりのむらじ》は『新撰姓氏録』右京神別上に、阿波国（徳島県）の忌部《いんべ》氏と同祖で天日鷲命《あめのひわしのみこと》の後とある。ちなみに、養老三年（七一九）十一月辛酉条には、朝妻手人竜麻呂《あさづまのてひとたつまろ》を雑戸《ざつこ》の籍から除き海語連《あまがたりのむらじ》を賜姓したとある。海語部は海人《あま》系の古詞や神話を伝承していたのだろうが、天語と海語の異同は定かでない。ただ、「水こをろこをろに」とあるのは、神代記の「伊耶那岐命《いざなきのみこと》と伊耶那美命《いざなみのみこと》が天《あめ》の沼矛《ぬぼこ》で『塩《しほ》こをろこをろに』画《か》き鳴して引き上げた矛の先から滴り落ちた塩が積もって淤能碁呂《おのごろ》島ができた」という神話を想起させ、海洋的な印象が強い。

古事記における「日の御子」の用例は以上で、日本書紀にはみえない。したがって、この五例はかなり特殊な用例といえるが、古代史上重要な位置にあるヤマトタケル・仁徳天皇・雄略天皇に限られるのも意味ありげである。なかでも、「日の御子」が固有名詞にかかるのは「大雀」のみであり、仁徳天皇が強く「日の御子」と意識されていたことは看過できない。

万葉集の「日の皇子」

古事記における「日の御子」の用例はすべて歌謡に限られたが、万葉集でも「日の皇子／日の御子」の表現が散見される。まず巻一に、軽皇子（文武天皇）の安騎野《あきの》（奈良県宇陀市）行幸の際に柿本人麻呂が詠んだ長歌「やすみしし　わご大王　高照らす　日の皇子（日之皇子）　神ながら　神さびせすと……」（四五）、藤原宮役民の作歌「やすみしし　わご大王　高照らす　日の皇子（日乃皇子）　荒《あら》妙《たへ》の　藤原がうへに……」（五〇）、藤原宮御井歌「やすみしし　わご大王　高照らす　日の皇子（日之皇子）　麁妙《あらたへ》の　藤井が原に……」（五二）などがみえる。

巻二では、天武天皇崩後八年（持統天皇七年／六九三）九月九日の斎会の夜、夢に浮かんだという持統天皇の歌「明日香《あすか》の　清御原《きよみはら》の宮に　天の下　知らしめしし　やすみしし　わご大王　高照らす　日の皇子（日之皇子）　いかさまに　思ほしめしか……　高照らす　日の御子（日之御子）」（一六二）、持統天皇三年（六八九）に亡くなった草壁皇子の殯宮《もがりのみや》で柿本人麻呂が詠んだ挽歌「天地《あめつち》の　初《はじめ》の時　ひさかたの　天《あま》の河原に……　天照らす　日女の命（日女之命）　天をば　知らしめすと……　高照らす　日の皇子は（日之皇子波）　飛鳥《とぶとり》の　浄《きよみ》の宮に……」（一六七）、同じく舎人らの挽歌「高光る　わが日の皇子の（我日皇子乃）　万代《よろずよ》に……」（一七一）・「高光る　わが日の皇子の（吾日皇子乃）　いましせば……」（一七三）、文武天皇三年（六九九）に亡くなった弓削皇子への置始東人《おきそめのあづまびと》の挽歌「やすみしし　わご王　高光る　日の皇子（日之皇子）　ひさかたの　天《あま》つ宮に……」（二〇四）、巻三には柿本人麻呂が長皇子に献った「やすみしし　わご大王　高照らす　わが日の皇子の（吾日乃皇子乃）……」（二三九）、同じく人麻呂が新田部《にいたべ》皇子に献った「やすみしし　わご大王　高輝らす　日の皇子（日之皇子）……」（二六一）、巻十三にも長歌「やすみしし　わご大君　高照らす　日の皇子の（日之皇子之）……」（三二三四）などが載る。

このように万葉集では、「日の皇子」の表現が七世紀後半から末にかけて集中的に用いられ、対象は天武天皇・文武天皇・草壁皇子・長皇子・弓削皇子・新田部皇子らに限られる。とくに、持統天皇と柿本人麻呂の周辺で天武天皇やその子・孫に多用されていることに注目されるが、持統天皇御製歌で天武天皇に「高照らす　日の皇子（御子）」の句を重ねて用いていることや、人麻呂挽歌の「天照らす　日女の命」「高照らす　日の皇子」とある対句的表現なども留意される。「日の皇子（御子）」は対象人物の限られた特別な表現だったが、その限られた時期の集中的な使用は天照大神信仰の高揚や神統譜上の地位上昇とも関わろう。

もちろん、これをもって古事記の件の歌謡が七世紀後半から末の作であることをいうつもりはなく、天語歌とあるようにそれは宮廷古来の伝承歌謡だろう。柿本人麻呂が宮廷の伝承歌謡の表現を借用した可能性もあるが、万葉集でも「日の皇子」の句が固有名詞を修飾するのが皆無であることは、「品陀の　日の御子　大雀」の特異さを際だたせていて、オホサザキの歴史伝承上の重さを思わせる。

オホサザキ天皇の真実

さて、オオサザキにのみ「日の御子」が冠せられた謎を解く鍵は、その名にある。オホサザキの名については松倉文比古の、鶺鴒が鳥の王になる昔話と関連するという示唆的な指摘がある（松倉・二〇〇六）。その昔話には二型あって、「鶺鴒は鳥の王」の要旨は、「鳥の王の鷹が鶺鴒と、猪を倒す競争をする。小さな鶺鴒は猪の耳の中に入って倒すが、欲を出した鷹は一度に二頭の猪をつかんだので股を裂かれて失敗し、鶺鴒が鳥の王になる」というもの。

いま一つ「鳥の王の選挙」は、「鶺鴒と鷹が、太陽を最初に見たものが王になる賭けをする。鷹は西を向くが、鶺鴒は東を向いて一番先に太陽を拝んだので、鳥の王になる」というもので、関敬吾によれば東北から九州、さらに海外にまで広く分布し（関・一九七九）、相当に古い文化的背景をもっているいると思われる。

なお、神奈川県津久井郡で採録されたものは、「鳥仲間で、太陽を一番先に発見したものが、鳥の王になることにする。鶺鴒が発見して、鳥の王になる。また、耳の中に鶺鴒が入ったので、猪が崖から落ちて死んだ。それで鶺鴒が鳥の中で一番強いことになる」という、二タイプが融合したものである。

融合型の存在も興味深いが、この昔話で重要なのは「鶺鴒が太陽を発見したので鳥の王になった」こと、すなわち鶺鴒を太陽の象徴とする観念の存在である。七世紀以前のわが国にこの物語が存在したとの確証はないが、鶺鴒を太陽の象徴とする観念が存在したならば、五世紀の王統の祖的位置にある王がサザキと命名された理由を考察する道も開かれよう。サザキこそ「日の御子」に相応しい名だったのだ。

3　ワカタケル天皇

忍海評の特殊性

ところで、日本書紀神功皇后五年三月七日条は、新羅に派遣された葛城襲津《そつ》彦《ひこ》が「俘人《とりこ》」を連れ帰ったが、彼らは今の桑原・佐糜《さび》・高宮・忍海《おしぬみ》四邑の漢人《あやひと》の始祖であると記す。葛城氏の祖である葛城襲津彦（曾都比古）の実在は確かとみられるが（井上光貞・一九六三）、娘の磐之《いわの》媛《ひめ》（石之日売）は仁徳天皇のキサキとなり履中《りちゅう》・反正《はんぜい》・允恭《いんぎょう》天皇らをもうけたと伝える。俘人を配置した葛城の四邑のうち、桑原・佐糜・高宮は令制下には葛上郡に属すが、忍海には忍海郡が置かれる。次の課題は、この孤立的な忍海郡である。

奈良盆地南西部の葛城地域を南北に分断する忍海郡の領域は、東西約七キロ・南北約二キロとかなり狭小で、一郡とする必要性はみられない。葛上郡もしくは葛下郡に繰り入れたほうが、地理的にも自然である。なぜ狭隘な忍海郡を設置したのか、これまでは謎であった。

18　「忍海評」木簡

ところが、藤原宮跡から衛士《えじ》や仕丁《しちょう》の出身地を記したとみられる七世紀末頃の「忍海評《こおり》」木簡が出土し（木簡学会・二〇〇五）、この問題を解く鍵が提供された。令制前の地域行政区画

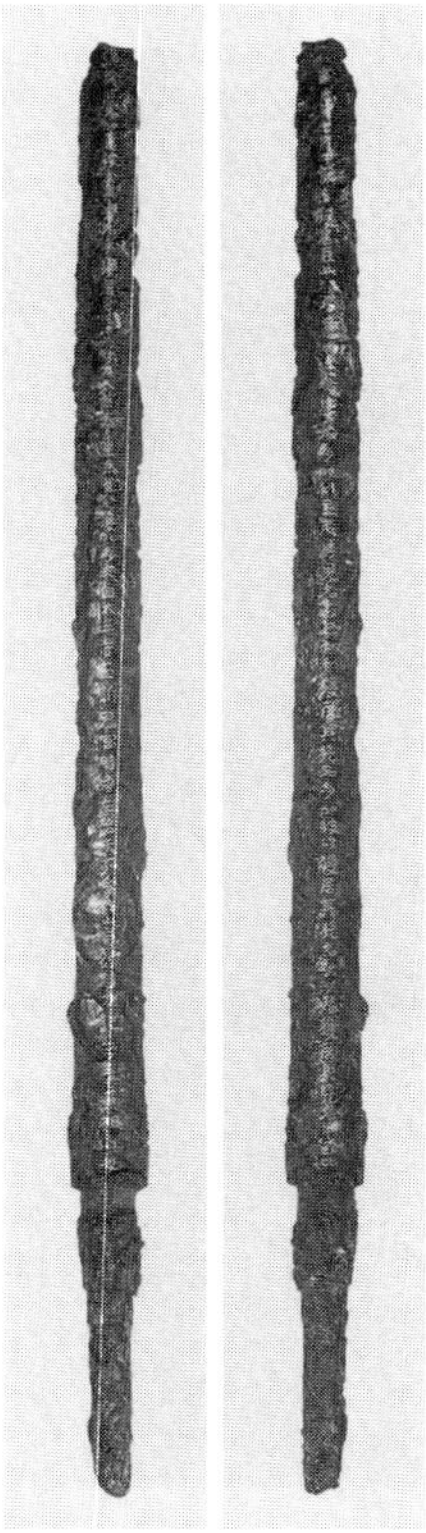

19　埼玉県行田市稲荷山古墳出土鉄剣

「評《こおり》」は、蘇我氏本宗家が滅亡する乙巳の政変（六四五年）の後に進められた改革でほぼ一斉に設置され、大宝元年（七〇一）の大宝令の施行で「郡《ぐん》」に移行した（大津透・一九九二、鎌田元一・二〇〇一）。「忍海評」木簡から、早くも七世紀後半には葛城地域が葛木上評・葛木下評・忍海評に三分割されたことが判明する。葛城は古く葛木と表記されたが、郡制への移行にともない全国的に評の再編成が行なわれた。大和国でも狭小な飽波《あくなみ》評は平群《へぐり》郡に編入されるが（狩野久・一九九〇）、なぜか忍海評はそのまま忍海郡に移行した。

このことは忍海評の地域が、狭隘であっても特別な歴史的背景をもって存在した、特殊な地域であったことを物語る。それは、葛木上評（郡）や葛木下評（郡）に併せられることを強く拒否するほどのものだったが、忍海地域の歴史的重要性が高まるのは五世紀末をおいて外にない。

ワカタケル大王は古代史上の画期か

さて、允恭天皇の御子、雄略《ゆうりゃく》天皇の代はほぼ五世紀後半にあてられるが、大和王権が専制化する政治上の画期であるという。それは岸俊男の、万葉集巻一の巻頭歌が雄略天皇の御製であること、薬師寺の僧景戒《けいかい》が平安時代初頭に撰述した最古の説話集『日本霊異記《にほんりょういき》』上巻の最初も雄略朝の物語であることなどから、雄略朝が後々まで時代の画期と意識されていたとの指摘に始まる（岸・一九八八）。

それを受けて、雄略天皇が多くの競争相手を実力で倒して即位したと伝えられること、雄略天皇に比定される倭王武が中国南朝の宋に昇明二年（四七八）提出した上表文（『宋書』）に武力で領域を拡大したとあること、埼玉県行田《ぎょうだ》市の稲荷山古墳出土の鉄剣や熊本県和水町の江田船山古墳出土の大刀に、雄略天皇の実名「獲加多支鹵《わかたける》大王」とともに「杖刀人」「典曹人」と未熟ながら官制の整備を示す銘文も刻まれていることなどから、雄略朝を大和王権が専制を強化する時代の画期と位置づけるのが通説となった。

当時のわが国は百済と盟友関係にあったが、日本書紀雄略天皇二十年（四七五）から二十一年三月条によると、高句麗に攻められた百済は一時的に滅亡し、都を漢城（広州）から熊津（公州）に遷すことでようやく再興することを得たという。これは大和王権の外交戦略にも大きな痛手であったとみられるが、「倭の五王」の中国南朝への遣使が、先の倭王武の昇明二年（四七八）をもって途絶し、これらと相前後して葛城氏も衰亡したとみられる。王家の姻族かつ執政官として権勢を誇った葛城氏の権力基盤は畿内以西の水運網と外交権の掌握にあったが、その衰亡はこうした外交情勢の転換に連環する可能性が高い。

それはさておき、雄略天皇没後に続く政治的混乱は、時代の画期とする雄略朝の評価に再考の必要なことを物語る。すなわち、雄略天皇のあとを継いだ清寧天皇には皇后や御子がなく、大和王権は王位断絶の危機に陥ったという。

ワカタケル大王没後の混乱

その後を素描すれば、葛城襲津彦の子である葦田《あしだ》宿禰の娘黒比売命《くろひめのみこと》と履中天皇の間に生まれた忍海郎女《おしぬみのいらつめ》、またの名は飯豊王《いいどよのみこ》（飯豊皇女）が葛城忍海の高木角刺宮《たかぎのつのさしのみや》で一時的に政権を担った。父の市辺之《いちのべの》忍歯王《おしはのみこ》（飯豊王の兄）が大長谷若建王《おおはつせのわかたけるのみこ》（雄略天皇）に近江の蚊屋野《かやの》（滋賀県蒲生郡）で殺害され、難を逃れていた子の袁祁命《をけのみこと》と意祁命《おけのみこと》の兄弟が針間国《はりまのくに》に派遣された山部連小楯《やまべのむらじおだて》に見出される。二人は飯豊王に迎えられて即位する。顕宗・仁賢天皇だが、先に即位した顕宗天皇は弟で、難波王をキサキに迎えるも御子はなかった。

次の仁賢天皇は、雄略天皇の娘春日大郎女《かすがのおおいらつめ》をキサキとして手《た》白髪郎女《しらがのいらつめ》や小長谷若雀命《おはつせのわかさざきのみこと》らを、また丸邇《わに》日爪臣《のひつめのおみ》の娘糠若子郎女《ぬかのわくごのいらつめ》との間に春日山田郎女をもうけたという。

仁賢天皇のあとを受けた武烈天皇（小長谷若雀命）にも御子がなく、遂に王統断絶の危機に陥った。日本書紀は武烈天皇が信じがたい数々の悪逆暴政を行なったと記すが、王統断絶の危機についての編者の説明であり、事実譚ではない。その危機に際し、近江から応神天皇の五世孫という袁《お》本杼命《ほどのみこと》が迎えられ、仁賢天皇の娘手白髪郎女をキサキとして王位を継いだ。継体天皇だが、六世紀初頭のことである。この間、実年にして四半世紀ほどであり、事実がこの通りだったかは疑問もあるが、王位の継承だけでも相当な混乱が想定される。要するに、雄略朝に王権の専制化が進んでいたなら、こうした政治的混乱の存続は考えがたい。いみじくも鬼頭清明が、「雄略朝は時代の転換点ではあるが、新しい時代の出発点を想起することはできない」と、雄略朝を大和王権専制化の画期とする通説を批判するとおりである（鬼頭・一九九三）。

葛城氏系王族の即位

袁祁・意祁の物語は、神や高貴な人が故《ゆえ》あって落魄《らくはく》し、多くの苦難に遭いながら流浪を余儀なくされるという、典型的な貴種流離《きしゅりゅうり》の物語である。その劇的な内容から、彼らの即位を疑問視する見解も根強い（吉井巌・一九七七、岡田精司・一九八〇など）。さらに、清寧天皇にはキサキや御子がなく、古事記は彼の崩年を記さず、日本書紀が武烈天皇を非情な暴君と描くなど、前後の天皇に疑問を増幅させる要素が少なくない。

しかし、二王の存在までを創作とするには動機が不十分で、核になる事実はあったのではないかと推考される。紙幅の都合から主題に限定するが、彼らが身を寄せていた場所が重要である。古事記は「志自牟《しじむ》の家」、播磨国風土記美嚢《みなぎ》郡条は「志深村首《しじみのむらのおびと》、伊等尾《いとみ》」、日本書紀には「赤石郡の縮見屯倉《しじみのみやけの》首忍海部造細目《おびとおしぬみべのみやつこほそめ》」のもととある。すなわち、播磨国赤石郡縮見（志自牟・志深／兵庫県三木市志染町）にある王権の所領管理に派遣された、忍海部造細目の館であった。

もちろん、その信憑性が問題となるが、九世紀末頃に摂津国住吉坐《すみよしにいます》神社（大阪市住吉区）の神官、津守連《つもりのむらじ》が撰述した『住吉大社神代記』「船木等本記」にみえる、「彦太忍信命《ひこふつおしのまことのみこと》の児、葛木の志志見《しじみ》の與利木田《よりきだ》の忍海部乃刀自《おしぬみべのとじ》」という系譜記事に注目される。播磨国赤石郡だけでなく、忍海造の本貫の

20　志染《しじみ》の石室（三木市志染町）

葛城忍海にもシジミの地名が存在することは、縮見屯倉首忍海部造細目のことを傍証する。また彦太忍信命は、記では葛城曾都比古の祖父、建内宿禰の父（紀では祖父）と伝えられる人物である。忍海部刀自は葛城氏と同祖と称していたわけで、忍海氏の歴史的性格や葛城氏との関係についても示唆的である。

さらに、神亀元年（七二四）十月壬寅条に「忍海手人大《おしぬみのてひとおお》海《あま》ら兄弟六人を手人の籍から除いて外祖父従五位上津守連通《つもりのむらじとおる》の姓に従わせた」とあるのも、『住吉大社神代記』の所伝の裏付となる。五世紀には王権直轄の国際的港津として重視された住吉津《すみのえのつ》の管理と、そこに鎮座する住吉坐神社の祭祀は、ともに津守連が担っていた。中国南朝への遣使もここから出帆したと思われるが、その津守連と忍海手人の姻戚関係は、摂津住吉と葛城忍海の連携の伝統、葛城氏の外交への関与も物語る。

要するに、袁祁・意祁二王の物語から、「葛城氏の滅亡で有力庇護者を喪失した王族が、以前から関係のあった忍海氏を頼って播磨に隠棲していたが、王統断絶の危機に迎えられ即位した」という原伝承が想定される。忍海氏が葛城氏につながる集団であることから、播磨国赤石郡縮見屯倉は葛城氏が核となって構築した、畿内以西の交通網の拠点でもあったと推察される。忍海氏にとって縮見は、そのとき以来の有縁の地であった。

4　飯豊皇女の真実

王権を執行した飯豊皇女

さて、顕宗・仁賢天皇の即位前、一時的に大和の王権を執ったという飯豊皇女（飯豊王）には忍海部女王・忍海郎女・青海郎女などの別名が伝えられる他、顕宗天皇即位前紀に引く「譜第《かばねついでのふみ》」は父を市辺押磐皇子《いちのへのおしは》、母を葛城蟻臣《ありのおみ》の娘荑媛《はえひめ》との異伝を記す。

これらから、飯豊皇女と忍海部女王・忍海郎女を別人とみるむきもあるが（菅野雅雄・一九七〇、大橋信弥・一九八四、西條勉・二〇〇五）、名と実を相即不離と観念した古代社会において異名の別人を糾合して王族系譜を造作することが、社会的に可能だったか疑問もある。

問題は所伝内容だが、顕宗天皇即位前紀は「是に由りて、天皇の姉飯豊青皇女、忍海角刺宮に、臨朝秉政《みかどまつりごと》したまふ。自ら忍海飯豊青尊と称りたまふ」と記す。古事記清寧天皇段には、

故《か》れ、天皇崩《かむさ》りましし後、天下治《あめのしたし》らすべき王《みこ》なし。ここに日継《ひつぎ》知らさむ王を、市辺忍歯別王の妹、忍海郎女に問ふ。亦の名は飯豊王、葛城忍海の高木角刺宮に坐す。

とある。ちなみに、右は古典文学大系本ではなく、文意明瞭な折口信夫の訓みによった（折口・一九

21　角刺神社（葛城市忍海）

五六）。

　御子のない清寧天皇が亡くなったので、王位継承（日継）のことを葛城忍海の高木角刺宮（葛城市忍海の角刺神社辺り）で王権を執っていた忍海郎女（飯豊王）に尋ねたという。結果、忍海部造細目のもとに身を寄せていた袁祁・意祁二王の存在が判明するわけで、このことは五世紀末の王権の動向だけでなく、葛城氏の盛衰や忍海評設置の歴史的背景を考察するうえでも看過できない。

　葛城氏を支えた忍海氏

　忍海氏には、飯豊皇女の名代《なしろ》として忍海高木角刺宮に奉仕した忍海部の伴造《とものみやつこ》である忍海造《みやつこ》（天智天皇七年二月／天武天皇三年三月、天武天皇十二年九月に連賜姓）のほか、渡来系金属技術集団の忍海漢人《あやひと》（神功皇后五年三月／肥前国風土記三根郡漢部郷／養老六年三月辛亥）・忍海村主《すぐり》（『坂上系図』所引の『新撰姓氏録』逸文）・忍海手《て》人《ひと》（養老三年十一月戊寅／神亀元年十月壬寅）とその伴造の忍海首《おびと》（『元興寺伽藍縁起幷流記資財帳』）がいる。

　天智天皇七年二月戊寅条には、後宮の女官宮人《めしおみな》である忍海造小龍《おたつ》の娘色夫古娘《しこぶこのいらつめ》が天智天皇との間に、大江皇女・川嶋皇子・泉皇女をもうけたとある。川嶋皇子は持統天皇五年（六九一）九月に没するが、

『懐風藻』には三十五歳とあるから斉明天皇三年（六五七）の誕生である。彼より先に大江皇女が生まれているから、色夫古娘の入内は斉明天皇元年ごろであろう。彼女の入内が孝徳朝の末期だったとしても、中大兄皇子が次期天皇の最有力後継者だったことは確かで、中小氏族出身の色夫古娘の入内はやや特異である。葛城地域の中小豪族では他に、当麻倉首比呂《たぎまのくらのおびとひろ》（日本書紀は葛城直磐村）の娘飯女之子《いいめのこ》（広子）が用明天皇に入内して、当麻王（麻呂子皇子）と須賀志呂古郎女《すがしろこのいらつめ》（酢香手姫皇女《すかてひめ》）をもうけているのみである。

忍海部造・稲羽《いなば》忍海部らの祖建豊波豆羅和気王《たけとよはづらわけのみこ》が、開化天皇と葛城垂見宿禰の娘鸇比売《わしひめ》の間に生まれたとする古事記開化天皇段の出自伝承は確かでないが、忍海氏は葛城氏の王家外戚としての地位の継承者ではなかったかとの指摘もある（小林敏男・一九九四）。おそらく、忍海造だけでなく当麻倉首（葛城直）も、かつては葛城氏を核とする地域政権の有力な構成員であり、葛城氏滅亡後に王家外戚としての地位継承を部分的に認められる立場にあったと思われる。

延暦十年（七九一）正月己巳条に、忍海原連魚養《おしぬみはらのむらじうおかい》らが祖先は葛木襲津彦の六男、熊道足禰《くまぢのすくね》の後だと主張して朝野宿禰を賜姓されていることも、忍海氏の歴史的性格を物語る。忍海氏の中に、葛城襲津彦の後裔を称する集団がいたのだ。

天武天皇三年（六七四）三月丙辰条に、「対馬国守の忍海造大国が対馬から初めて銀を産出して貢上した功績により、小錦下位《しょうきんげ》（のちの従五位）を授けられた」とあるが、これは忍海造と外交および配下の金属技術集団との関係を物語る。これに関わり、大宝元年（七〇一）八月丁未条に「大倭国忍海郡の三田首五瀬《みたのおびといつせ》を対馬に派遣して黄金を冶成させたが、五瀬には正六位上を授け雑戸の籍から除いた」とあるのも参考になる。

三田は御田で王家領のことだが、三田首はその現地管理責任者であり、忍海部造細目のことが想起される。忍海の三田とは飯豊皇女と忍海高木角刺宮に縁《ゆか》りの王家領、ないしは安康天皇を殺害した眉《まよ》輪《わ》王を匿ったことの贖罪として、葛城円《つぶら》大臣が雄略天皇に差し出した所領を再編制して成立したと目される葛木御県《みあがた》の一部であろうか。延喜式内大社の葛木御県神社が忍海に近い葛下郡の南端、今の葛城市葛木に鎮座（本来の鎮座地はやや東方）する。

三田首五瀬は雑戸とあることから本来は忍海の金属技術集団、おそらくは忍海手人の首長であろう。また、右の出来事がいずれも、対外交渉の先端地でもある対馬を舞台としていることも興味深い。彼らは金属製品の加工・生産だけでなく、外交にも従事していたことを示しているが、本来は葛城氏の下で、渡来系集団として外交実務を担っていたと推察される。なお、この対馬からの産金によって大宝の元号がたてられたが、続日本紀に引く「年代暦」には、後に黄金の冶成は三田首五瀬の詐欺と判明したとある。

葛城氏の権限を継承した忍海氏

忍海造が娘を天智天皇に入内させることができたのも、葛城氏の後裔ないしは王家の外戚としての地位後継者という資格においてであったと推察される。

さて、養老三年（七一九）十一月戊寅条に、「忍海手人広道に久米直《くめのあたい》の姓を賜い、雑戸の号を除く」

とあるのも見逃せない。忍海手人と久米直の親密な関係が思われるが、それは肥前国風土記三根郡漢《あや》部《べ》郷条に、「昔、来目《くめ》皇子が新羅を征伐しようとして、忍海漢人を連れてきて兵器を作らせたので、漢部郷という」とある所伝からも窺われる。これは推古天皇十年（六〇二）二月に、厩戸《うまやど》皇子（聖徳太子）の弟「来目皇子に二万五千人の軍勢を授けて新羅に派遣し、筑紫の嶋郡（福岡県糸島郡）まで進軍したが、六月に来目皇子が病気になったので征討を果たせなかった」とある、この時の事であろう。

ところで、顕宗天皇のまたの名が来目稚子《くめのわくご》であり、播磨で二王を発見したのは山部連の祖である伊予来目部小楯であった。要するに、久米（来目）部の伴造である来目部小楯は、幼児期から彼らの養育に従事し、播磨での生活にも関与していた可能性が高い。この久米氏も、忍海氏と親縁な関係にあった。すなわち、葛城氏系の飯豊皇女の執政や顕宗・仁賢天皇の即位は、忍海氏や久米氏らの強力な後援があってのことと思われる。

藤原宮跡から出土した「忍海評」木簡は、忍海が葛城地域の中でも他とは異なる特別な歴史的背景をもつ地域であったことを物語るが、その時期は五世紀末を措いて他にはなく、これまで信憑性が低いとされてきた記紀の関連記事と、河内政権の解体過程について再評価が迫られているといえよう。忍海評が葛城地域を二分するように位置することには、強い政治的意図も窺われる（平林・二〇〇七）。忍海地域の位置付けが、忍海造出身の色夫古娘の入内によるものでないことは、評の設置がそれ以前とみられることや、用明天皇に娘を入れた当麻倉首の本貫、当麻地域が何ら特別扱いされていないことからも明らかである。

コラム

鳥の神話・伝承

平林章仁

古代人は、ヒトにはない動物のすぐれた能力や不思議な生態に、強力な霊的威力の存在を観想した。鳥霊《ちょうれい》信仰もそのひとつで、神や霊魂が鳥に乗って神の世界やあの世へ自由に移動できると信じ、さらには鳥の姿で顕現すると考えて、ことさらに神聖視し崇敬することをいう。

鳥霊信仰は世界的に分布するが、神や霊魂はその依るべき事物や肉体から離れて、自由に別世界へ飛翔できるという、神や霊魂の自律性、不滅性に関わるもっとも原初的な思考と、鳥が天空を自在に飛翔したり時季を決めて定期的に飛来するという、生態の不思議さが結合して成立したものと考えられる。

この信仰のもと、鳥の羽や鳥形、さらには実際に鳥を用いた様々な呪的儀礼や祭祀が執り行なわれた。初代天皇神武の父ウガヤフキアエズが、産屋《うぶや》に鵜《う》の羽を葺《ふ》き終わらない間に産まれたという神話も、鵜が新生児の霊魂を運んでくるとの信仰に基づいた習俗を物語る。本文に触れた、仁徳天皇と木菟宿禰《つくのすくね》が同じ日に産まれたとき、産屋に木菟と鷦鷯《さざき》が飛び込んだというのも同じである。新生児がヒトと成るには、鳥が不可欠だったのだ。

反対に、ヒトが亡くなった時にも鳥が必要とされた。ヒトが死ぬと、霊魂は肉体を離れて鳥に乗り、あるいは鳥と化してあの世に逝くと考えられた。悲劇の英雄ヤマトタケルが死後に白鳥と化して飛翔したとの物語はよく知られているが、アメノワカヒコ神話で雁《かり》・鷺《さぎ》・雀《すずめ》・雉《きじ》などが喪葬に奉仕したというのも、鳥に擬えた鳥装の人物が貴人の喪葬に奉仕したことの反映である。古墳から出土する鳥形木製品や鳥形埴輪は、死者の鳥だった。福岡県珍敷塚《めずらしづか》古墳や鳥船塚古墳などに描かれる死者の船の、舳先に留まる鳥も同じである。喪葬儀礼でも鳥が必要であり、今でも三重県や大阪府では葬儀に放鳥することがある。

さらに、神も本来、神殿に常住するのではなく、祭りのたびに神の世界から鳥に乗り、あるいは鳥と化して来訪すると考えられた。『山城国風土記』（逸文）が伝える京都の伏見稲荷神社の縁起譚には、餅が白鳥と化して稲荷山に飛来し、そこに稲が生育したとある。銅鐸に描かれた鳥は、穀霊であろう。今も神社に鳥居が不可欠なのは、神が鳥に乗り、鳥と化して来訪すると信じられていたからに他ならない。

22 鳥形埴輪（和歌山県大日山35号墳出土）

Ⅱ　構想と世界観

23　箸　　墓（ヤマトトトヒモモソヒメの墓　奈良県桜井市）
日本書紀では三輪山の大物主神との聖婚伝承が語られる．古事記では三輪山の神との聖婚はイクタマヨリビメの説話として語られている．

一　死者・異界・魂

辰巳和弘

考古学に求められるもの

わたしたちの肉体に宿る魂は何処から来て、何処へ往くのか。人類永遠の問いである。

アンチエイジングについて人びとの関心がたかまりをみせる昨今、その先に立ち現れる魂の行方を探し求める営みもさらなる深化をみせている。しかし数え切れない先人たちの墓を発掘し、過去の喪《そう》葬《そう》習俗に関する膨大なデータを蓄積する考古学の領域から、この問題について積極的な発言がなされてきたとは言い難い。ことに「古墳時代」という世界史上に例をみない時代呼称をもつわが列島の古代にあって、巨大な墳丘や豪華な副葬品を納める喪葬習俗の基底にある宗教観や他界観に寡黙であったことは、「人間の学」としてのその存立基盤を危機に陥らせているといっても過言ではない。古事記の語るコスモロジーには仏教の影響がほとんどうかがえず、前代（古墳時代）以来のイデオロギーを基層にした神語りと説話の集積として読み解くことができる。こうした認識のもと、古墳時代の喪葬習俗から立ち現れる、往時の人びとが抱いたであろう「魂の行方」について考古学の領域から迫ってみたいと思う。

1　創出される異界空間

壺形の墓

古墳時代は前方後円形の巨大な墳丘に象徴される。それは三輪山麓に営まれた纒向《まきむく》古墳群の出現に始まる。現在のところ、三世紀初頭の纒向石塚古墳がその嚆矢とされ、勝山・ホケノ山など、全長一〇〇㍍近い大墳丘墓が陸続と築かれる。それらは円形に近い主丘に撥《ばち》形や台形の突出部を付設した形の墳丘平面を、その周囲に濠《ほり》を掘削することで結界する。いわゆる前方後円墳である。学界では、三世紀第Ⅲ四半期に出現する全長二八〇㍍もの巨大で整美な前方後円形墳丘をもつ箸墓《はしはか》古墳以降を古墳時代とみる見解が根強い。わたしは、古墳時代の王墓を象徴するきわめて特異なこの墳丘の

24　壺形の異界空間（箸墓古墳測量図と纒向石塚古墳平面図）

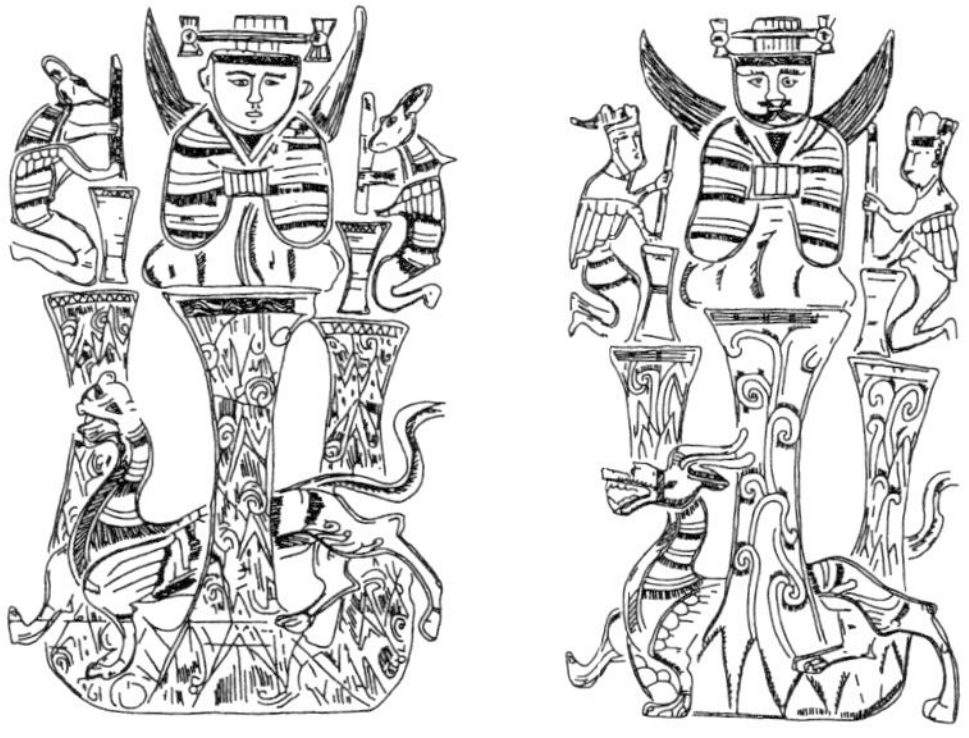

西王母　　東王父

25　壺上の王父母（沂南画像石）

「かたち」が誕生する時点にこそ、宗教的・思想的な画期をみいだすべきだと考える。

そもそも前方後円墳という名称は、江戸後期、蒲生君《がもうくん》平《ぺい》が『山陵志《さんりょうし》』で用いた、「前方後円」という墳丘表現を踏襲したもの。この用語に囚われて、天を「円」、地を「方」ととらえる古代中国の宇宙観がその墳形の由来になったと説き、それが天神地祇《てんしんちぎ》を祀《まつ》る祭壇を造形したもので、亡きさきの支配者の霊威を受ける場としてふさわしいとする説がある。しかし前方部とされる墳丘突出部の平面が矩形に築かれる例は、その誕生の当初に皆無であり、この説の成り立つ余地はない。考古資料に即して考えてみよう。

多くの古墳は円筒埴輪で墳丘を幾重にも結界する。しかも埴輪列の要所には、器台とそこに乗せられた壺を合体させた形に由来する「朝顔形」と呼ぶ円筒埴輪が立てられる。なかには円筒埴輪に替えて壺の形を埴輪に作って墳丘に並べ置く例もある。墳丘を前方後円形に造作できず、円形や方形の墳丘を築いた場合でも、墳丘を壺形や朝顔形の埴輪で結界する事例は後期（六世紀）まで続く。こうした考古事象は、「壺」が被葬者の眠る場＝異界を象徴する器物であることを、外なる世界（此界）に言挙《ことあ》げしている。

あらためて前方後円形の墳丘に目を注いでみよう。円形の主丘を下、撥形や台形の突出部を上にして上空から眺めたなら、それが壺形であると了解することは容易である。古墳を象徴する器物としての「壺」に留意するなら、もはや墳丘を壺形とみるに躊躇はない。壺形の墓が思惟されたところに前方後円墳の誕生があった。それは「前方後円墳」でなく、「壺形墳」と名付けられるべきである。では古墳時代人にとって「壺形」がもつ意味は何か。

東晋の人、葛洪《かっこう》が著した『神仙伝』には、費長房《ひちょうぼう》という町役人が、遠来の薬売りの壺公《ここう》に導かれて壺のなかに飛び込むと、そこは不老不死の神仙界だったという「壺中の天」の話が語られる。壺中に永遠の楽土ユートピア＝異界があるとする観念である。壺公の商う薬が仙薬であったことはいうまでもない。古代中国の神仙思想では、西方はるかに来世の仙界である崑崙《こんろん》山が、一方の東海には現世の仙界である蓬萊《ほうらい》・方丈《ほうじょう》・瀛州《えいしゅう》の三神山が浮かぶとされ、西王母《せいおうぼ》と東王父《とうおうふ》がそれぞれの世界を司ったといい、それら仙界は壺形に観想された。山東省沂《き》南《なん》にある漢墓、将軍塚にあって、墓門の東西立柱に刻まれた壺上に座す王父母とその眷属《けんぞく》の画像はよく知られる。

神仙の教えと古墳文化

古墳時代の倭人が神仙思想につよく憧れていたことは、前・中期古墳に副葬される銅鏡のなかで、西王母や東王父などの神仙像や霊獣を鋳出した神獣鏡《しんじゅうきょう》と画像鏡が好まれたことにもうかがえる。とくに箸墓古墳が築かれたころに製作が開始された、直径が二三・五㌢前後の三角縁《さんかくぶち》神獣鏡と呼ばれる銅鏡群の出土は既に五〇〇面を超え、それが倭国の支配者層にとって重要な葬具であったことを明示している。黒塚古墳（奈良・前期）や椿井《つばい》大塚山古墳（京都・前期）で、三十余面の三角縁神獣鏡が木棺の周囲を護るように配されていた様は象徴的である。神仙の道を説く『抱朴子《ほうぼくし》』には、径九寸（二二センチ前後）以上の大型銅鏡が辟邪《へきじゃ》と登仙のつよい呪能をもつことが語られる。仙界を表出した大型銅鏡をたくさん副葬すればするほど、被葬者の霊魂の護りと登仙がいっそう保証されると理解されたのであろう。

黒塚古墳の東南にある天神山古墳では、周囲に二〇面の銅鏡を巡らせた木棺のなかに注ぎこまれた四一キロを超える水銀朱が検出された。古墳時代、被葬者の屍体に水銀朱をはじめとする赤色顔料を塗布する行為はしばしば見受けられる呪作である。仙薬として丹砂《たんさ》や水銀を服用することの効能は『抱朴子』や『神農本草経《しんのうほんぞうきょう》』などに説かれる。銅鏡の呪的意味と併せ、ここにも神仙の教えが指摘される。藤ノ木古墳（奈良・後期）の横穴式石室奥に安置された家形石棺が、内外面ともに朱塗りであったことを思い出す。

壺形墳は纒向の地に出現した当初から、周囲に濠を巡らせていた。わたしは壺形墳がきわめて宗教的かつ精神性の高い造形物であることを主張している（辰巳・二〇〇二）。濠にたたえられた水は、古墳と此界を結界する仕掛けであるにとどまらず、壺形の仙山を浮かべる東海になぞらえられたのではないか。濠の水が寄せる墳丘の縁は、異界の渚である。

古墳は、被葬者が神仙となって転生する新たな世界＝異界として、壺の形をもって此界に創出されたものである。

卑弥呼の鬼道

神仙の教えは、弥生時代の倭にもたらされていた。唐古《からこ》・鍵遺跡（奈良）の中期後半の溝から、一部が欠損した褐鉄鉱《かってつこう》の殻が出土した。それは元来、なかに赤紫色をした粘土が内包される自然物。その粘土は仙薬のなかでも上薬の「禹余粮《うよりょう》」とされるもの。しかし出土した殻は既に一部を打ち割り、

26　ヒスイ製勾玉を納めた褐鉄鉱の殻（唐古・鍵遺跡）

なかの仙薬を取り出した後、ヒスイの大型勾玉《まがたま》二個を納めていた。ヒスイは越後国頸城《くびき》郡沼河《ぬなかわ》郷（現、新潟県糸魚川市）を北流する姫川と青海川《おうみがわ》流域産とみられる。古代、姫川は沼名河と呼ばれ、流域で採れる玉は「沼名河の　底なる玉　求めて　得し玉かも　拾ひて　得てし玉かも　あたらしき　君が　老ゆらく惜しも」（万葉集一三―三二四七）と歌われ、永遠の象徴として珍重された。勾玉は古代中国にはない玉で、既期の倭ではヒスイ製勾玉が禹余粮と同じ効能をもつ呪物とみなされたらしい。また銅鐸《どうたく》絵画には、桛《かせ》を持つ西王母の姿をデフォルメした人物像が描かれる（伝香川出土鐸、桜ケ丘四・五号鐸など）。倭人たちは、西王母の信仰を核に、登仙の修法や仙薬の服用とあわせ、登仙の

呪具としてヒスイ勾玉や銅鐸を製作するなど、その教えを咀嚼《そしゃく》し消化（倭化）していたことがうかがえる。そうした文化的背景のうえに邪馬台国は出現する。

『三国志』魏書倭人《ぎしょわじん》条は、女王卑弥呼《ひみこ》が鬼道《きどう》を奉じて人びとをよく統率し、「男弟」が彼女を補佐して統治したという。魏書は、道教の一教団である五斗米道《ごとべいどう》を創始した張陵《ちょうりょう》の孫、張魯が鬼道をもって民をよく教化したといい、蜀書は張魯の母が鬼道によって若々しい容貌を保ったと書く。筆者は『後漢書』が卑弥呼の鬼道を「鬼神の道」と表現する点に注目する。「鬼神」とは死者や祖先の霊をいう。卑弥呼の鬼道とは、祖霊の祀りをとおして自らの長生を願う道教的な教えを根幹とした新たな宗教体系であったと理解される。壺形の異界空間はそこに出現する。纒向遺跡は邪馬台国の王宮の地であり、それは初期ヤマト王権へと繋がる。壺形の異界空間は、まず邪馬台国の支配者層の墓として採用された。卑弥呼の鬼道創祀が古墳を生み出したのである。纒向古墳群には卑弥呼や「男弟」らが眠っているのであろう。邪馬台国《やまたいこく》は弥生時代のクニではない。

壺形の異界空間＝古墳は箸墓古墳にいたり、いっそうの整備をみる。外表には葺石《ふきいし》を施し、長大な竪穴式石槨には三角縁神獣鏡を巡らせた割竹形木棺が納められたとみられる。墳丘上は加飾器台に乗せられた加飾壺や壺形埴輪によって結界された空間だった。一九九八年の発掘調査は、箸墓古墳の濠が築造後ほどない四世紀前半には土砂の堆積により湿地化していたことを明らかとした。墳丘は円筒埴輪列や濠によって此界とは結界された空間、世人の立ち入りを拒む異界空間である。被葬者を埋納した後、当該の古墳に対する祭祀が継続して繰り返し行われた具体的な考古学上の事例はない。箸墓古墳の濠の状況はそのことを明示している。記紀にみる大王たちの墓がいずれの古墳にあたるのかを特定できないのも、完成した後の古墳祭祀がなかったからである。異界へと送られた死者の霊魂に此界への再生はなく、被葬者はそこで永遠の生を送ると観念された。

2 魂のなびき、異界への渡り

古墳文化にみる船と馬

高廻り二号墳（大阪・中期）は周濠を巡らせた径二〇メートルの円墳である。墳丘の中段に配置された壺形埴輪の列が、古墳世界を結界・象徴する。形象埴輪の大半が墳頂に配置されるなかで、船形埴輪がひとつ、濠の底に置かれていた。此界と異界を隔てる濠の底に置かれた船。異界に霊魂を運ぶ葬霊船である。船形埴輪の舷側には櫂《かい》を漕ぐ支点になる櫂座《かいざ》という突起が造作される。土製の櫂は確認されない。当然、ミニチュアの木製櫂がそこに添えられていたと見るべきである。船形埴輪のなかには、艫《とも》寄りの舷側に操舵櫂を結わえつけたとみられる小穴が穿たれた例もある。

船形埴輪の船底中央にも必ず穴が開けられる。東殿塚《ひがしとのづか》古墳（奈良・前期）の墳丘裾から出土した円筒埴輪に描かれた三隻の船の絵には、いずれも中央に大きく旗竿が描かれる。船形埴輪の船底の穴にも旗竿が挿し込まれたことが想定できる。この船画には、舷側に並ぶ櫂の列とともに、ひときわ大きく一本の操舵櫂が描かれる。船形埴輪から想起される葬霊船と同じ形だ。竿に掲げられた旗は布帛《ふはく》で

東殿塚古墳の円筒埴輪船画

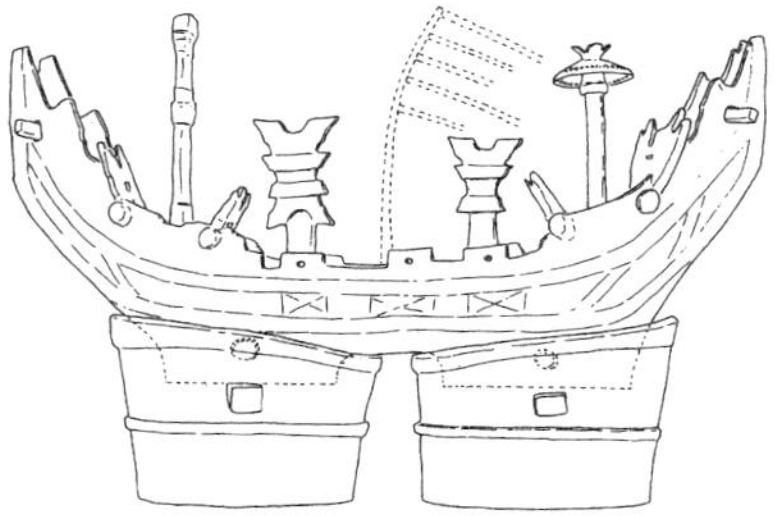

宝塚1号墳の船形埴輪

「人物の窟」の壁画

27　旗を靡《たなび》かせる送霊船

作られ、風に靡《なび》いたことだろう。東殿塚の船画にみる旗は風を受けて真横に靡き、翩《へん》翻《ぽん》と跳ね返るように描かれる衣笠の先に下げられた房とともに、船に命を吹き込む。

そういえば高井田横穴群（大阪・後期）の「人物の窟」でも、異界に赴く船に乗る被葬者が片手に捧げる竿の先に、大きく翻る旗が描かれる。船の横には、同じ容貌の人物が描かれ、彼が持つ竿の旗は垂れさがって描かれる。この壁画はひとつの画面に時間の経過を表現するために同じ人物像を描き、被葬者の霊魂が船に乗って異界へ旅立つ様を旗の靡きに象徴させたのである。

船が異界へ赴く霊魂の乗り物であったように、馬もまた同様に観念された。中期以降の古墳にみられる馬具の副葬や馬形埴輪の背後にある心意である。それゆえ馬にも

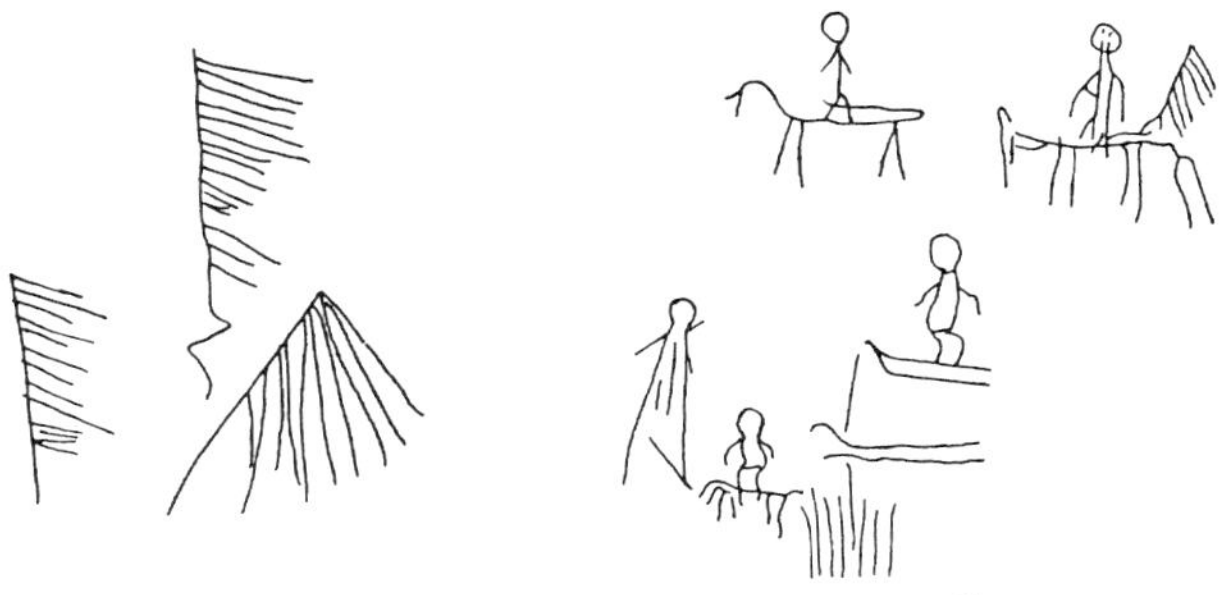

28　高井田Ⅱ—23号横穴の壁画

旗竿が取り付けられる。酒巻一四号墳（埼玉・後期）出土の馬形埴輪には、後輪《しずわ》から屈曲して伸びた突起に、別作りの旗竿がソケット状に組合わさる。さらに高井田Ⅱ—二三号横穴の壁画では、羨道壁の一方に尻に旗を掲げた馬に乗る被葬者が描かれ、他方には幾本もの旗を靡かせた旗竿だけが三つ並び描かれる。しかもその一本は、さきの馬形埴輪と同様、竿の基部が屈曲して描かれる。靡く旗を表出することに意義があったらしい。

青旗のかよい

多様な具象的図文が描かれた古墳壁画として知られる五郎山古墳（福岡・後期）では、主題を表現する奥壁の図柄のうち、その上段にひときわ大きく騎射人物が描かれる。馬の尻から弧状に伸びあがる太い線。旗竿である。赤で輪郭を引き、内側を黒で表現する。主人公とみられる騎馬人物の頭上を覆うかのように大きく表現された旗竿の先端には、風にはためく方形の図形が竿とは違う色で描かれる。青緑色の旗だ。

それは、古墳に副葬される宝器や装身具を模した石製品に濃緑色を呈する碧玉《へきぎょく》が好まれ、またコバルトブルーの色をしたガラス玉が多用されるという考古事象に繋がる。

青旗を歌い込んだ万葉歌がある。「青旗の木幡《こはた》の上を通ふとは目には見れどもただに逢はぬかも」(二―一四八)。天智天皇崩御のおりの皇后倭姫《やまとひめ》の歌である。大津宮から木幡を経て、懐かしい飛鳥へ還り往く天皇の魂が見えるけれども、直接に逢うことはかなわないという歌意。万葉集本文では歌の冒頭を「青旗乃木旗」と表記する。「青旗の」は「木幡」に掛かる枕詞だが、「旗」を重ねることにより、旗の動きに込められた霊魂の動きがいっそう強調される。なぜ旗は青色なのか。いますこし万葉人の心に参入しよう。

「人魂《ひとだま》のさ青《を》なる君がただひとり逢へりし雨夜の葉非左し思ほゆ」(一六―三八八九)。雨夜に今は亡き恋しい人の青色の魂と出逢ったと歌う。人魂・霊魂は青色に認識されていたようだ。さらに、讃良《さらら》皇女(後の持統天皇)は天武天皇の崩御に際し、「北山にたなびく雲の青雲の星離《さか》り行き月も離りて」(二―一六一)と、青雲が星を離れ、月を離れて大空高く飛び去るように大君は去られたと歌う。亡き天皇の魂が青雲にたとえられる。霊魂観の一端がうかがえるとともに、五郎山古墳に描かれる旗の色と繋がる。

さきの一四八番歌で、旗のはためきを魂の動きにたとえた表現は重要である。なぜなら五郎山古墳や「人物の窟」壁画に描かれた旗は、いずれも靡く状態で描かれ、東殿塚古墳の船画にみる旗ではいっそう勢いよく描かれるからである。そこに異界へ急ぐ魂の動きが語られる。宝塚一号墳の船形埴輪にあって、幾本もの布帛をとりつけた旗竿を船底の穴に立てたと推察したのも、布帛の靡きに魂の動きを見立てた古代の心を想起したがゆえである。

3　黄泉国訪問神話と喪葬の習俗

魂呼びの伝承

『三国志』魏書倭人条は倭の喪葬習俗について、「死者がでると、埋葬までの十日余りの期間は肉食を絶ち、喪主は哭泣《こっきゅう》し、他の者はそばで歌舞飲食する。埋葬が済んだ後は、一家を挙げて水中に入って沐浴《もくよく》する」と述べる。前半に殯《もがり》の様子が、後半に葬送後の禊祓《みそきはらえ》の所作が記される。殯とは、霊魂の復帰を願い、喪屋《もや》等に死体を安置し種々の魂振りの祭儀を行うことで、古事記上巻が語る、アメノワカヒコの死に際しての「其処に喪屋を作りて、河鴈《かはがり》を岐佐理持《きさりもち》とし、鷺《さぎ》を掃持《ははきもち》とし、翠鳥《そにどり》を御食人《みけびと》とし、雀《すずめ》を碓女《うすめ》とし、雉《きざし》を哭女《なきめ》とし、如此《かく》行ひ定めて、日八日夜八夜を遊びき」というくだりは、魏書倭人条の記述が往時の喪葬習俗をよく伝えた記事であることを確認させるとともに、ふたつの記事の間に横たわる古墳時代の殯の実態をも語っている。また日本書紀は、アメノワカヒコの死後、「喪屋を造りて殯す（中略）八日八夜、啼《おら》び哭《な》き悲び歌《しの》ぶ」と、記が「遊び」と述べる殯の実態が、死者の霊魂を揺り動かし、その蘇りを念じる、いわゆる魂呼《たまよ》びの呪的祭儀であったことを教えてくれる。

書紀は、王位をオホサザキ（仁徳）に譲り自死したウヂノワキイラツコの薨後三日を経て、オホサザキは己が胸を叩き叫び哭き、髪を解き屍《しかばね》にまたがって三度「我が弟の皇子」と呼びかけると、ワキイラツコはたちまちに蘇り、オホサザキと語り合ったという。殯の場で実修された魂呼びの場面の神話化である。

黄泉国とは

こうした殯の祭儀は、イザナキの黄泉国《よみのくに》訪問神話の検討に新たな視界を開いてくれる。念のため古事記に従って、そのあらすじを述べておこう。

イザナキは、神避《かみさ》った妻イザナミを黄泉国へと追う。そして「殿《との》の縢戸《さしど》」から出迎えたイザナミに現世へ還るよう請う。しかしイザナミは、既に黄泉の世界の食物を口にした（黄泉戸喫《よもつへぐい》）ため夫神の請いに従うのは難しいが、黄泉国を支配する神と相談するあいだ自分の姿を見るなと告げて御殿の内に戻る。やがて待ちきれなくなったイザナキは、櫛の男柱の一本に火を灯して御殿内に入り、そこに「蛆《うじ》たかれころろき」、腐りただれた妻神の恐ろしい姿を見て遁走を始める。見るなのタブーを犯したイザナキは、イザナミの追跡を必死に逃れ、現世と黄泉国の境をなす黄泉比良坂《よもつひらさか》を千引《ちび》きの石《いわ》で塞ぎ、ようやく現世に還り着く。そして両神は千引きの石を間に、離別の言葉を言い放つ（ことどわたす）。

考古学の分野では、この神話が語る黄泉国を横穴式石室とみる考えがすっかり定着した観がある。石室への追葬時に経験する玄室の暗い空間に灯した明かりのなかで、さきに収められた死体が腐乱するさまを目にした体験や、死の汚れを振り払いながら長い羨道を明るい現世へひたすら急ぎ、やがて石室の入口を石で閉塞するまでの光景とこころの動きが神話化されたとみる。そして石室内から出土する食物を供献した土器や、小型の竈《かまど》や甑《こしき》といった炊飯具に黄泉戸喫の儀礼を、石を用いて墓室を閉塞する造作に「ことどわたす」儀礼をみようとした。しかし記紀を精読すると、その読みの浅いことに気づく。

まず書紀が語る一書では、妻神に会うためにイザナキが訪れた場を「殯の処」だと明言し、二神は生きている時と同じように共に語りあったという。それはオホサザキの魂呼びによって蘇ったウジノワキイラツコが、兄（オホサザキ）と語り合う仁徳即位前紀のくだりを想起させる。さらに、さきのアメノワカヒコの喪の終盤、弔いに現れたアヂシキタカヒコネが、生前のアメノワカヒコに瓜二つであったという記紀の語りとあわせ、殯の期間が霊魂の蘇りを思念し、死者との交感が可能と考えられたことをうかがわせる。さらにこの神話は、死者に間違われたことを怒ったアヂシキタカヒコネが、己の剣で喪屋を切り伏せる事態へと展開する。それは殯の終了を告げる呪作と理解される。書紀を通読しても、天皇の殯宮は崩御があった宮の南庭やその近傍に起こされ、埋葬地たる古墳やその周辺に起こされた例は皆無である。一般にあっても、喪屋は住まいやその近傍に営まれたとみるべきである。したがってイザナミが夫神を出迎え会話をかわした「殿の縢戸」は、墓処のなかにはなく、殯の場に建てられた喪屋の戸口に比定するのが穏当な理解であろう。

また書紀の一書は、黄泉国訪問譚の終盤、黄泉比良坂について「別《こと》に処所《ところ》有らじ、但死るに臨みて気《いき》絶ゆる際、是を謂《い》ふか（どこか特定の場所があるわけではない。人の臨終の際のことをいうか）」と語る。それは「気絶ゆる際」という、一瞬の「時」の認識に顕現した「場」である。書紀は、さらに黄泉比良坂を塞いだ千引きの石について、「所塞がる磐石といふは、是泉門《よみど》に塞《ふたが》ります大神《かほみかみ》を謂ふ」と、実際の大きな岩を指すのではなく、現世と黄泉国の間を仕切る境の神（塞の神）をいうと続ける。時の境界に立つ神がいる。その向こうに「蛆たかれころろ」くイザナミの屍がある。黄泉国とは、腐乱し消滅しつつある肉体から魂が離脱し、やがて異界の存在となって、完全な死を迎えるまでの過渡期をいうのであろう。西郷信綱はいう、「黄泉の国とは『唯死人の往て住国』ではなく、神話化された一つの通過儀礼の表象にほかならない」と（西郷・一九九九）。従うべき見解である。

殯の光景

記紀はイザナキがひとつ火の明かりのなかに見た「蛆たかれころろ」き随所に雷神が宿り、腐乱するイザナミの姿を活写する。それは伊波普猷《いはふゆう》による南島での喪葬習俗の報告（伊波普猷・一九二七）にみるような、喪屋に収められた屍を覗《のぞ》き見る習俗が殯礼の次第にあったことを推察させる。また書紀では、イザナミの屍を「膿沸き虫流る《うみうじたかる》」と記述した後を「世人、夜一片之火忌む《ひとつびとぼすこと》（中略）此其の縁なり」と続ける。夜の闇にひとつ火を灯すことを忌むのであって、たくさんの火で明るく照らすことを否定しているのではない。書紀が仲哀天皇の殯をことさら「无火殯斂《ほなしあがり》をす」と述べるのは、仲哀の死を天下に隠すため、あえて火を灯さなかったがゆえであり、本来の殯の場は、昼夜ともに明るい空間であったと考えるべきだろう。

葉佐池《はざいけ》古墳（愛媛・後期）の一号横穴式石室から出土した三体の人骨のひとつ（B号）には、腐肉にたかる生態をもつヒメクロバエ属の蛹《さなぎ》の殻が多数付着していた。当該の人物はハエの繁殖期である夏を中心にした春から秋にかけて亡くなったらしい。そして死後数日を経て、腐臭ただようなかでハエが遺体に産卵したと考えられる。蛹殻《ようかく》の状況から、蛹が羽化したことも確認された。ハエは暗闇では活動しないことから、遺体はある程度の光量があり、ハエが容易にたかることのできる環境下に置かれていたことになり、そこが暗闇の石室内ではないことを語っている。そこに殯の期間が想定できる。このようなハエの蛹殻は、鶴見山古墳（福岡・後期）出土の銅鏡にも付着していて、遺体が副葬品とともに棺に納められ、蓋を開けた状態で殯が行われたことを推察させる。

横穴式の墓室にあらたな追葬をおこなうために参入した人びとは、腐臭ただよう惨烈な情景を目にすることもあっただろう。しかしそこに収められた屍の霊魂はすでに異界へ転生し、蘇ることはなく、交感することもない。考古学者がしばしば自明の事柄のように言挙げる、古墳を首長権継承の場とみる余地はまったくない。古墳は異界。完全なる死の状態の先の首長に、継承されるべき首長権は、もはや存在しない。旧首長からの首長権継承の儀礼が実修されるなら、それは殯の場をおいてほかにない。

黄泉国訪問譚の終盤、両神は千引きの石をなかに離別の言葉を言い放つ「ことどわたす」こととなる。書紀は、その行為を「絶妻之誓建《ことどわた》す」と表記する。文字通り離縁の約定をなす意味であり、とりもなおさず生者と死者が住む世界を異にすることを宣言することにほかならない。殯の終了を告げる儀礼である。殯は果て、屍を墓処へいざなう葬列が棺を挽く。そこにヲハツセノワカサザキ（武烈）と大伴金村に謀殺された平群鮪《へぐりのしび》を逐う影媛《かげひめ》の、「玉笥《たまけ》には　飯さへ盛り　玉盌《もひ》に　水さへ盛り　泣き沾《そほ》ち行くも　影媛あはれ」（武烈即位前紀）という挽歌が想起される。

二〇〇六年二月、中期初頭の大王墓に匹敵する規模の壺形墳、巣山古墳（奈良）の外堤直下の濠底から、全長が八㍍余りに復元される長大な船形の板材とそれに付属する部材が出土した。表面には同心円や直弧文など、古墳壁画に表出される呪的図文が刻まれ、全面が丹塗りだったことから、殯の期間、棺を安置する装置で、殯の終了後には修羅《しゅら》に乗せられて古墳まで挽《ひ》かれ、棺や副葬品を墳丘内に埋置した後、墓処までの葬送に使用された諸祭具とともに濠に廃棄されたと想定できた。アメノワカヒコの殯の終盤、喪屋を切り伏せたアヂシキタカヒコネの呪作が想起される。霊魂の蘇りを願う埋葬以前の諸祭儀に使用された品々を異界まで持ち込むことは忌避されたのであろう。またそれが船形である点に、埴輪や屍床、壁画のモチーフなどに通底する造形思惟をみることができる。

4　勾玉のシンボリズム

魂振りの呪具

紫金山古墳（大阪・前期）に副葬されていた銅鏡のひとつに、内区に王父母と霊獣からなる神仙界を表出し、外区に三五個の勾玉文を巡らせた径約三六㌢の大型倭鏡がある。内区の神獣像がおなじみの図文であるように、外区には鋸《きょし》歯文・櫛《しっし》歯文・流雲文などの圏帯デザインを用いるのが通例である。しかし本鏡では、外区文様の中心に勾玉文という独創的な図文を採用したところに、単なる装飾性を超えた鏡工人の明確な造形思惟の存在が指摘される。それは勾玉文が、ひとつの鏡面を構成する図文として、主文たる内区に鋳出された神仙界と密接不離の関係にあることを語っている。

また久津川《くつかわ》車塚古墳（京都・中期）では、長持形石棺のなかから五〇〇〇個を超える多量の滑石《かっせき》製勾玉が出土した。勾玉の数の多さに驚くとともに、そこに副葬品をこえる意味があることをうかがわせる。『抱朴子』は、滑石の大塊中に、一斗を服用すれば千年の寿命を得ることができる秘薬の石脳《せきのう》子《し》が稀に含まれると述べ、また神丹《しんたん》の調合に使用される薬品のひとつに滑石をあげる。また『神農本草経』でも、滑石は上品《じょうぼん》に挙げられる。勾玉の量の多さは、被葬者を包み込むかのよう。しかも棺に蓋を架ける前にかなりの量の水銀朱が流し込まれたようで、報告書に拠れば「遺骸遺物は何れも（中略）多量の朱に混じて存在せる」状態だったという。銅鏡や勾玉など、棺内から出土した品々には今も鮮やかな朱の付着が認められる。石棺のなか、水銀と勾玉の海に浸る屍がある。水銀朱が仙薬の第一にあげられることは上述した。勾玉文鏡に表出された勾玉文帯とあわせ、勾玉が霊魂を神仙界に誘う登仙のための魂振《たまふ》りの呪具であることを主張してやまない。そ

29　勾玉文を巡らせた神獣鏡（紫金山古墳）

30　立花を巡らせた葬枕（石神2号墳）

れは仙薬と同じ効能をヒスイ製勾玉に期待した弥生人（本章第一節参照）に遡《さかのぼ》る造形心意でもある。

立花と葬枕

古墳時代、棺に眠る死者も枕を常用したらしい。それは木・石・土・玉など、さまざまな素材で作られ、前二者のなかには棺と一体で造付けられたものもある。おそらく布帛で作られた枕もあっただろう。磨臼山《すりうすやま》古墳（香川・前期）の石棺に造付けられた枕で、全長七・五㌢という大きな勾玉形が被葬者の側頭にあたる位置に陽刻されていたのも、勾玉がもつ魂振りの属性をうかがわせる造形である。

他方、五世紀の常陸・下総地方では、木棺内に収めた滑石製石枕に死者を横たえる事例が集中する。石枕は、頭受けの周りに二～三重の高い段を巡らせ、段のひとつに小さな穴を穿ち並べ、そこに一本の軸の先にふたつの勾玉を背中合わせに連結させた立花《りっか》と呼ばれる滑石製装飾を挿入する。死者の頭部を勾玉で飾り、喪葬儀礼を荘厳するための葬具だ。常総型と呼ばれる当該石枕の出土数は既に七〇例を超える。ところが、立花を挿し込んだ状況での出土例は皆無で、立花は石枕の周囲に散在するか、失われて遺存しない。他方、小穴の中に立花の軸が折れて遺存した事例があり、儀礼の次第のなかで石枕に立花が立て巡らされたことは証明される。かような考古情報から、死者が棺内に据え置かれた石枕に寝かされて、古墳に埋葬されるまでのいわゆる殯の期間、立花は死者の頭を囲んで立て巡らされ、やがて殯が解け、棺に蓋をする直前に石枕からはずされて、頭の周囲にバラまかれたり、持ち去られるという使用法が推定される。

殯の終了は、屍から魂が離脱し、異界の存在と確認された段階であり、棺に蓋が架けられることになる。その際、死者に離別の呪言を放つ「ことどわたす」呪儀が行われる。もはや立花に付託された魂振りの願いは達せられた。死者の霊魂は異界に転生したものと了解され、異界である墳丘への送葬に移ることになる。

古墳は被葬者が永遠の生を送るユートピアとして此界に創出された異界にほかならない。

コラム

呪術

斎藤英喜

古事記は呪術に満ち溢れている。始元の神々も「成る」という生成の呪術によって高天の原に誕生した。その呪術は、アマテラスとスサノオの「うけひ」の場面で炸裂する。互いの玉と剣を交換して、その物質を聖なる水ですすぎ、自ら噛み砕き、息に吹き出すことで神の子を生成＝変性させていく。数多くの玉を身につけ、弓矢で武装する女神アマテラスとは、「悪霊」と戦う呪術師のイメージを彷彿させよう。うけひ神話を再現したという沖ノ島の遺跡とは（益田勝実『秘儀の島』）、呪術合戦の痕跡を伝えているのである。

イザナギ・イザナミの国生み神話では、男女神の「成り成りて成り余れる処」「成り成りて成り合はざる処」との神秘的結合によって、日本列島の国土が生成してくる。この「成り成りて……」というリズムをもった言葉は、「成る」の力を発揮させる呪文＝コトダマでもあった。

イザナギとイザナミの男女神は、さらに「あなにやし　えをとめを」「あなにやし　えをとこを」という聖婚の呪文を掛け合って、子供を作り出す。だが、女神が先に呪文を発したために、足萎《な》えのヒルコが生れてしまう。それは「女人の言先ちしは良くあらず」といった男尊女卑・夫唱婦随の思想が反映しているとも、「妹《いも》イザナミ」との兄妹婚神話のパターンとも解釈されている。だが、「あなにやし……」の言葉が聖婚の呪文であるならば、ここは、呪文を掛ける順番をさかさまにしてしまったゆえの「失敗」と理解することも可能だ。聖婚儀礼で呪文の掛け方を間違えてはならないという教訓が、この神話にこめられているのである。

　さらに呪文を掛ける順番を、意図的にさかさまにしたら……。それは出産の逆。すなわち堕胎するときの呪術となる。堕胎や流産の呪術は、正常な出産の呪文を反対にすればよいという作法である。どうやら、イザナギ・イザナミの国生み神話の背後には、呪術のテクニックをめぐる重要な教えが潜んでいるようだ。イザナミは、「見るな」のタブーを破ったイザナギにたいして、お前の国の「人草《ひとくさ》」を一日千人ずつ呪い殺すと宣言する。青々と繁茂する草のような人民をイメージする「青《あお》人草」から意図的に「青」を消去することで、イザナミの言葉は、文字を使った呪術を起動させることになるのだ。

二　古事記の世界観

呉　哲男

1　皇祖神の誕生

「亜周辺」国家の日本

古代の一時期に成立して以来、二十一世紀の今日まで存続する天皇制の意味については、これまでもくり返し問われてきた。ある問題が解決を見るのはそれが問われなくなったときだとすれば、天皇制存続の謎はいまだ充分に解明されているとはいえない。

最近、古代天皇制が成立する背景の一つとして東アジアの地政学的条件ということが改めて注目されている。当時、最高度の文明を誇った中華「帝国」を中心に、その周辺に朝鮮、ベトナムが位置し、それとは異なる「亜周辺」に日本が位置するという位相に注目するのである。この「亜周辺」という語は、日本では湯浅赳男が翻訳、紹介したK・A・ウィトフォーゲルの『オリエンタル・デスポティズム』（一九五七年）の中で用いられている概念である。古代の東アジア社会ではまず中国に中央集権的な国家が成立し、その文明や制度が周辺国に波及したが、亜周辺に位置する日本には、中国や朝鮮のような権力と権威が一体化した東洋的な皇帝型専制国家はついに作られなかったというものである。結果として西欧の封建制にも似た封建制社会を構築した日本は、中華帝国の文明を受容しつつ一方で排除するという「亜周辺」国に特徴的な独特の文明を形成するに至る。たとえば唐代律令法に基づく官僚制を採用しながら科挙のシステムは受け入れなかったり、中国語である漢字を受容しながら仮名を発明して漢字かな交じり文を創始したり、あるいは鎌倉幕府以来の、天皇家の権威と将軍家の権力を相互に使い分ける、といった日本社会の独特のありようもすべてこの「亜周辺」という概念の中で理解することができる、というわけである。ともすれば日本の歴史や文化を世界的にも稀で特殊なものとみなしたがる従来の傾向に対して、それは多分に地政学的な条件（大陸でも半島でもない列島）が作用したものだとするのは一つの客観的で冷静な見方といえるだろう。これから述べる「古事記の世界観」も「亜周辺」について直接の言及はしていないものの、本論のいわば隠し味になっていることをあらかじめお断りしたい。

王権・国家・王家

古事記（七一二年）・日本書紀（七二〇年）という日本最古の歴史書がなぜほぼ時を同じくして編纂されたのかという疑問は、これまでもくり返し問われてきた。最近でも三浦佑之が古事記・序文に記された天武天皇の発意になる「帝皇日継及び先代旧辞」の誦習と日本書紀・天武十年三月条の「帝紀及び上古の諸事」の記定という、二つの性格を異にする史書編纂事業が同一人物によってしかも同時に企画されたと伝えられているのは大変疑問であるとし、古事記・序（上表文）は偽書ではないかと

31　多神社（多《おおに》坐《います》弥《み》志《し》理《り》都《つ》比《ひ》古《こ》神社　奈良県田原本町）

結論づけている（三浦・二〇〇七）。確かに三浦の批判には一理あるが、漢文体と倭文体という似て非なる文体の相違が二書の目的の違いを規定しているだろう。また、後に述べるようにもともと王には二つの相矛盾する身体を備えていなければならないという宿命が背負わされていて、帝紀（国家の歴史）と先代旧辞《せんだいくじ》（王家の神話）を一本化するのは至難の業であった。天武はその公的な立場から律令国家の成り立ちを記録(日本書紀)するように命じたが、それが本人の思うようには仕上がらないだろうことを察知していたので、一方で天武王朝正統化のための私的な史書の編纂(古事記)を命じたのではないか。

たとえば、太安万侶《おおのやすまろ》が書いたとされる古事記・序文の中に天武天皇の言葉として「邦家の経緯、王化の鴻基」という表現がみえる。この言葉は対句仕立ての中に国家と王権の一体性を表明したものであるが、はからずも古事記と日本書紀の編集方針の違いをも示唆したものになっている。「邦家の経緯」とは、律令国家の政治組織の原理を意味し、その制度上の成り立ちを歴史的に説き起こそうとしたのが日本書紀の基本的立場といえる。ところがおよそ四十年後に完成をみたときには発意者天武天皇の意図を越えて、国家と王権は必ずしも一体のものではなく、どちらかといえば国家(朝廷)によって王権が包摂される、国家あっての王権という認識が表明された仕上がりになっている。対する「王化の鴻基」は、天皇の徳による人民の教化原理を意味し、その成り立ちを歴史的に説き起こそうとしたのが古事記の基本的立場といえる。そこには、天武の思惑とおり王権と国家は一体のものであり、どちらかといえば王家(天武王朝)によって国家が包摂される、天皇家あっての国家という認識が表明された仕上がりになっている。

このようなわけで、私は論述の便宜上「王権」(王家の権威と朝廷の権力が一体化したもの)と「国家」(朝廷の権力)と「王家」(天皇家の権威)とをそれぞれ概念が異なるものとして、区別して用いることにする。確かに古代の王権・国家・王家の間にはいわば三位一体的ともいうべき密接な関与が認められるが、ここでは論点を明確にするためにあえて使い分けることにした。

日本的な禅譲革命とその否定

上に述べたように、律令天皇制国家の起源とその正統性を語ろうとする二書の基本的立場は、日本書紀が国家の権力を重んじ、古事記が王家の権威を重んじる、といったようにそれぞれ重点の置き方がはっきり相違している。そこにほぼ時を同じくして編纂されなければならない必然性があったと考えられる。この二つの世界観の衝突をさらに突き詰めてゆくと、共有することのできない価値観の違いといったものが浮き彫りになってくる。その最大の違いは、中国思想の影響下になる日本書紀が日本的に変容を加えた禅譲革命を認めるのに対して、古事記はそれを断固拒否している点である。日本書紀が従来の倭国という国名から転換した「日本」をあえてその書名に冠するのは、対外的には王朝の交替があったと見られても止むを得ないとの判断があったものと思われる。つまり新国家の誕生をアピールしているのだ。また巻の構成を見ても聖帝仁徳天皇の説話と悪帝武烈天皇のそれをワンセットにして叙述するところなどには皇統の断絶を容認した節がある。さらに天智紀では蘇我入鹿を暗殺したいわゆる「乙巳《いつし》の変」を皇権回復の放伐革命として構想し、革命成功の立役者中大兄皇子の国風諡号《しごう》を「天命《あめみこ》開《ひらかす》別《わけ》天皇」と伝え、現王朝の始祖と位置づけている（呉哲男・二〇〇五）。ところが、その天智朝を打倒した大海人《おおあま》皇子のクーデターを「壬申《じんしん》紀」（巻二十八）として別立てにし、反乱ではなく正当な革命であると構想する点など、いたるところに日本的な天命思想（禅譲革命）の是認が示唆されている。

こうした万世一系の観念をも相対化しかねない日本書紀の歴史観は、基本的には前述したように国家と王権を別のものとみなし、古代の天皇を律令国家の政治組織を軸とした官僚機構の中に包摂されるものとして位置づけたところに由来する。その結果は、周知のように天皇家の権威とは別に藤原北家の権力の独占へと帰着した。一方、こうした歴史観の定着を大きな危機として受け止めそれを根本的に否定しようとしたのが古事記の世界観である。古事記にとって王権と国家は一体のものであり、律令制の官僚機構といえども本来は王家（皇室）の手足となって働くものでなければならないという認識がある。古事記はそのために王権の権威（イデオロギー）を神話にさかのぼって皇祖神アマテラス大神の誕生の物語として構想し、王家の血筋の神聖な由来を絶対化しようと企てたのである。

皇祖神アマテラスの誕生と伊勢神宮

具体的に見てゆこう。古事記の王権神話の核心が高天原《たかまがはら》を主宰するアマテラス（天照大神）の成長物語にあり、その内実が巫女から日神を経て皇祖（始祖）神へ発展する三層構造から成ることはすでに論じられているとおりである（西條勉・一九九四など）。言い換えれば、アマテラスが天石屋戸《あめのいわやと》からの再生を果たして天孫降臨の司令神となり、伊勢神宮に祀られることで王権の万世一系を保証するという仕組みである。とりわけ注意を喚起したいのは、古事記が語る天石屋戸神話から天孫降臨へという一連の文脈の中には皇祖神アマテラスの魂（鏡）を祀る伊勢神宮の祭儀が天上（高天原）の写しとして内面化されているということである（高橋美由紀・一九八〇）。したがって、古事記のテーマにはアマテラス現実に存在する伊勢神宮を神話的に保証するという隠されたモチーフがあるのだ。とかくアマテラス

32　伊勢神宮

といえば地方で信仰されていた太陽神が歴史的に発展して国家神へと上昇したかのごとく説明されているが、事実は逆で天孫降臨神話に挿入された伊勢神宮創祀のモチーフを契機に生まれた新しい神格であった。すなわち、天武、持統朝の浄御原令《きよみはらりょう》に象徴される律令天皇制の開始にあたり、従来の権威である大化前代の王制を越える、新たな権威（皇祖神と宗廟制）の導入としてアマテラス（天照大御神）は見出されたのである。

なお、伊勢神宮を宗廟《そうびょう》とみなすことができるのは、儒教の孝＝不死の観念を取り入れたことに由来する（呉・二〇〇七）。

タカミムスヒとアマテラス

むろん、日本書紀も神代紀（巻一・二）において王権の神聖な由来を説いてはいる。しかし、本書（正伝）のほかにいくつもの一書（異伝）を併記する編集方針には、むしろ王権神話を相対化するはたらきがある。書紀が古事記と同様に天皇家の神聖な由来を説くのはそれが目的なのではなく、国家、すなわち法（律令）に基づく官僚機構と常備軍の円滑な運営のために必要とみなしたからである。なぜ必要かといえば、太政官《だじょうかん》や神祇官《じんぎかん》などの官僚組織そのものには国家を動かす力、すなわち中央集権化する力（権威）は存在していないからである。この点は決定的に重要な認識であって、律令制度の施行によって官僚機構それ自体は自立するが、朝廷がその権力を行使できるのは王の権威に依存しているからであり、国家の権力は建前の上では王の手足となって働く時のみに行使することが可能だからである。

神話に即して見ると、日本書紀の天孫降臨条には本書（正伝）のほかにいくつもの豊富な異伝（第一・二・四・六書）を持つ降臨神話があり、古事記のそれと比較すると問題がはっきりする。書紀の降臨伝承はいわゆる「王権神話の二元構造」（溝口睦子・二〇〇〇）として、地上に皇孫を降臨させる司令神がタカミムスヒ（高皇産霊尊）系（本書・第四・六書）とアマテラス系（第一・二書）に二分されている。それに対して古事記の降臨神話は書紀の所伝を最終的に統合した痕跡が認められ、書紀のどの伝承よりも新しい段階に位置づけることができる（西條勉前掲書など）。この点は私の持論とする、古事記は日本書紀に書かれている事柄をおおむね内面化している、という考えに矛盾しない（呉・一九九七）。

なぜ、日本書紀の降臨神話にはタカミムスヒ系とアマテラス系の二系統の伝承があり、古事記はそれを一本に統合したのか、という問題について従来の諸説を要約すると次のようになる。本来、タカミムスヒ系とアマテラス系の神話はそれぞれ別個の神話であり、イザナキ・イザナミ系に連なるアマテラスは天石屋戸神話と天孫降臨神話を一連のものとし、ムスヒ系に連なるタカミムスヒは天孫降臨神話と神武東征説話を一連のものとしていた。アマテラスの前身は大王家から選ばれた最高巫女たるヒルメであり、一方タカミムスヒは朝廷（国家）の構成員として大王家に直属する連《むらじ》系の伴造《とものみやつこ》である氏族らによって祀られていた神だった。つまり、古くから国家の守護神として宮廷で祀られていたのはタカミムスヒであって、律令天皇制の成立に伴ってタカミムスヒからアマテラスへの転換が図られたというものである（西條、溝口前掲書など）。すると、日本書紀がタカミムスヒ（正伝）とアマテラス（異伝）の二系統の所伝を載せるのは皇祖神アマテラス誕生にいたる過渡的形態をそのまま補助資料として残していたものということができる。このような意味でいえば山城国風土記逸文に「天照高弥牟須比命《あまてらすたかみむすひのみこと》」という二神を折衷したような神名がみえるのは象徴的である。

王の二つの身体

私の考えでは、この問題は大化前代の王制を抜きに論じることはできない。「王権神話の二元構造」とは言い換えれば王権の二重性ということであり、それは王の二つの身体に対応している。皇祖神の名が一つに統一されずタカミムスヒとアマテラスの間で揺れ動いているのは、王の身体が二つに引き裂かれてあるジレンマを表しているのであって、タカミムスヒからアマテラスへの転換を「別個の神が入れ替わった」と見るべきではない。古事記がこの二神のうちアマテラスを究極の主神（至高神）として選択したのは、二つの身体に引き裂かれてある王の矛盾を新たな権威の設定によって乗り越えようとしたものである。新たな権威の設定とは、前述のように皇祖神アマテラスを伊勢神宮に創祀すること、つまり宗廟制の導入を指している。

それでは王の二つの身体とは何か。大化前代の王はいわゆる「畿内制」を背景に大和を中心とした地域の諸豪族の連合から推戴される、畿内連合政権の中の王であった。なぜ王（大王）が諸豪族の族長の上に立つ資格を有するのかといえば、発生的には征服国家としての優位さにあったが、体制を維持するためには婚姻などを通じて宥和政策をとる外はなく、何世代か後には権威そのものが消滅する。せいぜい神意伝達者（祭司）としての呪的カリスマ性にたよる他はなかった。しかし、神意といっても現実に神の声を聞くわけではないから、聞き得たと称する神の声とはつまるところ諸豪族の族長たちの利害欲望を調整したものとならざるを得ない。王（大王）の優位性はこの限りで保証されていたので、それはある意味では王の身体に取り込まれた氏族共同体のもつ互酬性ということができる。

大化前代の王は、『宋書《そうじょ》』倭《わ》国伝《こくでん》の「王武」（雄略天皇）以来好んで「治天下大王」を名乗ってきたが、その「天下」の内実は時の王が実効的に支配していた日本列島の一部であり、そこに住む人びとであった。すると「治天下大王」とは具体的には「臣《おみ》・連《むらじ》・伴造《とものみやつこ》・国造《くにのみやつこ》・百八十部《ももあまりとものもの》并公民《おほみたから》」（推古紀二十八年）からなる国・郡の民の上に立つ王ということになる。ここには明確な上下関係があるが、しかし王と臣民の関係は前述のように超越的なそれではなかった（熊谷公男・二〇〇一）。このような意味で天つ神（天上の守護神）を仲介としつつ王と群臣の相互承認から成り立つ「天下」とは、近代社会の概念とは異なるものの一つの公共的な空間であるということができる。したがって、この「天下」を取り込む王の身体には共同性（互酬性）が刻印されていたことになる。

他方、王は一代限りのものではなく世襲によって後々の代まで続く永久王朝の実現を望むものである。すなわち、王とはその身体に刷り込まれた「公共性」（共同性）を「一家」（王家）によって「私」

する存在でもあるのだ。こうして王（世襲カリスマ王）は一身のうちに互いに矛盾する身体を抱えた存在となる。王権の二重性とはこのような意味であり、それぞれ来歴を異にするタカミムスヒとアマテラスが相互に権威を確立しようとすれば、いったん王の身体へと収斂する他はなく、必然的に二様の表象のされ方がなされるということである。日本書紀が皇祖神をタカミムスヒとし、古事記がアマテラスとするのは、端的にいって書紀が王の身体の共同性（互酬性）を、古事記が王の身体の私性を重視した結果である。後にみるように、古代王権はこの二つに引き裂かれてある王の矛盾を律令天皇制国家の導入によって統合しようとしたが、最終的に皇祖神の座を射止めたのはアマテラスであった。権力の源泉は「私」的な王家の世襲カリスマ性、すなわち血の超越性（近親婚）に依拠していたからである。ただ課題として残されたのは、それが中国皇帝のような権威と権力が一体となった専制的な独裁国家の形態を取ることはなかったという点である。

2　国の祭祀と古事記

天帝祭祀と皇帝祭祀

かつて上山春平は、古事記・日本書紀の神代巻は中国古代において殷周革命を正当化するために書かれた五経に相当する政治哲学ではないかと述べたことがある（上山・一九七二）が、この見立ては基本的に正しいと私は思う。古事記が王権支配の正統性を説明するために「高天原」の世界を創造したのは、支配の根拠を中華帝国の「天帝祭祀」に求めたことによる。高天原の「天つ神」の「事依さし」とは「天神の御子」(天子)に「天帝の命」が降《くだ》る天命思想の導入に他ならない(西條勉・一九八四など)。しかし、従来から指摘されているように「天命」を有徳の天子が「受命」する論理には王朝交替の危険が内在している。前漢後期から後漢初期にかけての漢王朝は、その安全弁として「皇帝祭祀」を併用した(金子修一・二〇〇六など)が、その結果は王朝の意に反したものとなった。すなわち、夏・殷・周・秦と続く四代の王朝交替のあとに出現した漢は最後の永久王朝をめざして「天帝祭祀」(「天子祭祀」)に加えて皇祖を祀る「皇帝祭祀」を実践したが、皮肉にもそれが禅譲革命の理論的根拠となって、やがては魏・呉・蜀の三国並立時代を迎え、以来禅譲革命が定着してしまう。古代の日本が模範とした唐代律令制の時代もその例外ではなかった。この現実を目の当たりにした日本王権の緊急課題が、天帝のもつ超越性を生かしつつ、一方で徳の喪失を悟った皇帝が天子の位を譲る禅譲革命の論理をいかに脱構築するか、というアポリアの克服であったのはむしろ当然であろう。

祈年祭と日本書紀

前述のように、古事記の天孫降臨神話に挿入された伊勢神宮の起源神話はそれに対する一つの回答であった。しかし、その検討にはいる前に指摘しておきたいのは、日本書紀編纂のテーマの一つには律令国家が創出した祈年祭という祭儀を歴史的に保証しようとする隠されたモチーフがあるということだ。神祇令《じんぎりょう》において国家の挙行する祭祀として規定されているものには、月次祭《つきなみ》や大嘗祭《だいじょうさい》など複数(十三)あったが、「践祚(即位)の儀」と並んで「すべて天神《てんしん》・地祇《ちぎ》を祭れ」として神祇官が全国規模で執行する祭りは祈年祭だけであった。延喜式によれば、祈年祭の対象となる全国の神社の神々の総数は三千を越えていた。これは他の律令祭祀が宮廷や畿内とその周辺地域の大社など旧来の王権祭祀に密着した祭りに限定されていたのに対して、明らかに異質である。

祈年祭とはいうまでもなく年頭にあたってその年の豊穣を祈る祭りであり、古くから伝わる民間の農耕儀礼を継承しつつ、唐の祈穀郊という外来の祭祀の影響を受けて変質した新しい律令祭祀であるとされている（丸山裕見子・二〇〇一）。

この国家的祭祀の意義は、「班幣」という行為を通して全国の神社とその祭祀を統制し、全国の神々を中央集権化して一元的な管理下に置こうとしたもので、いわば古代の一望監視装置《パノプティコン》（後の延喜式国郡図）の一つである。そしてこれは天武朝における太政官をはじめとする中央集権的な統治組織の形成に対応している。「班幣」とは、全国から召集された国造が百官の居並ぶ神祇官において「幣《みてぐら》」を「班《わか》」ち与えられ、それを諸国の神社に持ち帰る儀式をいう。その狙いは大化前代の王制における畿内政権（豪族連合）の支配領域を、宗教的な観点から従来の大和地方という狭い範囲を越えて全国へ及ぼそうとしたところにある（早川庄八・一九八六）。大化前代の宗教的支配が律令国家の内部にそのまま取り込まれる形で拡大された例である。

具体的に見てゆこう。神祇官の初出例は持統紀三年八月条の「百官、神祇官に会集《まゐうごなわ》りて、天神地祇の事を奉宣《のべたてまつ》る」にあるが、天武初年に設置された「神官」はその前身官司とされている。そして天武紀四年正月条に「諸社に祭幣《いはひのみてぐら》をたてまつる」とあるのが原祈年祭ではないかと考えられている。

『年中行事秘抄』の「官史記」に載る「天武四年二月甲申、祈年祭」の記事にほぼ対応しているからである。持統紀四年正月条の「幣を畿内の天神地祇に班ちたまふ」という過程を経て、これを全国規模にまで拡大したのが大宝律令施行直後の続日本紀にみえる「すべて幣帛《みてぐら》を畿内と七道との諸社に頒《わか》つ」（大宝二年三月）であろう。これによって大宝神祇令の祈年祭が成立したのである。この祈年祭の意義を歴史的に保証しようとしたのが日本書紀の隠されたモチーフの一つではないか、というのが私の仮説である。

このうち注目すべきは、延喜式の祈年祭祝詞の冒頭に天皇直轄地の穀物神である「御年《みとし》の皇神《すめがみ》」の名に続いて、カミムスヒ・タカミムスヒの名が唱えられていることである。皇祖神であるアマテラスの名は祝詞の後半部に、あとから挿入された形で唱えられているのにすぎないのだ。これは溝口睦子らが皇室本来の守護神をタカミムスヒと断定する論拠の一つになっているものである。私は、日本書紀・本書（正伝）が天孫降臨の司令神としてタカミムスヒをかかげることと、祈年祭祝詞の冒頭部でタカミムスヒの名が唱えられることとは対応していると思う。言いかえれば、大化前代の王制において実質的な権力を維持していた畿内政権（豪族連合）が、東アジアの国際情勢への対応から律令国家への変質を余儀なくされたときに、その形成主体を表象する神名としてかかげたのがタカミムスヒであったということである。それは決して王家の始祖神アマテラスではなかったという点に、日本書紀（祈年祭）と古事記（神嘗祭＝伊勢神宮）の違いを認めるべきである。なお、タカミムスヒが律令官僚機構の宗教的支配を象徴する「宮廷」神祇官の八神殿に祀られる意味もそこにあるのだろう。思うに

「宮廷」（朝廷）の起源的意味は古代の共同（公共）脱穀場にあると考えられるから、そこでは古くは共同の守護神（御年神《みとしのかみ》）が祭られていたはずである。

天の権威と始祖の権威

再び天孫降臨神話の話題に戻ると、日本書紀神代・本書は皇祖タカミムスヒの司令に基づいて皇孫ニニギが地上に降臨し「葦原中国《あしはらのなかつくに》の主」になったと伝える。そしてその延長上に初代君主たる神武が「始馭天下天皇《はつくにしらすすめらみこと》」として即位する。即位を果たした神武天皇について日本書紀（神武四年二月）には次のような注目すべき記述がある。

> 詔して曰く「我が皇祖《みおや》の霊《みたま》、天より降鑑《くだりみそなはし》し、朕が躬《み》を光《てら》し助けたまへり。今し諸虜《あたども》已に平《ことむ》け、海内《あめのした》に事無し。以ちて天神《あまつかみ》を郊祀し、用ちて大孝を申すべし」とのたまふ。乃ち霊畤《まつりのには》を鳥見山の中に立て、其の地を号《なづ》けて、上小野の榛原・下小野の榛原と曰ひ、用ちて皇祖の天神を祭りたまふ。

ここには、神武が「皇祖の霊」の助けを借りて「治天下」を果たしたことを感謝するために「天神を郊祀」して「大孝」を述べ、「霊畤」（祭壇）を鳥見山に立てて「皇祖天神」を祭ったことが述べられている。すなわち、天からの受命を明らかにし、「天《あま》つ日《ひ》継《つぎ》」の継承が正しく行われたことを宣言しているのだ。すでに指摘されているように、この表現に見える「郊祀」「大孝」「霊畤」などの用語は中国漢代以降の皇帝の権威を示す祭天儀礼と宗廟祭祀のキーワードを利用して書かれたものである。一般にこの文章は実態の伴わない儒教的文飾にすぎないとみなされているが、少なくとも日本書紀完成時期の編者の認識は反映されていると考えられる。しかし、この部分は注意して読まないと文脈がたどりにくくなっている。まず「皇祖の霊」は天孫降臨の流れを受けて素直に読めばタカミムスヒを指すと考えるのが自然であろう。だが神武紀には一方で「我が皇祖天照大神、以ちて基業《あまつひつぎ》を助け成さむと欲《おもほ》せるか」（即位前紀戊午年六月）とあり、また他方で「今し高皇産霊尊《たかみむすひのみこと》を以ちて、朕親《われみづか》ら顕斎《うつしいはひ》を作《な》さむ」（同九月）とあって、神武紀編者の書き様では神武の皇祖はタカミムスヒともアマテラスともとれるような曖昧な認識になっている。すると次の問題は「天神を郊祀」の「天神」がタカミムスヒ、アマテラスのいずれを指すかである。「郊祀」の語は、厳密に適用すれば皇帝の特権として行われる祭天儀礼を指すもので、王家の始祖神祭祀には直接関与しない。すると「天神を郊祀し、用ちて大孝を申すべし」の「大孝」が解釈のポイントとなる。なぜなら「大孝」は中国の祭天儀礼、すなわち国家の守護神（昊天上帝）の祭りと王朝の始祖（高祖）の祭り（宗廟祭祀）との間をつなぐ要の役割を果たしているからである。『漢書』巻二十五郊祀志下はそれを次のように記す。

平帝元始五年、大司馬王莽《おうもう》奏して言《いは》く、王者は天を父として事《つか》へる、故に爵に天子と称す。孔子曰く、人の行は孝より大なるは莫《な》く、孝は父を厳《うやま》ふより大なるは莫く、父を厳ふは天に配するより大なるは莫し。王者は其の考《ちち》を尊び、以て天に配せんと欲し、考の意に縁《よ》り、祖を尊ばんと欲し、推して之を上せ、遂に始祖に及ぶ。是を以て周公は后稷《こうしょく》を郊祀して以て天に配し、文王を明堂に宗祀して以て上帝に配す。礼記に天子は天地及び山川を祭りて歳ごとに遍《あまね》し、と。

これは、前漢末の官僚王莽が権力継承の正統化のためには、天を祀るだけでなく、同時に王朝の創業者（高祖）をも天に配して祀り両者の承認を得る必要があることを奏言して許可された、というものである。その際、天の権威と始祖の権威を繋いだものが儒教の重んじる孝（不死の観念）の実践であった。この国家的規模の孝の実践を「大孝」という。

おそらく神武紀の「大孝」は、この『漢書』郊祀志や『漢書』が踏まえたとされる『孝経』聖治章第十を下敷きにして書かれたものであろう。だが重要なのはそのことではなく、これによって日本書紀が王権のかかえる二重性の矛盾を止揚することができたと判断したことである。王権の矛盾を「大孝」で統合することによって日の神（国家の守護神）にして皇祖（王家の始祖）でもある二重性（公と私の結合）がいわば無矛盾化できると考えたわけである。すると文脈上「其の地を号けて、上小野の榛原・下小野の榛原と曰ひ、用ちて皇祖の天神を祭りたまふ」は、タカミムスヒとアマテラスの二神がそろって天に配祀された表現と読むべきであろう。これは神武紀（即位前紀）冒頭にカムヤマトイハレビコ（神武天皇）の言葉として「昔我が天神《あまつかみ》、高皇産霊尊《たかみむすひのみこと》・大日霊尊《おほひるめのみこと》、此の豊葦原瑞穂国を挙げて、我が天祖《あまつみおや》、彦火瓊瓊杵尊《ひこほのににぎのみこと》に授けたまへり」とあるのに対応している。

絶対化される皇祖神アマテラス

しかし、ここには一つの誤算があった。前述のように中国漢代の即位儀礼の矛盾は、天帝の仲介者として現皇帝の創業者（有徳受命者）を併せて祭る「孝」の実践によって克服されたかに見えたが、実は依然として王莽の論理には王朝交替の危険が内在していたのである。それは郊祀と宗廟祭祀の制度とは別に、現皇帝が自らの有徳性をやがて喪失するかもしれない一代限りのものとして歴史の一齣の中に相対化し、自らを究極の絶対者とはみなしていなかったからである。それが証拠にこの後王莽自身が王権簒奪者になって一旦前漢王朝は滅んでいるのだ。

そこで日本王権において問われるのが、大化前代の王制とは異なる「天帝」の超越性を生かしつつ、一方で儒教的な「徳」のカリスマをいかに相対化するかである。結論としてかかげられたのは、周知のように「天つ神」を人格化して地上の君主（現御神《あきつみかみ》）との間に血縁関係をもたせることであった。皇孫降臨の神話を作り、天（帝）と天皇の間に系譜上のつながりを持たせれば、もはや徳の有無をめぐって天と対峙する必要はなくなる。またそれによって、不徳の受命者から天命を移すという天帝の意志も封印されることになる。

すると、王権神授という大筋において同じ展開をたどる古事記神話と日本書紀神話との違いはどこにあるのだろうか。それは皇祖神アマテラスを祀る伊勢神宮の描き方の中に決定的な差異をみることができる。古事記・天孫降臨条には、

爾《しか》して、天児屋命《あめのこやねのみこと》・布刀玉《ふとだまの》命・天宇受売《あめのうずめの》命・伊斯許理度売《いしこりどめの》命・玉祖《たまのやの》命、并《あは》せて五つの伴緒《とものを》を支《わか》ち加へて天降しき。是に、其のをきし八尺《やさか》の勾玉《まがたま》・鏡と草那芸剣《くさなぎのつるぎ》と、亦、常世思金《とこよのおもひかねの》神・手力男《たぢからをの》神・天石門別《あめのいはとわけ》神を副《そ》へ賜ひて、詔ひしく、「此の鏡は、専ら我が御魂《みたま》と為て、吾が前を拝《おろが》むが如くいつき奉れ」とのりたまひ、次に「思金神は、前の事を取り持ちて政《まつりごと》をせよ」とのりたまひき。此の二柱の神は、さくくしろ伊須受能《いすずの》宮に拝《をろが》み祭りき。次に、登由宇気《とゆうけの》神、此は、外宮の度会《わたらひ》に坐《いま》す神ぞ。

とあるように、アマテラスは高天原にあって天上の至高神（皇祖神）として自らの魂（鏡）を伊勢の地（内宮）に祀るように命じている。対して、日本書紀はもともと宮中に祀られていたアマテラスが崇神天皇六年に倭《やまと》の笠縫邑《かさぬいむら》に移され、さらに垂仁天皇二十五年三月に至って初めて伊勢の地に鎮座したというように、伊勢神宮の創祀を垂仁朝という歴史上の出来事として相対化し、しかもアマテラスを天上ではなく有限な地上で祭られる存在として位置づけている。つまり、日本書紀はアマテラスという存在をやがては取って代わられるかもしれない地上的権威としてしかみていないのだ。これは中国歴代王朝の皇帝祭祀の次元を追認するもので、天皇家には到底認められない編集方針であったろう。したがって、古事記がこれを否定し上巻の天孫降臨神話の中に絶対化したのは当然の措置といえる。

一般に、律令天皇制の下で成立した伊勢神宮（内宮・外宮）を中国的な宗廟とみなすことは否定されている。『唐律疏議』名例律第六条十悪の「謀大逆」の註に対応する『日本律』の「謀大逆」の註では、実態が存在しないとの判断から「宗廟」の語句が削除されている、というのがその根拠になっている。しかし、たとえば天智系の桓武天皇が平安王朝を開始するにあたって、延暦四年十一月と延暦六年十一月の二度にわたって実際に摂津国交野郡で「郊祀」を実践したのは、そこに王権の新たな権威を導入しようとしたからであって、そういう振る舞い自体が逆に天武・持統朝の伊勢神宮祭祀を「宗廟」制の導入とみなしていたことを語っているだろう。

日本書紀は完成以降古代日本国家の正史としての権威を確立するが、それに対して古事記は七一二年に成立して以来、ほとんど誰にも読まれることなくひっそりと宮廷の外に流出し、多《おお》氏や忌部《いむべ》氏・

卜《うら》部氏など少数の神道家の家学として細々とその命脈を保つのみとなる。しかし、あたかも古事記テキストのその後の運命と引き替えるかのように、高天原の写しとして地上世界に出現した伊勢神宮は天皇家の皇祖神アマテラスの魂を祀る聖所としての地位を不動のものとするのだった。

古事記・序文は偽書か

なお、最後にここまで古事記・序（上表文）を通説にしたがって用いてきたが、関連して一言述べておきたいことがある。それは最近しきりに三浦佑之や大和岩雄によって説かれる古事記・序の偽書説についてである。様々な観点から疑わしい点が指摘されているので、それぞれについて検討を加える必要があるが、ここでは誰が偽の序文を書いたのか、という問題に絞って考えを述べておこう。三浦と大和が一致して唱えるのは、太安万侶の縁者で弘仁年間に日本書紀講筵の博士として活躍した従五位下《じゅごいのげ》多朝臣人長《おおのあそんひとなが》その人ではないか、というものである。しかし、この説は成り立たないであろう。なぜなら、九世紀前半の弘仁期は桓武天皇の皇子であった嵯峨天皇の時代だからである。周知のように桓武は自ら中国の皇帝であるかのような専制君主として振る舞い、遷都を強行し、蝦夷征討を執拗にくりかえすなどして、国家財政の逼迫を顧みない恐怖政治を敷いた（早川庄八・一九八七）。なかでも執念を燃やしたのは、天武天皇の直系に連なる者をすべて歴史の上から抹殺することであった。二度にわたる「郊祀」の実践は、天武系を根絶やしにした「王朝交替」の正統性を誇示するものであり、また、長岡、平安京への遷都は天武的な空間（平城京）からの訣別を意味していた。あるいはまた中国の天子七廟制の採用は天武天皇を国忌から排除することを目的としていたともいわれている。さらに渡来系氏族に対して宿禰《すくね》や朝臣《あそん》の姓を与えようになる（『新撰姓氏録』）のも天武八姓の秩序の解体を狙ったものであるとの指摘がある。桓武朝に事業が開始され嵯峨朝に完成をみた『弘仁格』『弘仁式』自体、天武天皇の飛鳥浄御原令を露骨に無視し天智朝の近江令に回帰することを意図したものであった。こうした時代状況の中で多人長が天武神話とも称される序文をでっちあげることなど、身に及ぶ危険を併せ考えてもとうてい不可能であろう。弘仁という時代は多氏という家の権威化はありえたとしても、序の核心をなす天武天皇の顕彰などとても書き出せる状況にはなかった。それが許されるのは元明天皇をはじめとする天武系の王朝の中でのみということになる。事実、「弘仁私記　序」によれば嵯峨天皇が多朝臣人長に命じて講じさせたものは、古事記ではなく「日本紀」（日本書紀）であった。この勅命自体、太安万侶以来の一族の学問の伝統が評価された結果であって、その逆ではないだろう。

三　文字から見た古事記

漢字使用と言語とのあいだ

犬飼　隆

1　古事記は何をどのように書いているか

古事記は何を書いているか。編纂当時の日本語で発想された「ふること」を書いている。古事記はどのように書いているか。漢字を使って日本語の文を書いている。日本語につながる言語が日本列島で話されていたのは確実であろうが、それを文字で書こうとしたとき、漢字だけが与えられた。日本語の単語がもつ語義と漢字のあらわす意味範疇とは必ずしも一致しない。そのあつれきの過程で日本語の単語の意味用法は「漢字という鋳型によって鋳なおされた」。それが漢字の訓よみである。古事記が書かれた八世紀前半、漢字の訓の整備はすすんでいた。しかし、日本語の文を書く方法は、いまだ開発途上であった。古事記の書き手は、漢文の文の構え方を参照しながら、日本語と中国語の文法の相違から生ずる問題を克服して行くほかなかった。その上に、天皇への上覧を意識して、その漢字列にさまざまな視覚をとおした仕掛けを施す必要があった。古事記の漢字列が「よめるか」と疑われるもの（亀井孝・一九五七）になっているゆえんである。

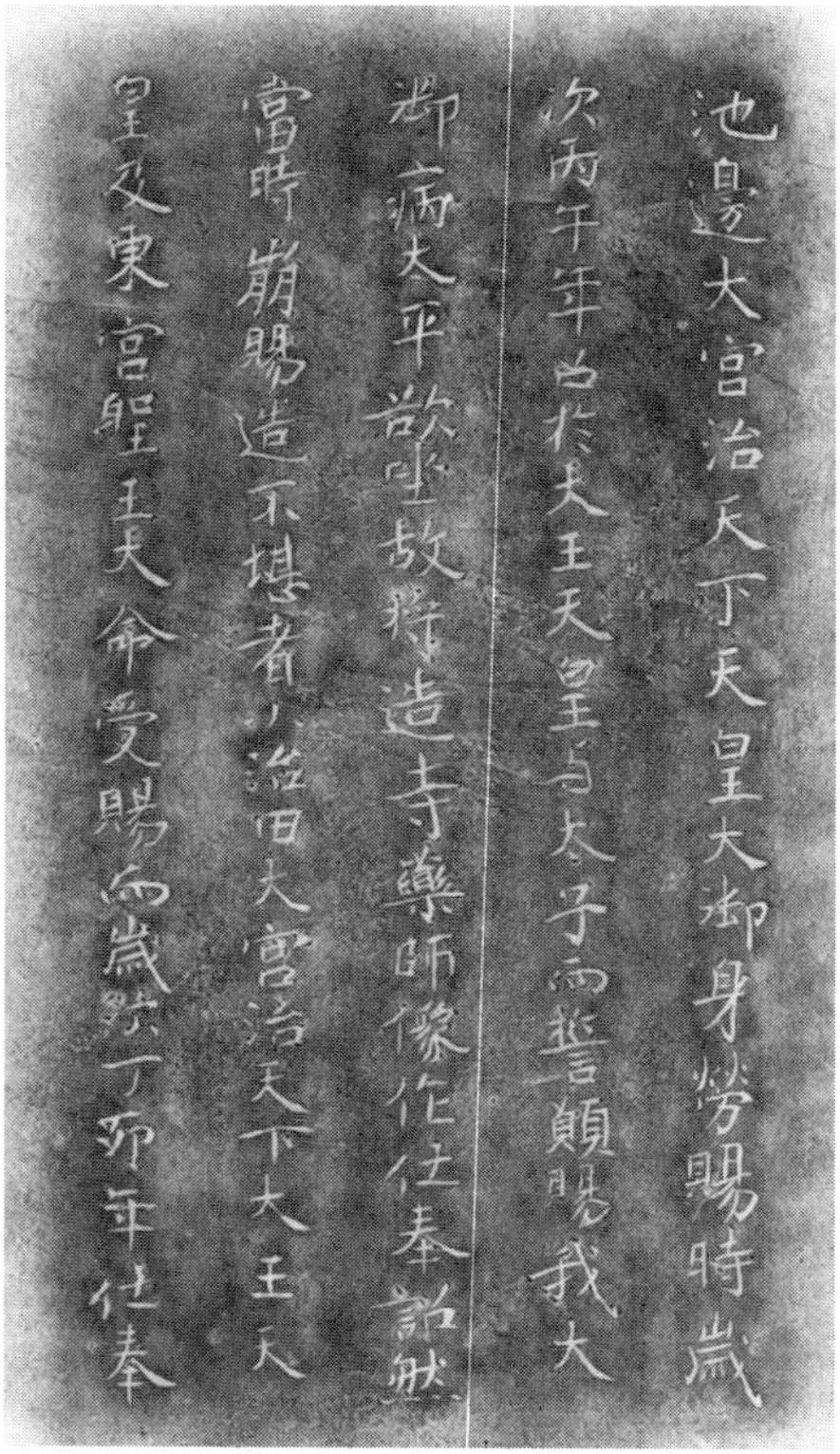

33　法隆寺薬師仏像光背銘

古事記は日本語の文を書いている

漢字で日本語の文を書きあらわす方法の一つに「変体漢文」がある。変体漢文を定義しようとすると一筋縄でないが、法隆寺薬師仏像光背銘のようなものを典型とみなすのが良いであろう。一見漢文のような体裁をとりながら、「賜」を動詞の後に置いて補助動詞「たまふ」をあらわしたり、動詞「作」を目的語「薬師像」の後に置いて書かれているところから、内容が日本語の文であると確認できる文体である。

それと異なり、古事記は、漢字の配列が一見して日本語の文とわかるように書かれている。古事記の漢字列が、漢字の訓によって日本語の語順を表現しようとしていることは、すでに多くの先行研究に指摘され解明されている。たとえば土居美幸の一連の堅実な論考（土居・二〇〇四、二〇〇八）は、古事記の「参」「奉」字を対象にとって、それらが「まゐる」「たてまつる」の本動詞、補助動詞としての語順に添って配列されていることを指摘している。そして、その漢字列が位置する文脈からみて、それらを漢語としては理解できないことを明らかにしている。

この技術的な基盤は七世紀のうちに開発されていた。その好適な物証としてしばしばとりあげられるのが、一九八四年から行われた発掘調査で滋賀県中主町《ちゅうず》西河原森ノ内遺跡から出土した手紙木簡である。冒頭の「椋直《くらのあたい》」を手かがりにして天武十一年（六八二）以前のものと推定される（木簡学会・一九九〇）。この木簡は、全文が漢字の訓よみによって書かれているが、字の配列が日本語の語順とほぼ一致する。使われている漢字の用法も、たとえば「自」が「自分で」の意を書きあらわしていることなど、古事記と一致するところが多い（犬飼・二〇〇五の第二章）。七世紀の木簡をみると、漢字列と日本語の語順との合致は通常のことであり、八世紀の木簡の方がむしろ漢文体に近い（同）。

また、古事記には百をこえる長短の歌謡があるが、それらは一字一音式に書かれている。上巻はじめの「久羅下那州多陁用弊流之時《くらげなすただよへる》」のように散文の本文の一部を表音的に書いたところもある。それらには日本語の語順が表面にあらわれることになる。この技術も七世紀のうちに開発されていた。木簡などの出土物に日本語の韻文を万葉仮名で一字一音式に書いたものがいくつかある。二〇〇六年に

34　難波宮跡で発掘された「歌木簡」

難波宮跡で発掘された七世紀中頃の木簡が公表されて話題を呼んだことは記憶に新しい。韻文以外にも貢進物の付け札や人事の記録には地名や人名が表音的な書記形態で書かれている。それらの日常の書記行動の場で開発された技術が利用できたであろう。

古事記の編纂事業は天武朝に開始されたとみられるが、日本語の文を書くための基礎技術は七世紀のうちに開発済みであった。しかし、古事記の筆録に際しては、さらに画期的な工夫が必要だった。前例のない長文を漢文体によらずに書かなくてはならない。しかも天皇に「献上」するにふさわしい「はれ」の文章でなくてはならない。書き手が工夫を凝らそうとしたとき、漢訳仏典を参照したと考えるのが有力な仮説である。漢訳仏典は、仏たちの問答を表現した口語的な散文の中に韻文である偈《げ》文《ぶん》や呪文が挿入された体裁をとっている。それは、神や天皇の事績を語る口調の散文の中に歌謡が挿入された古事記の手本としてふさわしいようにみえる。

古事記は「日常」の漢字を「非日常」的に運用している

それでは、古事記の書き手が書記媒介として用いた漢字はどのような性格のものであったか。七、八世紀の木簡と古事記の漢字は、ほぼ同じ訓よみで理解できる。このことを解明した小林芳規の論考（小林・一九八二、一九八三）は、「訓漢字」という概念化の仕方には問題があるとしても、画期的であった。ある漢字はある訓よみで使われるという前提のもとに問題を立てられるからである。

小林芳規の論考はまた、古事記の筆録にあたって書き手が「日常の実用の文章を表す場で使われていた漢字の用法」を使ったことも明らかにしている。早くに野村雅昭（野村・一九八二）が古事記の使用漢字と現代の当用漢字表とを比較して同じ趣旨を述べているが、個々の漢字の意味用法に即して証明した意義は大きい。

しかし、古事記は木簡のような使い捨てを前提とした文献ではないので、「日常」の漢字を使って書かれていても、その運用方法は「非日常」的である。まず、漢字を使う際に一字一訓の方針をもって筆録に臨んでいるのは高い意識のあらわれである。たとえば「授」は与える動作に「受」は受け取る動作にしか使っていない。木簡や当時の一般の公文書は「受」を与える動作にも通用している（犬飼・二〇〇五の第七章）。しかも、古事記は、同じ「つくる」の訓をもつ漢字を対象によって「造」は建物「宮」は田に「作」はその他に使い分けるような整然とした書記方法をとっている。木簡では「造」「作」が混然と使われるのが実情である。古事記の書き手のこの態度は、現代の国語国字問題や漢字制限問題の先駆をなすものと言えよう。

ほかにも古事記の書き手は、「日常」の漢字を使いつつ、運用にさまざまな工夫を凝らしている。たとえば親族関係をあらわす接頭語「いろ」は、万葉仮名で「伊呂」と書かれたり漢字の訓で「同母」と書かれているが、それらは使われている文脈の趣旨に添って区別がある。物語の記述中で同母の親族がもつ絆をあらわすときは万葉仮名で書き、系譜などで法的・論理的な関係をあらわすときは漢字の訓で書いているのである（犬飼・一九九一の第三部第三章）。この営みも、現代日本語にみられるところとつながる。たとえば同じ花を「紫陽花」「あじさい」「アジサイ」と書く。どのような場合にどの書記形態で書くか。どの書記形態が読み手にどのような印象を与えるか想起されたい。

「日常」の漢字を背景として「非日常」の漢字の導入も行われている。古事記の歌謡と訓注の万葉仮名に、木簡や万葉集では万葉仮名として使われない字が使われている。たとえば「迦」「遠」などである。カ、ヲの音節をあらわす万葉仮名は、木簡では「可」「乎」を使うことが多い。古事記の書き手がそれらを避けた理由は、本来の漢字として助辞に使われる頻度の高い字だからである。散文の部分の記述を保証し、あわせて、散文の部分と歌謡の部分とが視覚上で見分けられるように、あえて「非日常」の万葉仮名を導入したのである。

また、古事記の歌謡は一音節に一つの字体の万葉仮名をあてる傾向が強い。一音節に二つの字体があてられている場合も、「迦」「加」、「玖」「久」、「迩」「尓」のように字体の一部が共通であり、全く異なる二種の字体が頻度拮抗して使われているのはシの音節の「斯」「志」だけであると言ってよい。この事実も書き手の高い意識のあらわれである。

しかるに、わずかな数の特異な字体の万葉仮名が導入されている。たとえばシの音節に「芝」、ミ乙類の音節に「味」がそれぞれ一例のみ使われている。それらの導入は、歌謡の読解をたすける一種の注釈として行われたふしがある（犬飼・一九九一の第四部）。「芝」は下巻の仁徳天皇条の歌謡の第十四句の冒頭の位置に使われている。「其《し》が花の照りいまし、其《し》が葉の広りいますは」という対句が「…斯賀波那能弖理伊麻斯芝賀波能比呂理伊麻須波…」と書かれ、「芝」の位置は対句の切れ目にあたり、「しが葉の」は四字でいわゆる字足らず句である。長歌の万葉仮名の連鎖を区切って読むとき、目に付く特異な字体が手がかりになったであろう。「味」は中巻の景行天皇条の歌謡「やつめさす出雲たけるが佩ける太刀さ身なしにあはれ」に使われ、「刀身」の読解を「味」でたすける効果があったであろう。

この方法の来源は次のように推測できる。七世紀から八世紀初頭の木簡に韻文を一字一音式に書いたものがいくつかあるが、それらの万葉仮名列には漢字の訓によるものがまじっているのがふつうである。たとえば先にふれた難波宮出土の木簡も「皮留久佐乃皮斯米之刀斯《はるくさのはじめのとし》□」と、連体助詞「の」の位置にはじめ万葉仮名「乃」をあて、二度目は訓でよむ「之」をあてている。古事記の書き手が編纂資料に用いた歌謡の原稿にも、漢字の音による万葉仮名の中に訓よみのものがまじっていたであろう。それらの大部分は、古事記の筆録の際、音よみによる万葉仮名に、しかも一音節に一つの字体に、整理されたが、書き手は、要所でわざともとの字体を残した。あるいは、七世紀の万葉仮名列の様態から想を得て、同じ音をあらわし得る漢字で意味が文脈に関係のあるものを選んで投入した。

古事記と漢訳仏典由来の漢語

古事記に使われている漢字のなかに、漢語としての意味用法をあきらかに意識したものもみられる。いわゆる「潤色」に使われた漢語や漢字句である。潤色とは漢語や漢籍の語句・表現を借りて物語などをおもしろくつくりかえ飾ることであるが、現代日本においても、たとえば中国の歴史を題材とした小説で「漢」と書いて「おとこ」とふりがなを付けるようなことが行われる。「おとこ」という語がもつ意味用法のうちの一部分が、「漢」という字の意味用法、そして、文献上の使用実績に関する読者の素養に依拠して、引き出され限定される仕組みである。書き手自身が書記形態によって本文の文脈に注記を加える方法と言ってよい。古事記の書き手も、漢語としてもつ意味用法、そして、漢文における使用実績に関する読み手の素養を前提として、そのような工夫を随所に凝らしている。

その方法は、いずれも物語の展開の重要局面で使用され、特殊な場面を強調する効果があったと推測できる。この現象を指摘した先行研究もおびただしい。たとえば中川ゆかり（中川・一九八九）が、「をとこ」という日本語を書きあらわすために使われた「壮夫」という漢語は、「若々しく、霊力に満ちた男性」を特に指示するために選ばれたと指摘し、「よく眼にする壮士を使わずに、微妙な差を考慮して」これを選択した点に「言い表したい内容にふさわしい文字をできる限り探った」書き手の「表現に対する意欲がうかがわれる」と述べている。そして、この漢語「壮夫」は漢訳仏典に特徴的な用語である。

先にもふれたとおり、古事記と漢訳仏典との関係は、神田秀夫（神田・一九五九参照）が指摘して以来、なかば定説化し、使われる漢字の種類、漢字語彙、文構成上の漢字の用法、文体的特徴などにわたって諸家の指摘がある。なかでも『法華経』と古事記とが一致する要素が多いこと、言い換えれば古事記の筆録に対する『法華経』からの影響を指摘する向きが多い。さらに近年、瀬間正之（瀬間・一九九四）が、語句・文体の一致にとどまらず、物語の筋書きの水準で古事記に影響を与えた仏典を想定し、それは『経律異相』ではなかったかと指摘している。『経律異相』は六世紀に編纂された仏典系の類書である。ここで言う類書とは、すぐれた文章を集めて分類したもので、漢語使用の手引きとして利用された。

念のため述べる。古事記の書き手は仏典以外の漢籍も参照したであろうし、漢訳仏典を直接に参照したとは限らない。早くに西田長男（西田・一九五六）が注意を促したとおり、朝鮮半島から学んだ漢字の用法の中に漢訳仏典由来のものが含まれていたような経緯も実際にあったであろう。学んだ漢字の用法の性格も問われなくてはならない。日本語の語と文を書くために必要であったものと、それを「はれ」の文章として飾るための方法とは、不可分であるが区別して考えるべきである。

一例を取り上げれば、小島憲之（小島・一九六二）が古事記にみられる「―故、―。」という型の「故」の用法を漢訳仏典の特徴と指摘したところは定説になっている。しかし、先にふれた森ノ内遺跡出土の手紙木簡には、この用法と「―。故―。」という型の用法とが共にあらわれている。「…我持往稲者、馬不得故、我者反来之。故是汝…」という文脈で、前の「故」は形式名詞「ゆゑ」に、後のは接続詞「かれ」に相当する。古事記の書き手は、漢訳文典から「ゆゑ」にあたる「故」の用法を学んだのでなく、このような実用の場で行われていた書式を採用したにすぎないのかもしれない。

そのことはさておき、漢訳仏典と古事記との一致語句と指摘される二つの例に即して潤色の実態をみてみよう。中巻の仲哀天皇崩御の条に「驚懼」が唯一例あらわれる。これを今日の古事記注解においては諸家「おどろきおぢて」と訓む。琴を弾いておられる音色が途絶えたので「即挙火見者、既崩訖、尓、驚懼而、坐殯宮…」という文脈である。漢語「驚懼」の用法を想起させることによって異常

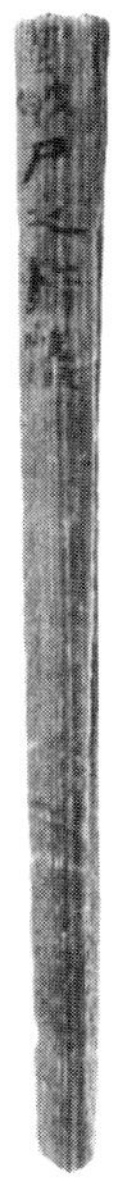

35　飛鳥池遺跡出土の字書様木簡

事態を効果的に書きあらわそうとしたのであろう。この二字漢語の意味用法は一般の漢籍と漢訳仏典の類との間に差がないので、必ずしも漢訳仏典に由来すると言えない。しかし、「懼」字は、一九九七年に奈良県の飛鳥池から出土した字書様木簡に「忤」と並べて書かれている。その直前に仏教語「蜚尸」が書かれているので、八世紀初頭当時における仏教素養としての識字であった可能性が認められる。

中巻の応神天皇条の天之日矛説話には「山谷」がまとまって三例あらわれる。今日の古事記の注解においては諸家「たに」と訓む。漢語としての「山谷」は「山と谷」「山の谷」の二つの意味用法があるが、後者が漢訳仏典の特徴である。これについては西宮一民（西宮・二〇〇二の一五八頁頭注）が「三国史記や漢訳仏典に「山谷」の例が多い。単に「谷」の意であるからタニと訓めばよい」と指摘し、前後の文脈に「一沼」など「一」を冠するのが「異国情緒を誘う」と述べている。この場合、漢訳仏典から由来すると断定する前に、先にふれた西田長男の発言のように朝鮮半島の経由を検討してみる必要があるだろう。中国周辺諸国における漢字・漢文の受容は今日的な研究課題である。

いずれにしても、これらの古事記中の特定の箇所にしか使われていない語句は、一種のキーワードとして機能していることが確認できる。あらわそうとする日本語の語形と、あらわす媒体である漢字のもつ意味用法とによる二重表現である。この方法は、漢字のような表語文字、ひいては文字で書くこと全般において、普遍的に行われている。現代日本においても商品のキャッチコピーなどに満ちあふれていることを想起されたい。

2　漢語「一時」と日本語「ひととき」とのあいだ

この節では、漢字と日本語との接触におけるあつれきの一端を記述しようとこころみる。「一時」という書記形態は、古事記中に全部で八例をみる。そのうち、中巻の一例（五八ォ二《本稿の筆者注：慣行に従って『古事記大成』の本文の丁数と行数を示す》）と下巻の四例（二一ォ三、二七ゥ七、三二ォ一、同九）は、漢訳仏典中の漢語としての意味用法を適用した典型的な例とみてよい。すべて「天皇」の直前の位置に使われ、応神天皇条の「一時、天皇越幸近淡海國之時、御立宇遅野上、望葛野歌曰」のように、天皇の行幸が「かって、あるとき」行われた意をあらわしている。この意味用法の例は、たとえば『法華経』序品に「一時佛在王舎城耆闍崛山中」がある。これを西田長男は、インド古典語の「ekasmin Samaye の翻語で、それが漢訳仏典の顕著な文体を構成する語として知られ、古文《本稿の筆者注：古典漢籍の文体をさす》には未だ存しなかった」としている（西田・一九五六の六〇九頁）。

なぜ「一時」が「ひととき」でないのか

ここで論じようとする問題は、古事記の書き手がどのような日本語を脳裏に置いてこの書記形態をとったか、である。この「一時」を今日の古事記注解においては諸家「あるとき」と訓む。これは一種の意訳であって、逐字的に訓めば「ひととき」となるが、この訓は採られない。その理由は以下のとおりである。

「一」の後に時間名詞が付いた漢語は、ある時間的な範囲を指し示すのが原義である。漢語「一時」も漢籍では日本語の「同時代」「ひととき」にあたるような意味用法であり、漢訳仏典の「かつて、あるとき」にあたるような意味用法も、その範疇内で説明できる。現代日本語の「いっとき」のような意味用法も、時間の経過のなかの一時期を指すが、一点ではなく期間である。「一挙に」あるいは「瞬時に」に相当するような、ある時間上の一点を指し示す意味用法はない。

このことをふまえて、『時代別国語大辞典　上代編』の「ひととせ」の項に次の記述がある。当該の語を「一年間」と口語訳して、「平安時代にはヒトトセ・ヒトヒ・ヒトヨなどが過去のある年・日・夜を指したり、去年・昨日・昨夜のことをいったりすることがあるが、そのような例は上代には見えない。」と指摘する。「ひととき」の用例は、万葉集と記紀歌謡にみえないが、もしあらわれたとすれば、この規制に従った意味用法になったであろう。

この指摘を本稿の筆者は、「一」に時間名詞が後接した漢語を「ひと〜」と翻訳しようとした際、「一点」でなく「範囲」という漢字の意味範疇に規制を受けた、と言い換えて理解する。平安時代になってあらわれる意味用法は、時間の経過のなかで短いものから「一点」に近付いたということになる。たとえば土左日記の「[ひとひ」かたときも忘れねば」の「ひとひ」は「ただ一日」と意訳できるような一点に近い意である。この現象は奈良時代語から平安時代語への史的変化にみえるかもしれない。しかし筆者は、日本語の原義への回帰と考える。「とし・ひ・よ・とき」を「ひとつ」が連体修飾する日本語の意味は、単に「ひとつの年、日、夜、時」でしかない。時間的範囲の指定でもあり得るし、その「とし・ひ・よ・とき」そのものの指定でもあり得る。平安時代の意味用法は、奈良時代の意味用法から変化したのではなく、そこに戻ったと考えるのである。

平安時代の実態を具体例に即してみてみよう。古今和歌集の一〇一六番歌「秋の野になまめき立てるをみなへしあなかしがまし花も「ひととき」」は、集中唯一の「ひととき」の用例（仮名序の例も同歌によっている）であるが、その意味用法は、時間的な範囲とは言え、時間の流れの中のある一点に近付いて「ほんの一瞬」と意訳できる。「ひととせ」は四例あるが、すべて、一番歌の「…「ひととせ」をこぞとや言はむことしとや言はむ」と同じ用法である。これは一点としての一年と解釈することができる。しかしまた、期間としての一年とも解釈できる。期間とも一点とも論理的に指定しないのが日本語の原義なのである。二七八番歌の「いろかはる秋の菊をば「ひととせ」にふたたびにほふ花とこそみれ」の場合は「一年以内」のように解釈できるであろう。「ひとひ」は二例あるが、三二一番歌の「ふるさとは吉野の山し近ければ「ひとひ」もみゆきふらぬ日はなし」のように一点をさす。「ひとよ」は二例ある。九八〇番歌の「思ひやるこしのしら山しらねども「ひとよ」も夢にこえぬよぞなき」は一点をさす。仮名序の「野をなつかしみ「ひとよ」ねにける」は一晩の経過を意味し、漢語の規制に合致するが、山辺赤人《やまべのあかひと》の万葉集一四二四番歌の引用であるから、これは平安時代語でない。

源氏物語にも「ひととき」が一例ある。松風巻の「天に生まるる人の、あやしき三つの道に帰るらむ「ひととき」に思ひなずらへて」は、仏典の「果報若盡還随三途」をふまえている（吉澤義則・一九七一の『二』二一三頁頭注による）。これは先の古事記の天皇行幸の用例と同じ意味用法に考えてよい。「ひととせ」は七例あるが、六例は、朝顔巻の「〔ひととせ〕、中宮のお前に雪の山つくられたりし、世に古りたることとなれど」のように、ある一点としての年を指す。手習巻の「〔ひととせ〕たらぬつくも髪多かるところにて」は、伊勢物語六十三段の「百年に一年たらぬつくも髪われを恋ふらし面影に見ゆ」をふまえた（吉澤・一九七一の『六』二四九頁頭注による）百年に一年たらない老人の意で、一年分とも百の点のうちの一点とも解釈できる。「ひとひ」「ひとよ」の用例は多いが、夕顔巻の「〔ひとひ〕先追ひてわたる車の侍りしを」葵巻の「人の心こそうたてあるものはあれ、今は〔ひとよ〕も隔てむことのわりなかるべきこと」のように一点をさす意味用法に傾き、「一日中」「一晩中」の意の場合には「ひひとひ」「よひとよ」と言いあらわす。

「もろともに」の意の「一時」

ところで、古事記の「一時」の用例のうち、先に取り上げた以外の三例は、同じ書記形態の漢字列であっても漢訳仏典のそれとは意味用法が異なる。いずれも戦闘の場面にあらわれているが、中巻冒頭の神武天皇東征の条は「聞歌之者、一時共斬」の後「おさかのおほむろやに…」の歌謡を挿んで「如此歌而、抜刀一時打殺也」と書かれている。中巻末尾の応神天皇条は大山守命の反逆の場面で「（伏兵が）一時共興、矢刺而流」と書かれている。現代日本語の「一挙に」「一度に」「一斉に」などにあたるような文脈的意味である。

これらの用例を今日の古事記注解においては諸家「もろともに」と訓む。直後の「共」字をあわせた三字熟語の意訳ということになる。二番目の例は「共」字を欠くが、近接して先行する第一例にささえられているとみてよい。これらが「ひとときにともに」のように訓読されない理由は右に述べたとおりであるが、もしも「一時」が「ひととき」にあたると仮想すると、平安時代の『古今和歌集』の用例のような一点をさす意味用法であれば適合するはずである。

西宮一民（西宮・一九八六）が、この「一時共」という書記形態について『遊仙窟《ゆうせんくつ》』の「一時倶」という漢語との関係を指摘している。「一時倶坐」で「さて、そろって席につき」（前野直彬・一九六五）となるような用例であり、古事記の意味用法と合致する。古事記の書き手が『遊仙窟』を直接に参照したか慎重を期さねばならない（瀬間正之・一九九四）が、当時の口語的な漢文体にこの語法があってそれに習った可能性は大きい。「共」字と「倶」字は、平安時代の辞書『類聚名義抄《るいじゅみょうぎしょう》』にいずれも「トモニ」の訓があり、「倶共」という熟語もある（観智院本の僧上巻）。古来、通用していたと考えてよい。「ともに」の上代における用例は、古事記下巻の仁徳天皇条歌謡の「山県に蒔《ま》けるあをなも吉備人と「ともに」し摘めば楽しくもあるか」のように、人と人がある時間を共有する意味用法をもつ。

大勢の者が一度に行う行動を、古事記筆録当時の日本語でどのように言いあらわし、そして、漢字でどのように書きあらわせばよかったか。時間上のある一点を指す語には「ひとたび」があるが、当該の文脈に必ずしも適合しない。さりとて、「ひととき」の語義は、右記のように「ひとつの／とき」でしかなく、ある範囲ともある一点とも限定しない。しかも、「ひととき」を漢字に直そうとすると、再三述べたとおり、漢語「一時」の意味用法は「ある範囲」に限定されているので適合しない。古事記の書き手は、「共」との連鎖によって「一時」という書記形態に負わされた限定を解除しようとしたのであろう。つまり「あるとき」と「ともに」で「一斉に」を得る仕組みである。

言いまとめて本稿を閉じる。口頭で話されていた日本語の「ひととき」は、古事記の筆録当時も、一点をさす意であり得ただろう。仮名で書かれるようになった平安時代の「ひととき」の用例にみられる意味用法は、新しく生じたものではなく、原義のあらわれ方の一つと見るのが自然である。その裏付けの一端をこころみれば、「とき」の畳語には奈良時代に二つの意味用法が認められる。万葉集四三二三番歌の「時々の花は咲けども…」にみられる「時毎に」のような意と日本書紀の允恭天皇紀歌謡の「…海の浜藻の寄る時々を」にみられる「折々」のような意とであるが、いずれにせよ、時間の流れの中の一点を重ねた意に解釈して良い。古事記の書き手が「一時」という書記形態を使おうとしたとき、こうした、発想して書こうとする日本語と、書くための媒介である漢字の意味用法との齟齬があった。それを解消したために、これらの漢字列は逐字的に「よめない」のである。

Ⅲ　古事記以降

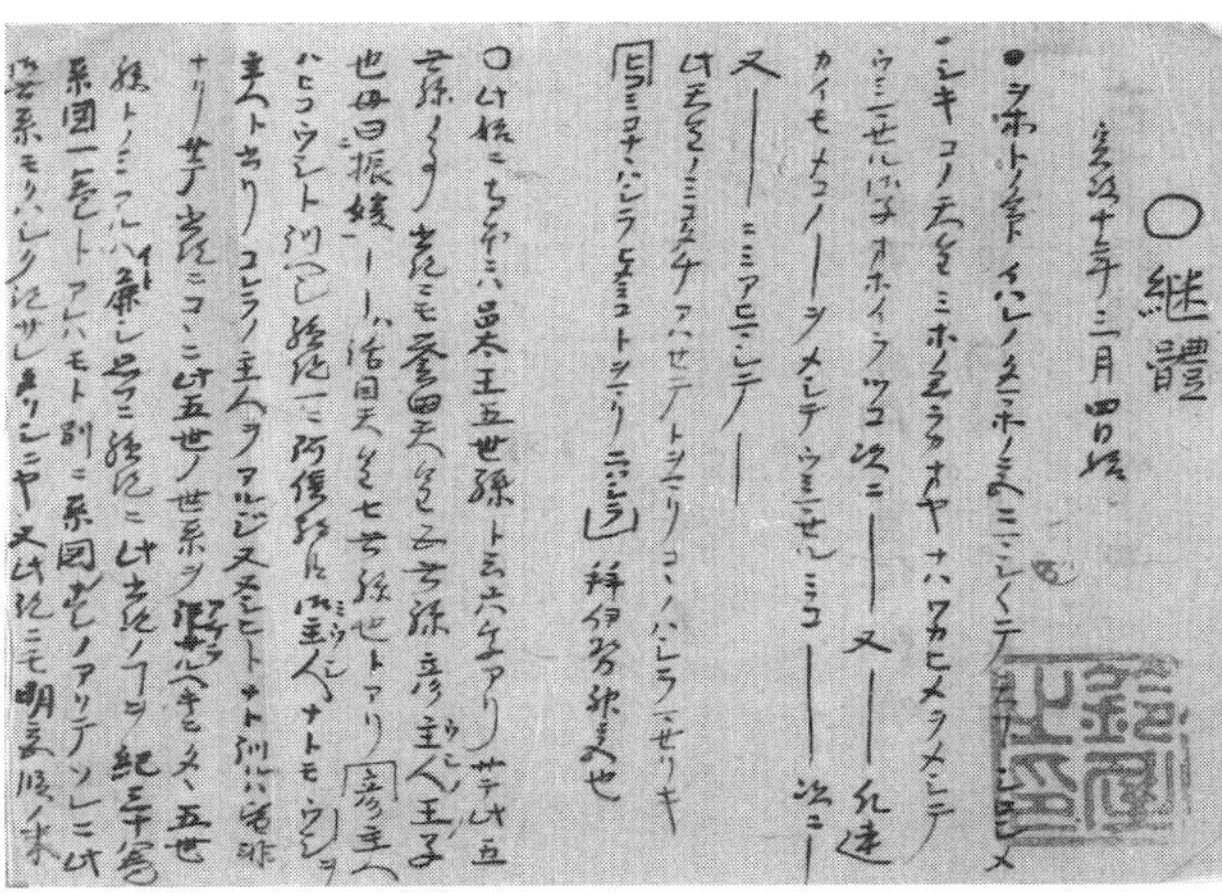

36　『古事記伝』（草稿本）

一　中世神話の世界

斎藤英喜

1　「中世神話」という地層へ

「中世神話」とはなにか

「中世神話」とは聞きなれない言葉かもしれない。普通「神話」といえば、古事記や日本書紀・風土記などの「古代」と相場は決まっているからだ。宇宙や世界、文化、王権の起源を語る聖なる物語を「神話」と呼ぶならば、はたして中世という時代に「神話」がありうるのか。誰もが疑問に思うところだろう。

だが最近の研究によれば、中世という時代は、古代以上に「神話」が活性化した時代であった。「中世神話」とは何か。中世思想史研究の山本ひろ子は、三つのジャンルにわけて説明している（山本・一九九八）。

第一は寺社の縁起などの唱導と結びつく「本地物」と呼ばれる物語・説話テキスト。主人公が人間としての苦しみや試練を体験したあとに、神として転生するという「神の一代記」のスタイルである。

それらは「和《わ》光同塵《こうどうじん》」（仏菩薩がその威光を和らげ、汚辱にまみれたこの世に神として化現し、衆生を救う）という中世的神仏信仰を骨格としつつ、祭祀や唱導法会《しょうどうほうえ》の場で語り唱えられる「神語り」としての生きた神話の姿を見せてくれるのである（徳田和夫・一九八二）。

第二は「中世日本紀」と総称されるテキスト群である（伊藤正義・一九七二、阿部泰郎・一九八五）。日本書紀の傍注・割注から始まり、中世以降、多様な注釈や口決・口伝、そして物語化へと進み、日本書紀原典には還元できない、中世独自な神話言説・物語が生み出された。たとえばイザナギ・イザナミに流し棄てられたヒルコが龍神に育てられ、やがて摂津・西宮神社の夷《えびす》三郎へと転生していったとか（『古今和歌集序聞書三流抄』）、源平合戦のさなかに失われた三種神器の「草薙剣《くさなぎのつるぎ》」は、安徳天皇に化身したヤマタノヲロチによって奪い返されたとか（『平家物語』）、アマテラスが仏敵の第六天魔王と対決したとか（『沙石集』）、それこそ「トンデモ本」みたいなことが語られていくのだ。

こうした中世日本紀の神話世界は、あきらかに日本書紀の読み替え＝改変なのだが、中世びとたちは、この改作・再解釈された神話をも「日本紀」の名前で伝えていった。「日本紀」というネーミングは、「古代」（起源）のことを示す書物のブランド名となって流通していく。「日本紀」という権威ある名前を利用し、それを起爆剤としておびただしい数の中世神話が生み出されたのである。

そして三番目は、中世日本紀とリンクしつつ、そこからさらに独自な信仰体系を作り出した「中世神道」のテキスト群である。たとえばアマテラスは、本地としての観音や大日如来《だいにちにょらい》の垂迹《すいじゃく》として衆生を救っていくという「本地垂迹説」にもとづく言説から出発し、やがて本地説を食い破るような独特な神学の世界が構築されていった。そこではアマテラスの本当の姿は蛇体であったと観想する修行も行なわれた。蛇体は、衆生の苦しみの身代わりになってくれる神のもっとも高位な姿であったというのだ（伊藤聡・一九九七）。それら神道テキストは、古代神話に登場する神々を意味づけなおし、中世という時代にマッチした、あらたな世界の根源・始原を設定しようとする試みとして、中世神話の重要な一角を占めるのである（桜井好朗・一九八一）。

こうした「中世神話」の世界は、近代的な価値観から「荒唐無稽」とか「牽強付会」といった蔑称でラベリングされ、これまで学問的な対象とはされてこなかった。だが、一九七〇年代から八〇年代にかけての近代的な思考・価値観を相対化していく思想動向（ポスト・モダン）とも重なりつつ、多くの文献の発掘・翻刻、そして解読が進み、いまや「中世神話」というあらたしい地層が、われわれの前に姿を見せてくれたのである。これまでの古事記・日本書紀一辺倒の神話の見方を変えてくれる可能性が、中世の神話世界にあることは間違いない（斎藤英喜・二〇〇六）。

中世神話から見える古事記

では、中世の神話世界のなかで、古事記はどのような位置にあるのだろうか。中世神話の研究からは古事記はどう見えてくるのだろうか。

一般に、古事記は、日本神話のスタンダードとして、長いあいだ読み継がれてきたというイメージがある。中国思想に侵食された日本書紀にたいして、古事記こそが、日本神話の古い姿を伝える、というように。だが、そうした古事記の価値付けは、じつは十八世紀の本居宣長以降に作られたものだ。

それは明治の近代国民国家のなかで、古事記を「民族と国民の文化的根源」に位置づけるイデオロギーへとつらなる（神野志隆光・一九九九）。天皇と「国民」とを直接結びつける、近代の国民国家の神話である。

しかし実際のところ、古事記は宣長以前までほとんど読まれてこなかったし、注釈・学問の対象ともされてこなかった。それを象徴するのが、「中世日本紀」というネーミングである。平安時代前期、宮廷が主宰した「日本紀講」という日本書紀の注釈活動以降、日本神話のスタンダードはあくまでも日本書紀＝「日本紀」であり、古事記はサブテキストのひとつでしかなかったのだ。古事記よりも『古語拾遺《こごしゅうい》』（九世紀初頭成立）や『先代旧事本紀《せんだいくじほんぎ》』（九世紀後半成立）のほうが重視される場合もあった。その関係を逆転させ、古事記の固有な価値を発見したのが、十八世紀の宣長である。ただし、宣長も当時においては、きわめて異端的な存在であったようだ（また宣長の『古事記伝』の方法が、じつは中世以来の「注釈」という学問スタイルの系譜にあることも見逃してはならない）。

ここからわかるのは、中世という時代において、現代のわれわれが持つような古事記と日本書紀という個体認識はなかったということだ。中国的に潤色された日本書紀にたいして、ヤマト固有の古い神話を伝える古事記という差別化・特権化は、近代の国民国家のなかでの「創られた伝統」であることを、再認識する必要があろう。それは日本人の源郷＝「古都・奈良」というイメージの創出とリンクする、きわめて近代的な「政治文化」創造の問題であった（高木博志・二〇〇六）。

あらためて、中世神話のなかの古事記とは？

真福寺本古事記の「中世」

よく知られているように、古事記の最古の写本は南北朝時代の「真福寺本《しんぷくじ》」と呼ばれる写本である。応永四年（一三七〇）から翌年にかけて真福寺二代住職信瑜《しんゆ》が執筆、若き学僧賢瑜《けんゆ》が書写したその写本は、現在、国宝に指定され、最古の古事記写本として尊重されている。日本書紀が、平安時代初期の写本（巻一神代上の断簡）が残されているのにくらべ、古事記の一番古い写本が南北朝時代まで残っていないことも、古事記がほとんど読まれてこなかったことを証明しよう。

あらためて、真福寺本古事記の成立した南北朝期とは、「中世神話」がおびただしく作られていく時代の真っ只中であった。中世神話の生成という視点から真福寺本古事記の成り立ちを見直してみると、何が見えてくるだろうか。

真福寺本の中巻奥書からは、古事記とくに中巻は、当時でも稀少本だったらしく、藤原家が代々相伝した「鴨院御文庫」の古事記中巻を、文永十年（一二七三）に女房の奉計によって卜部兼文《うらべのかねふみ》（『釈日本紀』の編纂者兼方の父）が借覧を許された云々という経緯や、また下巻の奥書には、某氏が伊勢神宮の祭主（朝廷が定めた伊勢神宮祭祀を司る神職）の大中臣親忠《おおなかとみのちかただ》の本を借り受け、「家君」の命で書写し、吉田定房に贈った云々といった記述があるように、十三世紀あたりに古事記の書写がさかんに行なわれていた様子がわかる（古賀精一・一九四三）。中世のある時期に、それこそ「古事記ブーム」のような状況が起きたともいえよう。

だが、このことを、古事記の固有性の発見とみなすのは早計のようだ。中世文学研究の小峯和明がいうように「日本紀」という記号でおびただしい中世神話が生産されていく、そういう状況から古事記もまた発見されたと見るべきだろう。つまり古事記は、多種多様に生成した中世日本紀のひとつとして再生したというわけだ（小峯・二〇〇〇）。

さらに中世文学研究の阿部泰郎は、古事記写本を伝えた真福寺（現・名古屋市大須）という寺院そのものに注意を向けている（阿部・一九九九）。阿部によれば、真福寺には『日本霊異記《にほんりょういき》』や『将門記《しょうもんき》』など貴重な古典籍が伝来しているが、しかし中心となっているのは、仏教経典・聖教《しょうぎょう》のテキスト群であり、そのなかに「神祇書」として多数の神道関係テキストが遺されていた。とくに「伊勢神道」関係のものが伝来することが注意される。古事記写本とは、そうした中世神道テキスト、神祇書のひとつとして伝えられていたわけだ。それは古事記が「中世日本紀」として発見されたという見方ともリンクしよう。

ところで古事記の写本を伝える真福寺はまた、伊勢神宮とも深い繋がりをもっていた。真福寺の初代住職能信《のうしん》は、伊勢神宮（外宮《げぐう》）の神官であり「伊勢神道」の大成者とされる度会家行《わたらいいえゆき》（一二五六〜一三五六）の息子であったという伝承があるからだ。さらに真福寺における古事記の原本は、家行の命令で息子の能信が書写したということも推測されている（古賀・一九四三）。

そこで次に、舞台を伊勢神宮に移し、中世神話と古事記との関わりについて探索を進めていこう。

2　伊勢神宮の「中世神話」と古事記

伊勢神道書に引かれる古事記

あらためていうまでもなく、伊勢神宮（内宮）とは皇祖神アマテラスを祭る、古代国家最高の神社である。だが、中世神話の生成にとって重要な現場となるのは、アマテラスの食事を担当した御饌津《みけつ》神＝豊受大神（止由気・豊宇介とも表記。以下、トヨウケ）を奉祭する外宮であった。中世の外宮は、後世に「神道五部書」と呼ばれる書物をはじめ、おびただしい数と種類の神道書を作り出し、「伊勢神道」と称される独特な神道理論を生み出す、文字通り中世神道の〝メッカ〟であった。

それら伊勢の神道書のなかに古事記が直接引用されていた。たとえば、外宮神主の度会行忠（一二三六〜一三〇五）が弘安八年（一二八五）十二月、時の関白藤原兼平（古事記の写本が伝わる「鴨院文庫」の管理者に推定）の命を受けて撰述した『伊勢二所太神宮神名秘書』（『神名秘書』）には、古事記から四箇所の引用が確認されている（岡田荘司・二〇〇三）。とくに外宮の祭神である「豊受太神一座」の朱書頭注として「古事記云、登由気神。此者坐外宮之度相神者也」という古事記の一節が引かれるのは興味深い（ただし古事記のこの一節は、「外宮」の名称が平安以降ということから後世の書き入れとされている）。

また外宮神主の度会家行の編纂した『類聚神祇本源』にも古事記が引用される。とくに巻三「天神所化篇」には、古事記冒頭の「天地初発之時、於高天原成神、名天之御中主神…」以下の開闢《かいびやく》神話がそのまま引用されている。家行が真福寺の初代住職能信の父親という伝承は先に紹介したところだ。ここからは、家行が引用した古事記とは、真福寺本の古事記と密接な関係も推定されている（古賀精一・一九四三）。

しかし注意すべきは、引用される古事記は、たとえば『伊勢太神宮秘文』『豊受皇太神宮継文』『天地麗気符録』など、家行の著作にしばしば引かれる「由緒不明」の、得体の知れない一群の書物と同じレベルで扱われていることだ。べつに古事記を特別扱いしている様子は、そこにはない。膨大な中世神話生成のなかで古事記もまた伊勢神宮に入ってきていることを確認しておこう。

そのことを踏まえたうえで、さらにもう一歩踏み込んで、古事記の神話世界は、伊勢神道の教義にどういう影響を与えているのか。次にそれを検証してみよう。

神道五部書の中世神話

伊勢神道の中核をなすのは、後世「神道五部書」と呼ばれる以下のテキストである。

・『宝基本記《ほうきほんぎ》』（造伊勢二所太神宮宝基本記）
・『倭姫命世記《やまとひめのみことせいき》』（太神宮本紀下）
・『御鎮座次第記』（天照坐伊勢二所皇太神宮御鎮座次第記）
・『御鎮座伝記』（伊勢二所皇太神宮御鎮座伝記）
・『御鎮座本紀』（豊受皇太神宮御鎮座本紀）

これらのテキストの編者は、奈良時代の伊勢神宮の神主となっているが、実際は中世の外宮神官た

37　元伊勢籠神社

ちが偽作したものだ。とくに『神名秘書』の編者度会行忠がその中心となったらしい（久保田収・一九五九）。

なぜ外宮神官たちは、これらの書物を作り出さねばならなかったのか。それは自分たちが祭る外宮の祭神＝トヨウケの神格の由緒正しさを証明するためであった。この時代、古代律令国家のシステムが解体すると、伊勢神宮の内宮・外宮も御厨《みくりや》や荘園を確保し、経済的に自立する必要があった。そのためには、自分たちが祭る神の由緒や神威を強調し、人々の信仰を集めねばならなかった。

このとき、皇祖神アマテラスを祭る内宮にくらべ、外宮が圧倒的に不利だったことは、いうまでもないだろう。記・紀にその来歴が記されたアマテラスにたいして、外宮のトヨウケは、雄略天皇の時代にアマテラスの御饌津神として丹波国から呼び寄せられた神にすぎない。その来歴を記すのは九世紀初頭成立の『止由気宮儀式帳』であって、記・紀にはそのことは書かれていない。両神のレベルの差は歴然としていよう。

そこで外宮神官たちは、本来は内宮のアマテラスにのみ使われた「皇太神宮」の名称を、外宮においても使用することを主張し、「豊受皇太神宮」(後には「天照坐豊受皇太神宮」とも)と名乗り、内宮との対立を深めていった。このとき自分たちの祭神たるトヨウケの由緒・権威を高めるために、おびただしい数の神道書を作り出したのである。「神道五部書」は、その代表であった。ここにおいて伊勢神宮(外宮)は、中世における「神話工房」といった様相を呈するのである。

では、中世神話のトヨウケはどのように語られるのか。

至高神へと変奏するトヨウケ

雄略天皇の時代にはじめて登場するトヨウケを、まずはアマテラスと同等な神代以来の神として語る必要があった。五部書でもっとも初期に作られた『倭姫命世記』では、アマテラスとトヨウケは天地開闢のときに、あらかじめ契約を結んで、ともに天下を支配することを誓っていたという。さらにアマテラスは日神で、トヨウケは月神だと語る。このようにアマテラスとトヨウケは同等な神格をもつことになるのだが、さらに外宮神官たちは、なんとトヨウケをアマテラスよりも上位の神へと変貌させてしまうのだ。それを端的に示すのが『御鎮座伝記』(神道大系『伊勢神道・上』)の一節である。

古語に曰く、大海の中に一物あり、浮く形、葦牙の如し。その中に神人、化生し、天御中主神と号す。故に豊葦原中国と号す。亦因以て、止由気皇神と曰ふなり。(『御鎮座伝記』)

天地開闢のとき、大海のなかにひとつの物が出現した。浮かんだ様子はまるで葦の芽のようであった。そのなかに神人が化生して「天御中主神《あめのみなかぬし》」と名乗った。だからその国を「豊葦原中国《とよあしはらのなかつくに》」と呼び、さらにその神を「止由気皇神」と呼んだ…。なんと世界の始元に生成した根源神＝アメノミナカヌシが、トヨウケと同体であったというのだ。驚くべき、神話の読み替え・再創造といえよう。このとき、外宮のトヨウケは、皇祖神アマテラスを超えて、宇宙開闢の始元、根源的一者の神へと変貌するわけだ（山本ひろ子・一九八七）。

トヨウケとアメノミナカヌシと同体視する発想は、伊勢神道に影響を与えた密教系の神道書『大和葛城宝山記』にもすでに見られるのだが、トヨウケの中世的変貌に際して、アメノミナカヌシが登場することに、注目しなければならない。なぜなら、アメノミナカヌシとは古事記固有に出てくる神だからだ。日本書紀の正文に登場する始元神は「国常立神《くにのとこたち》」といい、アメノミナカヌシの名前は、一書中の異伝しか見出せない。どうやら、『御鎮座伝記』の一節は、日本書紀の文章を使いつつ、そこに無理やり古事記の「天御中主神」を挿入させたものと解せよう。

なぜ外宮神官たちは、クニノトコタチではなくアメノミナカヌシを選んだのか。

古事記の冒頭に登場するアメノミナカヌシは、神話的な物語をもたない、きわめて抽象的な神格とされる。古事記成立の最終段階で加上されたとも、中国・道家の「元始天王」「天帝」の信仰が反映しているともいう。だが、アマテラスをこえる根源的な神を指向する中世の外宮神官たちにとって、地上性を感じさせる「国常立神」よりも、「天御中主神」にこそ、宇宙生成の根源的な一者神の姿を見出しえたのではないか。そこには、宇宙の根源、唯一神を探求する中世の神学的な知ともクロスしただろう。アマテラスを超える根源神はアメノミナカヌシでなければならなかったのだ。トヨウケ＝アメノミナカヌシの神話とは、中世的に変貌した古事記の姿ともいえよう。

中世的「語り」のテキスト

では、アマテラスを祭る内宮の神官たちは、中世神話の創造現場にはまったくタッチしなかったのだろうか。そこで最近、阿部泰郎によって翻刻・紹介された『天照太神御天降記』（真福寺善本叢刊『中世日本紀集』）という奇妙な名前の書物が注目される（阿部・一九九九）。

このテキストの主題はアマテラスの内宮鎮座の由来が中心で、外宮のことは末尾にわずかに出てくるにすぎない。神話のストーリーとしては、アマテラスの岩戸こもりの場面が重視され、そこでは伊勢神宮祭主の大中臣氏の始祖「天児屋根命《あめのこやねのみこと》」と、内宮神主の荒木田氏の始祖「天見通命《あめのみとおしのみこと》」の活躍が強調されていく。一方、外宮神主の度会氏の始祖「大佐々命《おおささのみこと》」はまったく無視されている。そこには本書の担い手が内宮系の神官の側にあったことがおのずと推定されるわけだ。

さらに本書の特徴は、その表現が「語り」の文体を重んじるところにあった。天岩屋の場面を引いてみよう。

天乃磐座仁籠ラセ御坐マシテ、天ノ磐戸ヲ指固メテソ御座シケル。其時仁、八百万乃神達ハ、神集リニ集賜ヒ、神議リニ議賜ヒ天、我等、伊加那留態《ワサ》ヲ成カ天、御神ヲハ出シ顕シ可奉キト、思嘆《ナケキ》、哀賜天……

ここには、宣命体的な助詞表記、一字一音的な表記、片仮名交り表記など、徹底的に「和語」の表現にこだわる姿勢が見られよう。それは全体として「中世の仮想された〝上代的テクスト〟」を現出させている。語りの文体を指向した古事記の一面を受けついだ「中世の〝神語り〟」という特徴を見出すことができるのだ（阿部泰郎・一九九九）。中世の伊勢神道世界の周辺に、古事記的な「語り」のテキストが現れたことは、注目に値しよう。

3　中世神話の「出雲」

「不覚」神と出雲大神

古事記神話の特徴が、オホナムチ（オホクニヌシ）を主人公にした、出雲を舞台とする神話にあることは、すでに言われているとおりだ（三浦佑之・二〇〇七）。古事記の神話の約四分の一は、「出雲神話」にあたるという。では、中世神話の世界のなかで、「出雲」はどのように語られているのか。

たとえば中世神道書の最初期のテキストである『中臣祓訓解《なかとみのはらえくんげ》』では、仏教的な世界観のなかで神々の順位をつけている。一番は「本覚《ほんがく》」（究極の悟りの境位）の位置にある伊勢内宮・外宮の神、次に「始覚《しかく》」（本覚に至る始発）の位置にある石清水八幡宮や広田社の神、そして「不覚」（悟りえない、迷いの状態）と一番下位に置かれるのが、出雲の神々（出雲荒振神）であった。神々の存在を仏教の修行階梯のロジックで分類するわけだ。「不覚」と位置づけられた出雲の神々（スサノヲやオホクニヌシ）は、また「无明悪鬼ノ類」「実ノ迷神」とも呼ばれる。

こうした神の分類は、鎌倉時代初期に、興福寺の貞慶《じょうけい》が編み出した権社神《ごんしゃしん》／実社神《じつしゃしん》という二元的な区別の延長に作られたものをベースに置く。「権社神」とは、この世に現れた神は「権《かり》」（仮）で、本当は仏菩薩であるという存在。「実社神」とは、仏菩薩の本地をもたない、動物霊、死霊、悪鬼などの類の神という位置づけである。中世神話の世界のなかでは、スサノヲやオホクニヌシは、「悪鬼ノ類」とされるわけだ。

だが中世における権社神／実社神の区別は、けっして固定したものではなかった。その区別はやがて曖昧になってしまう。南北朝期の『神道集』では、実社神も最終的には権社神の眷属《けんぞく》と成るので、両者ともに衆生済度の存在として崇めることが説かれていく（中村生雄・一九九四）。仏教の教えを「民衆」に説くにあたっては、彼らの生活圏での信仰対象である実社神＝動物霊、自然神を信仰対象から除外するわけにはいかず、実社神を仏教教理のなかに組み入れる必要が生じたからだ。

それはさらに、「无明悪鬼ノ類」「不覚」と貶《おとし》められた出雲の荒ぶる神たちも「本覚」の神としてのアマテラスと同一の神格とみなす教理を生み出す。天台の僧侶で、『徒然草』の著者吉田兼好の兄である慈遍が執筆した『天地《てんち》神祇《じんぎ》審鎮要記《しんちんようき》』（神道大系『天台神道・上』）では、本覚神も不覚神も、「其性一如ナリ、邪正随縁シテ、権実、物ニ応ズ…」「和光同塵、何ソ善悪ヲ隔ンヤ」といったように等しい存在とする認識に至りつくのである。それは現実にあるものをすべて肯定する「本覚思想」と神祇信仰とのドッキングであった（田村芳朗・一九七九）。実迷の邪神＝出雲の神々も、肯定されるべき現実のひとつの姿と認識されていくわけだ。

38　出雲大社

この世の悪も善もすべてを肯定し、あらゆる存在に「仏」を見出す本覚思想の実践にとって、不覚・無明の邪神という存在＝スサノヲやオホクニヌシが、重要な意味をもってくる。中世神話の生成にとって「本覚思想」は、不可欠な思想的背景をなしたといえよう。

幽冥界としての出雲

一方、古事記の神話コスモロジーのなかで、「出雲」は、黄泉国《よみのくに》や根の国などの冥界との繋がりが色濃い。こうした出雲＝冥府のイメージは、中世においてはどう解釈されるのだろうか。

たとえば日本書紀の国譲り神話で、国の支配権（顕露事《あらはなること》）をアマテラスの御子神に譲ったオホクニヌシは、自らは「神事」「幽事」を司ることになる（一書〔第二〕）。この「神《かくれたる》事《こと》（幽事）」の意味を、室町時代の学者一条兼良『日本書紀纂疏』（神道大系『日本書紀註釈・中』）では「冥府の事」と解釈している。「神事（幽事）」は、たんなる祭祀のことではなく、死後世界・冥界の支配という考え方である。そこから国譲りによって隠退し、出雲大社に祭られるオホクニヌシは、冥府の神という認識へと展開していく。

この説は日本書紀の注釈＝中世日本紀の側から提示されるのだが、それもまた、中世神話として変貌していく出雲世界のもうひとつの姿であった。中世神話の世界では、出雲大社の祭神は、オホクニヌシではなくスサノヲとする言説が多い（井上寛司・一九九八）。根の国の神＝スサノヲだからこそ、冥府と一体化する出雲大社に鎮座するという読み替えが、その根底にあるといえよう。

ところで、オホクニヌシが隠退した場所＝出雲大社を「冥府」と解釈する神話言説は、はるか近世末期において、あらたな意味をもって再浮上してくる。本居宣長の異端の弟子平田篤胤の神話学である。そこで冥界の主宰神たるオホクニヌシは、死後の人間の魂の行方を管理する神へと変貌していく（『霊の真柱』）。さらに篤胤は、人間の死後の永遠性・無窮性に価値を置くことで、「顕世」の根源となるアマテラスよりも「幽世」を主宰するオホクニヌシのほうが、より本質的な神と主張するにいたるのだ（『古史伝』）。

こうした篤胤のオホクニヌシ解釈は、明治十三年（一八八〇）に起きた、伊勢派と出雲派による「祭神論争」という事件にまで波及する。最終的に、出雲派・オホクニヌシは、神道界の中心から敗退していき、これ以降、伊勢派・アマテラスによる「国家神道」が確立していく。そのとき、古事記は、明治の国民国家における「国民統合のイデオロギー」「創られた伝統」「国民文化」（西川長夫・一九九五）としての役割を担うことになるのである。

一般に、平田派の国学イデオロギーは国家神道の元凶とされる。しかし、篤胤の「出雲」にたいする言説からは、国家神道とは異質な神話世界が息づいていたことが知られよう。そしてその「出雲」

は、中世神話の系譜につらなるものであったのだ。

中世神話の世界。それは近代の学知が封印した、古事記へのあらたな視界を開いてくれる、重要なフィールドであった。

二　本居宣長の古事記研究

山下久夫

1　虚構された「古さ」

不可避の課題

和銅五年（七一二）太安万侶編により成立したとされる古事記、近世においてその価値を発見したのは国学者本居宣長《もとおりのりなが》である。国学思想は近世の支配イデオロギーであった儒教思想に対抗する形で展開したのだが、宣長が古事記に向かうにあたって強く促したのは、わが国の上代は漢国《からくに》（中国）とは意《こころ》・事《こと》・言《ことば》ともに明確に異なることへの認識であった。そして、漢国の歴史書を模倣するかのような叙述スタイルをとる日本書紀と違って、古事記こそ「古《いにし》へより言ひ伝へたるまゝ」を記した書であり、文字（漢字）文明流入以前のわが国の古語（古言）が保存された書であるとして尊重した。もちろん、日本書紀の価値を低くみたわけではなく、古事記の価値を日本書紀とは明確に区別したのである。日本古来の純粋な伝承や古語を求めて、『古事記伝』が著された。

ところで、宣長や国学の意味を考えるとき、わたしたちは、やはり次のような事態を無視できない

39　賀茂真淵

であろう。①中国（漢国）から漢字がもたらされるまでのわが国には、文字は存在しなかったこと。②古事記・日本書紀をはじめ、わが国上代の書物はすべて漢字表記だということ。つまり、中国伝来の文字（漢字）を抜きにしては、わが国の上代については何も語れないのである。実際、近世の儒者たちは、「聖人の国」＝漢国から漢字がもたらされてはじめてわが国は未開から文明への道に歩を進めたと認識していた。しかし、国学者としてわが国を漢国より下に置きたくない宣長は、漢字文明の恩恵に浴するだけのわが国のイメージを、そのまま容認するわけにはいかない。では、厳然たる事態をどう受け止めたらよいのか。こうした切実な不可避の課題を抱える中で、宣長は古事記の価値を発見しているのである。

真淵と宣長

宣長は古事記を「古へより言ひ伝へたるまゝ」を記した書だとしたが、その際、彼が古事記に求めた「古さ」の意味には特徴があった。賀茂《かもの》真淵《まぶち》と比較してみよう。古事記の序文と本文との関係についてである。そもそも古事記の序文は「陰陽乾坤《いんようけんこん》」といった漢語や漢文対句を多用するなど本文とは明らかに異なる文体なのだが、真淵は両者は別々の成立だとみる。すなわち、本文は遅くとも舒明《じょめい》・

皇極《こうぎょく》天皇の時代（六二九〜六四四）を降らない時期に成立し、奈良朝の人である安万侶の筆ではないとする。一方、序文は、安万侶も含めた奈良時代の人の手になるものとした。真淵が成立を分けて考えたのは、漢語や漢文対句の多い序文とは異なるわが国の「古さ」を本文に求めたかったからである。当時、古事記の「古さ」はみいだされつつあったが、真淵も国学者らしくそれを一層推し進めたわけである。ただ、真淵の「古さ」は、舒明・皇極天皇の時代にさかのぼるとはいえ、いわば時間的な「古さ」である。真淵は、万葉集に対し「人の真心」という人間の根源性を求めてこれを重視したが、古事記には時間的に古いという以上のものはみいだしていない。

ところが、宣長となると、「古さ」のあり方がまったく違ってくるのである。『古事記伝』二之巻をみると、彼は本文と序文の成立時期のずれは認めず、筆録者も安万侶一人に絞っている。そしていう。序文が「陰陽乾坤」といった漢文調の語で綴られるのは、むろん漢国を意識し漢国向けに文を飾って書いたからにほかならないが、このような序文の漢文調はかえって古伝そのままの本文との違いを明確にしてくれる。つまり、「正実《まこと》」（本文）と「虚飾《かざり》」（序文）とのけじめが鮮明になる。したがって、序文を読むと逆に本

40　本居宣長

文が撰者安万侶の私意を交えない純粋の古伝であることがわかり、まことにありがたいことである……と。

序文の漢文調の「虚飾」が認識される度合いに応じて、逆にわが国古伝の「正実」が際立ってくるという関係にある。「虚飾」は「正実」のみごとな反照板である。だいたい宣長がわが国の純粋な古伝を強調するときは、必ずさかしらな理屈に流れる漢国的思考への批判＝漢意《からごころ》批判を伴うのが常なのだが、ここでも同じ構図がみられるわけである。したがって、真淵のように、「古さ」をいうために安万侶筆を否定する必要は少しもない。古事記の本文が撰者安万侶の意思など越えた古伝の次元にあることを伝えられれば十分なのである。

このような宣長のあり方は、もはや時間的な「古さ」を求めるものではない。それは、「虚飾」との相違をくりかえし述べながら、「正実」に充ちたわが国の古伝という世界を新たに作り上げているというべきではないか。「古さ」を虚構するのである。

「古へより言ひ伝えたるまゝ」とは

古事記序文に載る和銅五年、太安万侶が古事記を撰録して献上した件に関し、宣長は『古事記伝』二之巻において、だいたい次のようなことを述べる。

天武《てんむ》天皇の時代に稗田阿礼《ひえだのあれ》に誦習させておいた帝紀《ていき》・旧辞《くじ》が同人の口に残っていたのを、元明《げんめい》天皇は、詔命を以て太安万侶に撰録させた。又ここにまさに「勅語」とあることから考えると、これは単に撰録を命じたというのみならず、天武天皇自身が帝紀・旧辞を諷誦し、それを阿礼に聴き取らせた上で、そのままを誦習させたことを示すものに相違ない。だとすると、古事記編纂のはじめに天武天皇が自らかかわり、その志を元明天皇が継承しなかったら、この上なく貴重な古語も阿礼の命とともに亡んでしまっただろう。天つ神・国つ神の霊の幸いによって、元明天皇の時代にこの古事記の撰録がおこなわれ、今現に伝来してきているありがたさよ……。

帝紀は天皇家の系譜、旧事は神話・伝承を指すと思われるが、むろん現存せず、宣長の眼前に残る

41　本居宣長の奥墓《おくつき》

42　『古事記伝』の版木

最古の書はあくまで古事記である。だが、ここには宣長独特の位置づけが明瞭に述べられている。宣長は、古事記は天武天皇が口承のままを残していた旧辞を自ら口ずさみ、それを稗田阿礼に聴き取らせて暗誦させていた、それを元明天皇の叡慮によって太安万侶に暗誦のまま記させた、と考えているようである。文字文明の洗礼を受ける以前のわが国純粋の古語のままを帝紀・旧辞から引き出し、自ら口ずさみ阿礼に暗誦させた天武天皇、その意義を十分理解し阿礼の暗誦のままを安万侶に筆録させた元明天皇。古語保存という価値基準で、両天皇の功績が称えられている。そして、諷誦のままを記したという点に古事記の最大の価値が認められるわけである。ここでの帝記・旧辞は、古語保存という形で古事記に吸収されるだろう。

ところで、多くの国学者にとっては、帝記・旧辞の文献としての「古さ」が関心事だった。だが、宣長にはそんなことは問題ではない。阿礼が誦習するはずの古語が重要なのだ。事実、阿礼は、口承性を保ったまま生きのび筆録者安万侶の前に立ったとされる。また、天武天皇自身も、自ら諷誦するということで、歴史的な存在というよりも口承の次元に重ねられているのである。

ここには、時間的な「古さ」ではなく、古事記から口承性を導くという形で、新たに「古さ」を虚構しようという企てがうかがえるのではないか。「古へより言ひ伝へたるまゝ」とは、やはり新しく作られた観念だといえる。

中沢見明と沼田順義の批判

中沢見明は、昭和のはじめに『古事記論』を著し、古事記は和銅五年の編纂ではなく平安時代の初期に作られた偽書だと唱えた人である。その当否はともかく、そこにみられる宣長批判が興味深い。中沢の論には、宣長の「古へより言ひ伝へたるまゝ」のあり方を照らし返すような働きがあるようだ。中沢は、宣長のように阿礼が古語や口碑伝説を暗誦したという考えを否定し、阿礼は漢文のままに記されていた帝紀・旧辞の読み方を学習したのだとみた。そして、記紀の違いを以下のように説明する。書紀は書紀以前の旧記の原文をそのまま保存し、読みにくい部分に読み方を注記しているが、古事記は旧文をまったく捨てて読音に従って書きあらためている。譬えていうと、書紀の態度は本文の傍らに振り仮名をつけたようなもの、古事記の態度は全部仮名がきにしたようなものだとした。

結局、中沢によれば、古事記は漢字文明にかなり馴染んできた時期（平安時代）に字音仮名を用いて書かれた偽書だということになる。興味深いのは、旧記の本文を読もうとして「振り仮名」をつける書紀と、それをまったく捨ててすべて「仮名がき」にしてしまった古事記とを区別している点だ。

中沢論の前提には、おそらくこんな考えがある。すなわち、文字などなかったわが国上代に中国から漢字文明が押し寄せたとき、まず手当たり次第に漢文で記す以外になかったはずだ。日本書紀の「振り仮名」はその漢文をわが国が必死で消化しようとした苦闘の証であり、これこそわが国の「古さ」の実態ではないのか。これに比べ、古事記のように一見わが国固有の字音仮名で記した書は、かえって漢字文明消化後の産物であることを示すものだ。宣長の考えは、こうした事態を転倒して、「漢字文明の流入する以前こそ古語のままの理想の世だ」という観念を作り上げただけではないのか……。

中沢の批判は、宣長が古事記に求めた「古へより言ひ伝へたるまゝ」が、実は中国伝来の漢字文明に対するコンプレックスの裏返しの観念であることをみごとに示している。中国（漢国）から漢字がもたらされるまでのわが国には文字は存在しなかったという不可避の事態を前に、宣長が何としてでも認めるわけにはいかなかったのは、文字（漢字）なしではわが国は何もなし得なかったという事態であろう。彼はいたるところで、文字などなくてもわが国の上代は言霊《ことだま》の霊妙な働きによって充足していたと強調した。しかし、宣長の思いとは反対に、漢字流入に翻弄される状況こそがわが国上代の実状だったに違いない。宣長は、それを転倒させた「古さ」をどうしても作り上げる必要があったのである。

中沢だけではない。すでに近世においても、沼田順義が同じく古事記偽書説を掲げて宣長的な「古さ」を批判していた。『級長戸風《しなどのかぜ》』の「端書《はしがき》」をみると、順義は、天武天皇の遺志の継承をすべて舎人《とねり》親王撰の日本書紀に集約させる。すなわち、文章は漢国風を学んだが、漢文に必死で「和訓《やまとよみ》」を施しわが国の古伝を失うまいと努めた日本書紀の意義を強調する。中沢の「振り仮名」と同じものをみていたわけである。一方、古事記はどうか。順義は、それを弘仁年間（八一〇～八二四）以前に天武天皇の詔を記した書をみたこざかしい男が安万侶に擬して書いた偽書だとする。価値的にも、日本書紀が最上であるのに比べ、古事記は旧事記よりも劣るとした。したがって、和銅五年成立説にも、口承者稗田阿礼の存在などにもまったくこだわっていない。

このように、中沢や順義の批判は、宣長の「古さ」が漢字文明へのコンプレックスを裏返しにする形で新たに作り上げられた観念であり、単に時間的な「古さ」とは異なるものだという点を鮮やかに浮かび上がらせているといえよう。

2 「音訓すでに定まれり」

『漢字三音考』

宣長の字音研究書『漢字三音考《かんじさんおんこう》』、この書にみられる「古言」の捉え方は、先に述べた中沢の指摘を裏づけるかのようである。すなわち、漢字文明流入という事態をみごとに転倒した「古言」が示されているのである。その主張の要点は、ほぼ左記のとおりである。

応神《おうじん》天皇の時代に、阿直《あじき》と和邇《わに》という二人の博士が来日して論語その他の漢籍を持ち来たった。これが漢字伝来のはじめである。正史によると、皇子宇治若郎子《うじのわきいらつこ》は、二人を師としてみごとに漢籍を読みこなすようになった。そもそも漢字の音を知らなかったり、わが国で訓が定まっていなかったりしたら、皇子のように漢籍を読むことも文義を理解することもできないはずである。さらに同時代に、高麗《こま》国王よりの使いの上表文にわが国に対する無礼な文句を見つけ使者を譴責したが、このように相手の無礼をとがめることができたことからも、当時すでに音も訓も定まっていたと断言してよい。そもそもわが国の上古は、書の訓読法をすべて暗誦していたのであり、返り点やレ点など施す必要はなかった。日本では吉備真備《きびのまきび》がそれを施したのだが、これが和訓和読の始まりであるかのように伝えられているのは誤りだ。真備は単に目にみえる形にしてみたというだけの話である。仮名はいわゆる万葉仮名であり「阿伊宇延於（あいうえお）」といったふうに皆音を用いて書くが、これをみても、わが国では当初より字音が定まっていたことがわかるだろう。仮名が定まらなければ事柄を記すのは難しく、字音が定まらないと仮名を定めることができないからだ……。

宣長が絶対に拒否したかったのは、漢字文明流入以前のわが国は和読の法をもたず漢国の直読法に従うしかなかった、という思考だろう。彼は、文字文明などない頃からすでに音も訓も定まっていたという点を強調する。皇子宇治若郎子が漢籍を読破した話は、一般には皇子の聡明さを物語るものとして伝承されているのだが、宣長はあくまでわが国では既に音訓が定まっていたという文脈に帰す。したがって、吉備真備が和訓和読を始めたとする言い伝えを肯定するわけにはいかない。肯定したら、それまでは漢国の直読法に従うしかなかったことを容認せざるを得ないからである。結局宣長は、わが国には（漢国の文字とは無関係に）「古言」がすでに存在したと考えたいわけである。むろん、こうした論は、子安宣邦の指摘するように転倒した思考であるが（子安・二〇〇〇）、ともかく彼は漢字文明流入に翻弄されつつもそれにしがみつくわが国のイメージを消し去ることに腐心し、そのために万葉仮名を手がかりに漢字音の研究へと射程を伸ばしていったのである。

漢字文明優位観の転倒

したがって、宣長が古事記を古語のままを伝えた書とするとき、漢字文明を消化するのに懸命だったというよりは、すでに定まっていた古語＝和語を慎重に漢字音に移し変えていたというイメージで語る。天武天皇がまず諷誦して阿礼に暗誦させておいた古語を、安万侶が慎重に漢字音を選んで表記するわけである。彼は、次のようにもいう。

この文をみれば、阿礼が誦習した語が大そう古いものであることがわかり貴いことだ。その古語を漢字に書き写すのは困難だとあるが、それは漢文体に写そうとするからである。わが国の上代は意《こころ》も言《ことば》も古いので、漢文に書き写し難いのはもっともなことである。この文をよく味わって、撰者（安万侶）が何とかして上代の意・言を移し誤らないようにと慎重に事を進めている様子を推し測るべきであるし、また日本書紀のように漢文で飾った書はわが国上代の意・言とは疎遠であることをも悟るべきである。（『古事記伝』二之巻）

漢字流入以前に音訓が定まっていたという宣長の論は、野蛮なわが国が文字という文明を賢明に消化しようと必死になっていたというイメージを消し去る。たまたま流入した漢字を逐一従来の音訓にあてはめるあり方は、慎重で労力は費やすが余裕があり野蛮国の悲哀は感じられない。宣長は、漢字文明優位の上古観を転倒させ、文字などに左右されないわが国独自の言語秩序を主張するわけである。しかし、宣長の主張は、漢字音として文字に表記されることを前提としてはじめて成り立つことは明らかであり、天武天皇がまず諷誦して阿礼に暗誦させた古語も、文字表記への必然性とともに発生するものである。

3　平安朝平仮名文字の視線

物語書のように

沼田順義が古事記偽書説を掲げて宣長的な「古さ」を批判したことは先述したが、その際順義は、古事記の作者は和歌や日本の学問に精通した平安朝の人だと推測していた。そして、宣長に対しても、優れた学者ではあるが歌物語の雅《みやび》な文章に惹かれすぎその眼で古事記を絶対視し、旧事記や日本書紀の価値を貶《おとし》めてしまった、と批判した。

順義は古事記に平安朝の要因が関係していることを嗅ぎ取っていたわけだが、その批判は宣長の「古さ」の内実をも衝いているように思われる。すなわち、宣長が作り上げた（虚構した）「古さ」は、平安朝歌物語の視線で見出したものではないかということだ。彼は、古事記の一字一音の万葉仮名表記から漢字流入以前に音訓が定まっていたという古語の世界を浮かび上がらせようとしたのだが、それは実は平安朝の物語を記した平仮名文字の視線で捉えたものではないのか。若き日から晩年に至るまで『源氏物語』を愛好し続けた経緯にふさわしく、宣長はわが国の上代に向かう際に、当初から平安朝のメガネを準備し、それを上代に投影していたように思われる。『古事記伝』一之巻は、「文体《かきざま》の事」と題して、ほぼ次のようなことを述べる。

古事記の文は、すべて漢文体で書かれている。そもそも古事記はもっぱら古語を伝えるのを旨とした書なのだから、中古の物語文などのように、「皇国《みくに》の語のまゝ」に、一文字も違えず仮名書きに記さなければならないのに、どうして漢文で記すことになったのか、その理由を詳細に説明しよう。まずわが国には元来文字はなかったので、上代のこともすべて直接口承で伝え耳で聴きながら伝来してきたところに、しばらくして外国より書籍《ふみ》というものが渡来して……以下、漢国から書籍（文字）が流入し言語構造を異にするわが国の事柄を記すに至ったこと、記録は万葉集の端書きも含めてことごとく漢文スタイルをとりわが国の語のままに記されることはなかったことなどが述べられる。その後、また以下の言が続くのである。

物語書のようにわが国の語のままに物を書くことは、今の京（平安京）になり平仮名というものができて後に始まったのである。ただし、歌と祝詞《のりと》と宣命詞のみは、はるか昔から古語のままに書き伝えてきた。これらは「言に文《あや》をなして、麗《うるはし》くつゞりて、唱へ挙」げることで神や人に聞かせて感動させ、また歌は詠じるものでもあり、一字でも違えると不都合なので、漢文には書き難いからである。歌は、古事記と日本書紀に載った歌のように、字音のみを借りて記すのだが、これを「仮字《かな》」というのだ。

宣長が丁寧な口調で叙述しているのは、まさしく冒頭にあげた①②の厳然たる事実についてなのだが、その際、次の点に留意しておこう。一つは、古事記が「古語」を伝えるのを旨とする以上、中昔の物語文などのように「皇国の語のまゝ」に一文字も違えず仮名書きにしなければならないと考えていること、いま一つは、かの物語書のようにわが国の語のままに物を書くことは、今の京（平安京）

になり平仮名というものができて後にはじまったとしている点である。すなわち、古事記の「皇国の語のまゝ」を云々するにしても、すでにそこには平安朝の平仮名文字の存在が介在しているのは明白である。平仮名で記した平安朝の物語のような書こそ、「皇国の語のまゝ」に記した典型だとする認識がある。

また、同じ一之巻の「訓法《よみざま》の事」の割注では、古今集や物語文の類は「中昔の雅言《みやびごと》」だがすべて仮名書きなのでかえって古書よりは漢風（中国風）が混じらず優れていることもある、として中古（平安朝）の雅言の価値を強調した。

結局、宣長の論に従うと次のようになろうか。古語を伝えるのを旨とする古事記は、本来なら一音一音をあてこむ仮名文字でなければならぬはずだが、文字などなかったわが国に漢字が流入してきたために漢字表記にせざるを得なくなった。平安朝の平仮名表記の時期を迎えて、ようやく漢字の荒波をくぐり抜け、「皇国の語のまゝ」に記せるようになった……。

要するに、できることなら平安朝の平仮名文字のようでありたかったわけだ。平安朝の歌物語こそ漢文の支配を克服した理想のあり様だから、古事記だって、もし当時平仮名文字があったら、「皇国の語のまゝ」を伝えるに漢文表記など用いる必要もなかっただろうに。『玉かつま』十四の巻には、そうした宣長の思いをよくあらわした箇所がある。彼はいう。皇国の言を古書などに漢文風に書くのは、仮名というものがなくて仕方なくそうせざるを得なかったからだ。今は仮名というものがあって自由に書くことができるのに、それを捨てて不自由な漢文で書こうとするのは、何という心得違いであろうか……。

「皇国の語のまゝ」を記す方法を考える際にも、宣長には、はっきりと平安王朝の平仮名文字を理想とする価値観がある。時代の相違はあっても、同様の価値を古事記の漢文表記から復元しようとするわけである。平仮名文字の視線を漢字文明流入以前のわが国に投影し、「古へより言ひ伝へたるまゝ」の構造を作り上げていると言えよう。

平田篤胤の批判

平田《ひらた》篤胤《あつたね》などには、右のような宣長がよく理解できなかったらしい。篤胤は『古史伝』一之巻において、『古事記伝』の、かの物語書のようにわが国の語のままに物を書くことは今の京（平安京）になり平仮名というものができて後にはじまったとする説を、「殊に非言なり」と批判した。祝詞のような上代の書（万葉仮名）も中古の物語書（平仮名）も、そこに「文辞」（表現する文体）の違いがあるのみで、各々の時代におけるわが国の「語のまゝ」を記した書であるのに何ら変わりはないと主張する。なぜ師は平安朝の平仮名文字に思いを寄せた視線で文字文明以前を語るのか、篤胤は抵抗を覚えたようだ。篤胤は、わが国には文字流入以前の太古か

43　平田篤胤

ら「神代文字」と呼ばれる特有の文字が存在すると信じていた。したがって、篤胤には、そもそも文字のないわが国に漢字文明が流入したという構図そのものがなかった。ただ流入した漢字をその都度うまく採り入れて、その時代時代の日本語を作り上げていく過程のみがある。万葉仮名にしろ、草書にしろ、平仮名にしろ、篤胤からみればすべて漢字を消化してできたその時代の日本語そのものだった。万事あきれるほど自国本位に居直る篤胤だが、おそらく彼にとっては、冒頭で述べた漢字文明を前にしたときの①②の事態が宣長ほど深刻な課題ではなかったと思われる。

今後の課題として

こうしてみると、宣長は、平安朝の平仮名文字のまなざしで古事記の古語を発見していることになる。ここには、漢字文明優位観を転倒させた上代像があると同時に、平安朝の歌物語の価値に支えられた視線がある。だが、考えてみれば、近代の国語学・国文学が重視してきた古典文法の規範は、宣長の切り開いた線に沿って展開してきた。外来文化とは異なる日本文化・日本語の存在を自明のものとしたり、平安朝の歌物語を古典文法の規範とする枠組みの中で、日本近代の国語・国文学研究は大きな発展を遂げたことは確かである。最近、これまでの枠組みを反省し、「国語・国文学」の概念や「日本」の意味も問い直す動向が進んでいる。当然、宣長の意味も問い直されよう。

そこで、近世における古事記研究を代表する『古事記伝』を扱うにあたって、一つの視座の重要性を提起しておきたい。『古事記伝』というと、わたしたちは、古事記研究史の中に何のためらいもなく位置づけることを出発としている。だが、日本書紀があってはじめて古事記も存在するという考えも十分成り立ち得ることを考慮するとき、重要なのは、『古事記伝』を古事記研究史に自明の如く位置づけるよりも、一度徹底的に日本書紀研究史・受容史の中において考えてみることではなかろうか。中古・中世・近世と、日本書紀はさまざまの形で読まれ享受されてきた。『古事記伝』にしても、実際の注釈においては日本書紀を多く引用しており、「漢意」として退けてばかりいるわけではない。宣長の古代像は、古事記だけで成り立っているのではなく、日本書紀によるところも大きいと思われる。ならば、日本書紀の読まれ方の変遷にとって、『古事記伝』、そして宣長の出現はどのような意味をもっていたのか、という問いを設定してもよいはずだ。むしろ、そうした問いかけから、『古事記伝』の新たな意味づけもみえてくるにちがいない。

三　国定教科書と神話

三浦佑之

1　「草薙剣」という教材

国定教科書の成立

近代における児童教育の中核をになう教科書は、明治三十五年（一九〇二）に起きた疑獄事件によって、それ以前の検定制度から国定制度へと転換した。その国定教科書は、戦後の昭和二十四年（一九四九）に検定制度に変わるまで続くことになった（粉川宏・一九八五）。おそらく、教科書疑獄と呼ばれる贈収賄事件は一つの契機にしか過ぎず、明治政府の方針として教科書の国定化は、近代国民教育における規定の道筋として準備されていたに違いない。

新たに編纂された国定教科書は、明治三十六年から全国の小学校で使用されることになった。そして、国語教科書（尋常小学読本）でいえば、六度の改訂作業が行われ、その都度、教材の差し替えなどが行われた。その中で、古事記や日本書紀をもとにした神話や説話は、戦後になって一度だけ編纂された第六期を除いて、どの時期の国語教科書においても重要な教材として取り上げられた。いうまでもなく、皇民化教育を推し進める明治政府の教育政策として、神話を教えることが重要な意味を持ったからである。

別に掲げた一覧表「国定教科書と神話・説話」を見てほしい。これは、第一期から第六期までの国定教科書において、古事記および日本書紀の神話や説話のどの部分が取り上げられているかを一覧できるようにしたものである。国定教科書は、各学年が前期用と後期用の二冊ずつ、六年間で全十二巻構成になっている。表中の上・下の表示は、それぞれの神話や説話が、該当学年の前期用か後期用かがわかるようにしたもので、実際の教科書では、たとえば三年生前期用は第五巻となっている。なお、第一期国定教科書の時代は、尋常小学校が四年制だったので、後の六年制と合わせるために高等科の教科書の内容もわかるようにした。

日本武尊という英雄

ざっと分布を眺めてみればわかるように、第四期、第五期の教科書に、神話が多く取り込まれている。取り上げられる題材は、第二期あたりから徐々に固定化していったこともわかる。そして、その中心に位置づけられているのが、第二期国定教科書の尋常小学五年生前期用（第九巻）の冒頭に置かれた「第一課　草薙剣（一）」と「第二課　草薙剣（二）」である。説明するまでもなかろうが、第一課はスサノヲ（素戔嗚尊）によるヲロチ退治神話、第二課はヤマトタケル（日本武尊）の東国遠征の伝承である。

すこし長くなるが、その本文を紹介すると次のような内容である。

各学年2冊ずつからなる教科書の、前期用と後期用を表す）

第三期						第四期						第五期						第六期					
尋常小学国語読本						小学国語読本						よみかた／初等科国語						こくご／国語					
ハナハト読本						サクラ読本						アサヒ読本						いいこ読本					
大正6年11月～						昭和7年12月～						昭和16年2月～						昭和22年2月～					
1	2	3	4	5	6	1	2	3	4	5	6	1	2	3	4	5	6	1	2	3	4	5	6
																上							
								上						上									
		上						上						上									
	下						下						下										
								上						上									
								上			上			上									
					下						下												
								上						上						下			
														下									
								下															
		上																					
		上						下							上								
								下							上								
				上					上							上							
														下									
							上						上										
											上						上						
					上						上						上						

国定教科書と神話・説話（表中の「上」「下」は、

題名	期別	第一期								第二期					
	教科書　書名	尋常小学読本				高等小学読本				尋常小学読本					
	（通称）	イヘスシ読本				（全８巻）				ハタタコ読本					
	１年次用刊行年月	明治36年8月～				明治37年3月～				明治42年9月～					
	学年（上巻／下巻）	1	2	3	4	1	2	3	4	1	2	3	4	5	6
大八洲（国生み神話）															
あまのいはと／天の岩屋												上			
素戔嗚尊	大蛇たいぢ／八岐のをろち														
素戔嗚尊	草薙剣（一）（同上）													上	
因幡の兎／白ウサギ／白兎						上					下				
少彦名のみこと／少彦名神															
天孫／ににぎのみこと／皇国の姿															
出雲大社（国譲り）															
伊勢神宮／皇大神宮							上						下		
二つの玉・つりばりの行くへ															
神武天皇	神の剣														
神武天皇	八咫烏～兄うかし・弟うかし														
神武天皇	金鵄勲章														
神武天皇	紀元節／神武天皇		下									上			
日本武尊	熊襲征伐／川上たける					上									
日本武尊	草薙剣（二）													上	
弟橘媛															
のみのすくね（垂仁紀）											上				
田道間守（垂仁紀／記）															
神功皇后（神功紀／仲哀記）			下												
小子部のすがる（雄略紀）												上			
草香幡梭姫皇后（雄略皇后）						上									
国びき／国引き（出雲国風土記）															
古事記の話（太安万侶）															
松阪の一夜／御民われ（宣長）															

第一課　草薙剣《くさなぎのつるぎ》（一）

代々の天皇の御位に即かせ給ふ時には、必ず三種の神器を受けつぎ給ふ。草薙剣は即ち其の一なり。此の剣初は天叢雲剣《あめのむらくものつるぎ》と申し、後に改めて草薙剣と申すこととなれり。いでや此の剣の由来をかたらん。

神代の昔、天照大神の御弟素戔嗚尊《すさのをのみこと》出雲の国にいたり給ひしに、簸川《ひのかは》のほとりにて、夫婦の老人一人のむすめを中にすゑて泣きかなしめるを見給ふ。尊は「何故にかくは泣きかなしむぞ」と問はせ給へば、おきなは「我等には元八人の娘ありしが、此の地に八岐《やまた》の大蛇《をろち》とて八つの頭と八つの尾とある大蛇あり、毎年来りて、我が娘を取食ひ、今また残りの一人をも食はんとす。それをかなしみ申すなり」と答ふ。

尊「さらば我汝等のために其の大蛇を退治せん」とて、老人夫婦に命じて酒を造らせ、之を八つの酒槽《さかぶね》に盛り、其のほとりに娘を坐せしめて待ち給ひしに、ややありてかの大蛇あらはれ出で、八つの頭を八つの槽の中に入れ、酒を飲みてよひふしたり。尊時分はよしと、おびさせ給へる剣を抜きて、ずたずたに大蛇を斬り給ひしに、尾にいたりて、剣の先少しくかけたり。あやしみて尾をさきて見給ふに、一ふりの剣出でたり。尊「こは神剣なり、私すべきにあらず」とて、之を天照大神に奉り給ふ。天照大神、八咫鏡《やたのかがみ》・八《や》坂瓊曲玉《さかにのまがたま》と共に之を皇孫に授け給ひしかば、これより三種の神器の一となれり。かの大蛇の住みし上には叢雲常に立ちこめたれば、剣の名を天叢雲剣と申せり。

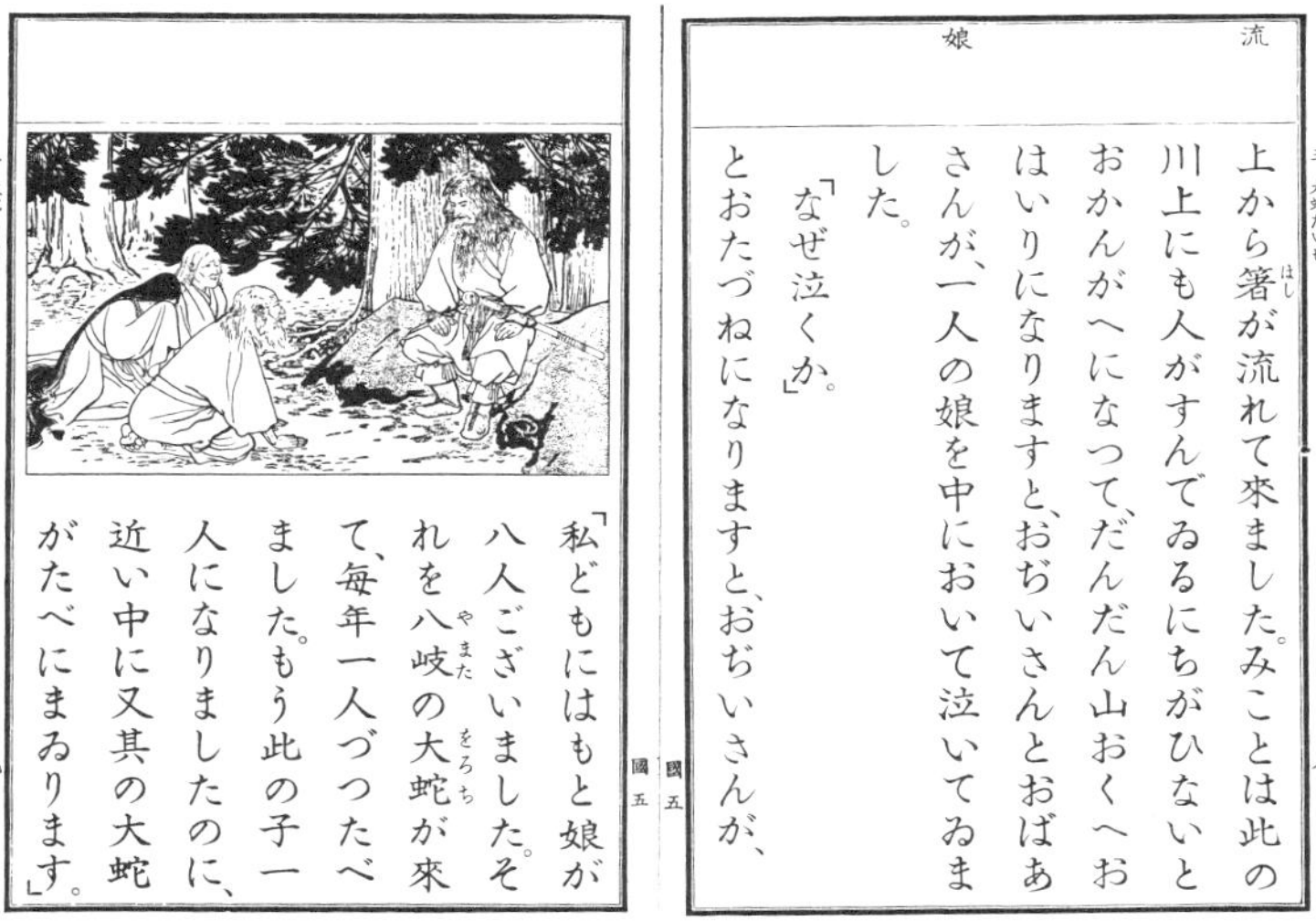
流　娘

上から箸《はし》が流れて來ました。みことは此の川上にも人がすんでゐるにちがひないとおかんがへになつて、だんだん山おくへおはいりになりますと、おぢいさんとおばあさんが、一人の娘を中において泣いてゐました。

「なぜ泣くか。」

とおたづねになりますと、おぢいさんが、

「私どもにはもと娘が八人ございました。それを八岐《やまた》の大蛇《をろち》が來て、毎年一人づつたべました。もう此の子一人になりましたのに、又其の大蛇が近い中にまゐります。」

三　大蛇たいぢ　八　國五
三　大蛇たいぢ　九　國五

44　大蛇たいぢ（『尋常小学国語読本』3年上）

第二課　草薙剣　（二）

人皇第十二代景行天皇の御代東国の蝦夷《えぞ》叛きしかば、天皇日本武尊《やまとたけるのみこと》に命じて、之を討たしめ給ふ。尊は先づ伊勢にいたりて神宮を拝し、又叔母倭姫命《やまとひめのみこと》に御いとまごひし給ふ。倭姫命此の時天叢雲剣を尊に授け、「つつしみて怠ることなかれ」と教へ給へり。

尊之を受けて、進みて駿河の国に至り給ひしに、ここにありし賊どもいつはり降り、「此のあたりには鹿多し、かりし給へ」と勧めて、尊をいざなひ、尊の野に入り給ふを見て、火を放ちて焼き奉らんとせり。尊ここにおいて天叢雲剣を抜きて、草を薙払ひ給ふに、火勢却つて賊の方に向ひ、尊は難をまぬかれ給ひ、なほ進みて賊を討滅し給へり。これより此の剣の名を改めて草薙剣と申す。

尊はなほも進みて北に向ひ給ひしに、蝦夷ども皆恐れて降参し、東国ことごとく平ぎたり。尊これより引返して近江の賊を討ち給ひしが、道にて病にかかり、遂に伊勢にてかくれ給へり。草薙剣は尾張の国にとどめ給ひしかば、宮を建ててそこにまつれり。今の熱田神宮即ち是なり。

ここでは、草薙剣を中心とした「三種の神器」の由来を通して、天皇家の統治の由緒正しさを語ろうとしているように読めるが、その意図が第三期以降の教材に受け継がれているかというと、必ずしもそのような展開をとっているわけではない。

2　教科書における日本武尊の役割

好まれる英雄神話

第二期国定教科書に載せられた「草薙剣（一）」は、「大蛇たいぢ」「八岐をろち」と名前を変えながらも、第三期から第五期の三年生前期の教科書に取り上げられる。ところが、そこでは「三種の神器」という名称は用いられていない。それは、第一期以来、どの期の歴史教科書（その名称は『小学日本歴史』や『尋常小学国史』など変更される）にも、その巻頭に「天照大神」という単元が置かれ、その中で「三種の神器」については説明されているからだと考えられる。国語の教科書より歴史の教科書で教える事項として統一されたのだろう。

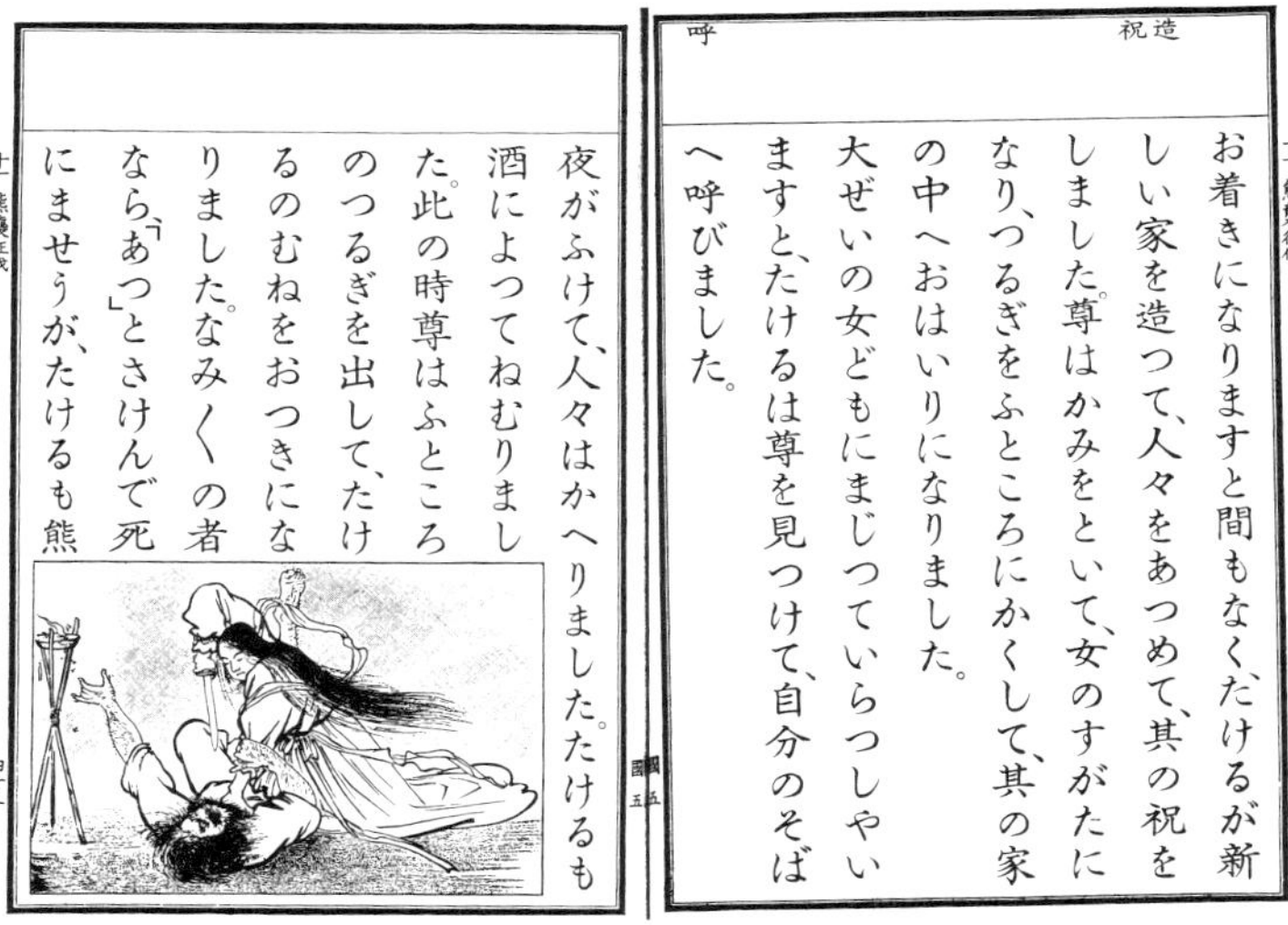
造 祝 呼

十一 熊襲征伐

お着きになりますと間もなくたけるが新しい家を造つて、人々をあつめて、其の祝をしました。尊はかみをといて、女のすがたになり、つるぎをふところにかくして、其の家の中へおはいりになりました。

大ぜいの女どもにまじつていらつしやいますと、たけるは尊を見つけて、自分のそばへ呼びました。

四十二

十一 熊襲征伐

夜がふけて、人々はかへりました。たけるも酒によつてねむりました。此の時尊はふところのつるぎを出して、たけるのむねをおつきになりました。なみくの者なら「あつ」とさけんで死にませうが、たけるも熊

四十三

45　熊襲征伐（『尋常小学国語読本』3年上）

ヤマトタケル伝承のほうを眺めてみると、第三期では、第二期にあった「草薙剣（二）」（焼津での火攻め）は扱われていないが、「熊《くま》襲《そ》征伐」が三年生前期、「弟橘媛《おとたちばなひめ》」が五年生前期で取り上げられ、第四期では、三年生後期で「川上たける」（西征）と「草薙剣」（東征）の二話を「日本武尊」という表題で並べ、四年生前期には「弟橘媛」を配している。第五期では、第四期とほぼ同じ内容の教材を、一学年ずつ繰り下げ、前者を四年生前期、後者を五年生前期に載せている。

ヤマトタケル伝承は、第四期、第五期では西征と東征とがセットになって登場するのだが、これは日本武尊という勇敢な英雄の物語が、大陸に進出し領土を拡大し続ける近代日本国家の児童たちに読ませるのにふさわしい作品と見なされていたということを示してい

るだろう。そして、その英雄に、我が身を犠牲にしてまで献身的に仕える弟橘媛という女性を配することによって、勇敢な少年と献身的な少女の育成というわかりやすい理想像の構築が目論まれていたのは明らかであろう。おそらく、そこに「三種の神器」を持ち込むことは物語の叙述を煩雑にしてしまうというような理由もあって、「三種の神器」の記述はもっぱら歴史教科書に任されたのかもしれない。

付け加えておけば、国定教科書が採用される以前から、ヲロチ退治譚とヤマトタケル伝承は好まれた教材であった。国定以前の、主要な教科書から二つの教材を拾い出してみると次のようになる。

尋常小学読本（明治二十年）巻五＝日本武尊（西征）
高等小学読本（明治二十年）巻一＝日本武尊ノ武勇（西征）／日本武尊ノ東夷征伐
帝国読本・尋常科用（明治二十五年）巻八＝日本武ノ尊／八岐ノ大蛇
尋常小学読書教本（明治二十七年）巻五＝日本武尊（西征）
尋常国語読本（明治三十三年）巻六＝日本武尊一・二（西征・東征）
高等国語読本（明治三十三年）巻一＝素戔嗚尊（八岐ノ大蛇）
国語読本・尋常科用（明治三十三年）巻六＝日本武尊（西征・東征）
国語読本・高等科用（明治三十三年）巻一＝素戔嗚尊（八またのをろぢ）

どちらかといえば、スサノヲよりはヤマトタケルのほうに人気があり、当然のことだが、その内容は、日本書紀の描く、天皇に忠誠を尽くす皇子「日本武尊」という設定が好まれた。スサノヲの場合

既　俄|　荒|　危

第三　弟橘媛

給ひし後、相模《さがみ》の國より上總《かづさ》の國へこえんとて、今の浦賀《うらが》のあたりより海を渡り給へり。

既に大海に出で給ひしに、大風俄に吹來りて、波すさまじく荒れくるひ、御船少しも進まず、今にもくつがへらんばかりなりき。其の時、御供にしたがひ給へる弟橘媛《おとたちばなひめ》、尊の御身危しと見給ひ、

「これ海神のたゝり

十

國九

敷皮　重|

ならん。われ皇子の御身代りとなりて海に入り、神の御心をなだむべし。皇子は勅命を果して、めでたく都に歸り給へ。」

といひて、菅筵《すがむしろ》八枚、敷皮八枚、きぬの敷物八枚を波の上に敷重ね、其の上に飛下り給へり。

ふしぎや、今まで荒れに荒れゐたる大海、おのづから靜まりて、おだやかなる凪《なぎ》となり、尊はつゝがなく上總の國に着き給ひきといふ。

第四　養雞

朝早く起きて、井戸端に出づ。井戸に近き柿の木の、

第四　養雞　十一

國九

46　弟橘媛（『小学国語読本』4年上）

は、ヲロチ退治以外の部分を加えると、アマテラスに対する反逆的な性格が出てしまうので、教科書に使える部分はヲロチ退治神話に限定されてしまうのである。

戦う英雄と献身的な女性

一方、国家あるいは天皇のために戦う日本書紀的な「日本武尊」像は、勇敢な少年の育成ということも含めて、戦前の国民教育にとってまことに好ましい教材だったに違いない。しかも、そこに、第三期からは、走水の海でのオトタチバナヒメ（弟橘媛）の入水譚《じゅすいたん》が加えられることで、少女たちへの教材も盛りこむことができた。そのために、「因幡《いなば》の兎（白ウサギ／白兎）」のように第一期から第五期まで掲載され続けた神話を別にすれば、「日本武尊」という英雄物語は、国語読本の定番となっていったのである。

なお、この国定教科書のオトタチバナヒメ入水譚を踏まえ、古事記の歌謡などを加えて女性の犠牲的精神を強調したのが、平成十三年（二〇〇一）に文部科学省の教科書検定を通過して物議をかもした中学校社会科教科書『新しい歴史教科書』（扶桑社、二〇〇〇年）であった。その神話記述に対する問題点については、別に論じたことがある（三浦佑之・二〇〇二）。

そうしたスサノヲやヤマトタケルと直接つながるわけではないが、本居宣長《もとおりのりなが》と賀茂真淵《かものまぶち》との出会いを語る「松阪の一夜」が第三期から、太安万侶の古事記筆録の苦労を伝える「古事記」と題された文章が第四期から登場することにも注目したい。

神話の内容に関しては、律令的な国家論理が鮮明に表れている日本書紀の描写に依拠することが多く、国定教科書にとっては、それが教育政策とも合致していたのである。そうでありながら、それらの神話を支える論理として、太安万侶や本居宣長を登場させることによって、「大和心」を称揚しながら神話（歴史）を描くことができるという一石二鳥の効果も求められた。そこに、第四、五期の国定教科書がめざしていた方向の一端が垣間見えるのである。ちなみに、「松阪の一夜」は第三、四期で使われ、第五期には「御民われ」という教材に差し替えられる。この教材は、同じく本居宣長を扱っており、よく知られた「敷島の大和心を……」の和歌を引いて宣長の精神について述べるもので、より強く時代の精神を反映した内容になっているといえよう。

3　巌谷小波と国定教科書

『日本昔噺』と『日本お伽噺』

近代における児童たちへの皇民化教育において、古事記・日本書紀の神話が担った役割は、たいそう大きなものであった。おそらく、七世紀における律令国家の成立と近代「日本」国家の成立は、「ひとつの日本」をめざすという点に限ればほとんど異なるところがないからである。そして、近代の少年や少女たちに「ひとつの日本」を教える上で、律令国家の成立とともに要請され編纂された日本書紀の神話は、恰好のテキストであった。それに対して、もう一方の古事記は、同じような役割を担わされつつも、本質にかかわる部分で利用しづらい教材であったということは、古事記と日本書紀とのヤマトタケル（倭建命）の描き方などを比べてみれば明らかであろう（三浦佑之・二〇〇七）。

47　巌谷小波

そうした神話を、近代の少年少女たちに橋渡ししたのは誰だったのか。そこにはさまざまな人物が関与していたはずだが、ここでは、巌谷《いわや》小波《さざなみ》（一八七〇〜一九三三年）という児童文学者の役割についてふれておきたい。

硯友社《けんゆうしゃ》に所属して小説家を志した巌谷小波は、明治二十四年（一八九一）に『こがね丸』という児童向け小説を発表して大評判をとり、それ以降、昭和八年（一九三三）に口演童話活動の出先で倒れるまでのおよそ四十年間、近代児童文学の先頭に立ち続けた。その業績は多岐にわたるが、神話あるいは伝承（昔話）と近代国民化教育との橋渡しという点に絞れば、『日本昔噺《むかしばなし》』全二十四編（一八九四〜九六年）、『日本お伽噺《とぎばなし》』全二十四編（一八九七〜九八年）および『世界お伽噺』全百編（一八九九〜一九〇七年）の刊行を挙げなければならない。その中で、日本神話を扱った作品は、意外に少なく以下の四編しかないが、その役割は大きい。

『日本昔噺』　第十三編「八頭の大蛇」明治二十八年（一八九五）九月
　　　　　　第十四編「兎と鰐」明治二十八年（一八九五）十月
『日本お伽噺』第一編「八咫烏」明治三十年（一八九七）一月
　　　　　　第十七編「草薙剣」明治三十一年（一八九八）五月

国定教科書への関与

二つのシリーズに収録された神話は四編にすぎないが、いずれの話も、教科書や絵本などで頻繁に取りあげられる「神話」教材である。そのうちの「兎と鰐《わに》」（いわゆる「稲羽《いなば》の素兎《しろうさぎ》」）は古事記にしかないが、あとの三編は、古事記と日本書紀とを案配しながら長編の読み物に仕立てられている。「八頭の大蛇」は、高天の原におけるスサノヲの乱暴とアマテラスの岩戸ごもりから、出雲でのクシナダヒメとの結婚にいたるスサノヲの物語である。「草薙剣」は、熊襲討伐への出発から死ぬまでのヤマトタケルの一代記になっている。記紀ともに伝える話だが、イヅモタケル討伐を含むなど、小波の「草薙剣」は、古事記の内容に添うかたちで語られている。ただし、主人公を「日本武尊」と表記するのをはじめ日本書紀に依拠した部分も多く、巧みにアレンジされている。

神話に限ったことではないが、巌谷小波がその著作に発表した昔話や伝説などのさまざまな読み物は、簡略に整理された上で国定教科書に採録されていった。もちろん、それは小波個人の仕事として限定できるものではないかもしれない。時代の流れとして、すでに明治初期から、国定以前の国語教科書には、さまざまな神話や伝承が載せられていた。しかし、その大きな方向を決定づけたのは、明治四十三年（一九一〇）四月から使用され始めた第二期国定教科書「尋常小学読本」だったとみなすことができる。そして、その第二期の国定教科書の編纂には巌谷小波が関与していたのである。

巌谷大四『波の跫音　巌谷小波伝』によれば、小波は、明治三十九年（一九〇六）二月に文部省図書課嘱託となり、明治四十一年十月にその任を解かれるまでの二年九か月間、「国定教科書編集に参与」していたという。

短期間のうちに慌ただしく編纂された第一期国定教科書が使用され始めた明治三十七年直後から文部省図書課では改定作業が行われていた。そして、その作業を継いで、省内に設置された教科書調査委員会が新たな読本編纂の準備を進め、明治四十一年に教科用図書調査委員会が設置される。委員に任命された芳賀矢一・乙竹岩造・三土忠造と委員補助の高野辰之が、旧読本やそれまでに文部省内で起稿されていた修正原本をもとに、四十一年十月から新国語読本の編集に着手し、一巻できる毎に国語読本の部会で検討し、総会にかけて承認を得るというかたちで進行し、明治四十二年十一月に十二巻すべてが完成したと、第二期国定教科書の「編纂趣意書」（古田東朔・一九八三所収）には記されている。

おそらく巌谷小波は、芳賀矢一の推薦を受け、明治三十九年二月から四十一年十月までの約三年間、文部省図書課嘱託として国定教科書の編纂に参与していたのであり、その仕事は、「編纂趣意書」にいうところの「文部省内で起稿されていた修正原本」の作成だったと想像される。

第二期国定教科書は神話・伝説や昔話を数多く取り入れたのが大きな特徴で、「編纂趣意書」には、児童の「心意発達ニ適応スベキ」材料を選び、「多クノ国民童話・伝説ヲ加ヘタルコトモ亦新読本ノ一特色トスル所ナリ」と記されている。おそらく、芳賀矢一は、当時第一の児童文学者であり神話や伝説・昔話にくわしい巌谷小波に白羽の矢を立て、「国民童話・伝説」の執筆を求めたものと考えられる。たとえば、小学二年生向けの教科書に収められ、それ以降、国定教科書の定番となる昔話「浦島太郎」は、小波の『日本昔噺』に収められている「浦島太郎」をもとにした教材であるというのは、すでに指摘したことがある（三浦佑之・一九八九）。

「ひとつの日本」と神話利用

巌谷小波の関与が具体的にどのようなものであったかを明らかにするのはむずかしいが、第二期国定教科書と巌谷小波の『日本昔噺』『日本お伽噺』にみられる表記（神名や地名などの固有名詞）や設定のし方を、古事記や日本書紀に照らし合わせてみることによって、おおよその推測は可能である。その詳細は別稿（三浦佑之・二〇〇四）にゆずるが、次のような点を確認することができる。

国定教科書が依拠する「神話」は、あくまでも律令国家の正史・日本書紀であるが、巌谷小波の場合は、日本書紀に依りながら、古事記も参照して『日本昔噺』や『日本お伽噺』の神話を記述している。古事記を参照するのは、巌谷小波の出発が創作にあり、それゆえに「話のおもしろさ」ということを重んじていたからではないかと思う。

また、第二期国定教科書に収められた神話が、巌谷小波の『日本昔噺』および『日本お伽噺』を元にして書かれていることは、小波が独自に構想したと考えられる描写（たとえば、ヲロチ退治で、記紀には描かれていないのに、準備した酒に姫の顔が映るようにする点など）を教科書が採用しているとみなせる部分が存在することによって確認できる。それは、小波自身が教科書の神話を執筆したか、小波以外の執筆者であっても、小波の作品を参照して書いたかのいずれかということになる。そして、小波が文部省図書課嘱託として、国定教科書の編纂に関与していたということを考慮し、「浦島太郎」などの昔話についても、『日本昔噺』と第二期国定教科書とのあいだに同様の関係が認められることからすれば、小波自身が筆をとっていた可能性は大きい。

国定教科書制度を採用することになった前後から、教科書への明治政府（文部省）の介入は大きくなっていた。そこで求められたのは、神話や昔話などの有効な活用方法であった。ことに神話は、「ひとつの日本」を称揚するための恰好《かっこう》の材料であり、その模範は律令国家の正史・日本書紀に求められる必要があった。その大枠の方針と、児童向け文学としてのおもしろさやたのしさとを調和させようとした時、古事記の内容にも目配りした巌谷小波の作品群は、手頃なお手本だったに違いない。

国定教科書における巌谷小波の役割をどのように評価するか、神話はどのように教科書に取り込まれていったか、その入り口で右往左往するばかりであったが、近代における神話利用や教科書史の研究において、なかなか重要な課題になるのではないかということは指摘しておきたい。

付録

神々の系図

神々の系図

一　イザナキ・イザナミの子生み

- アメノミナカヌシ
- タカミムスヒ
- カムムスヒ
- ウマシアシカビヒコヂ
- アメノトコタチ
- クニノトコタチ
- トヨクモノ
- ウヒヂニ＝妹スヒヂニ
- ツノグヒ＝妹イクグヒ
- オホトノヂ＝妹オホトノベ
- オモダル＝妹アヤカシコネ
- イザナギ＝妹イザナミ
  - ヒルコ（子の中に入れず）
  - アハ島（子の中に入れず）
  - アハヂノホノサワケの島
  - イヨノフタナの島〔四国〕
    - 伊予の国・エヒメ
    - 讃岐の国・イヒヨリヒコ
    - 粟の国・オホゲツヒメ
    - 土佐の国・タケヨリワケ
  - オキノミツゴの島・アメノオシコロワケ
  - ツクシの島〔九州〕
    - 筑紫の国・シラヒワケ
    - 豊の国・トヨヒワケ
    - 肥の国・タケヒムカヒトヨクジヒネワケ
    - 熊曾の国・タケヒワケ
  - イキの島・アメノヒトツハシラ
  - キビノコの島・タケヒカタワケ
  - アヅキの島・オホノデヒメ
  - オホの島・オホタマルワケ
  - メの島・アメノヒトツネ
  - チカの島・アメノオシヲ
  - フタゴの島・アメノフタツヤ
  - オホコトオシヲ
  - イハツチビコ
  - イハスヒメ
  - オホトヒワケ
  - アメノフキヲ
  - オホヤビコ

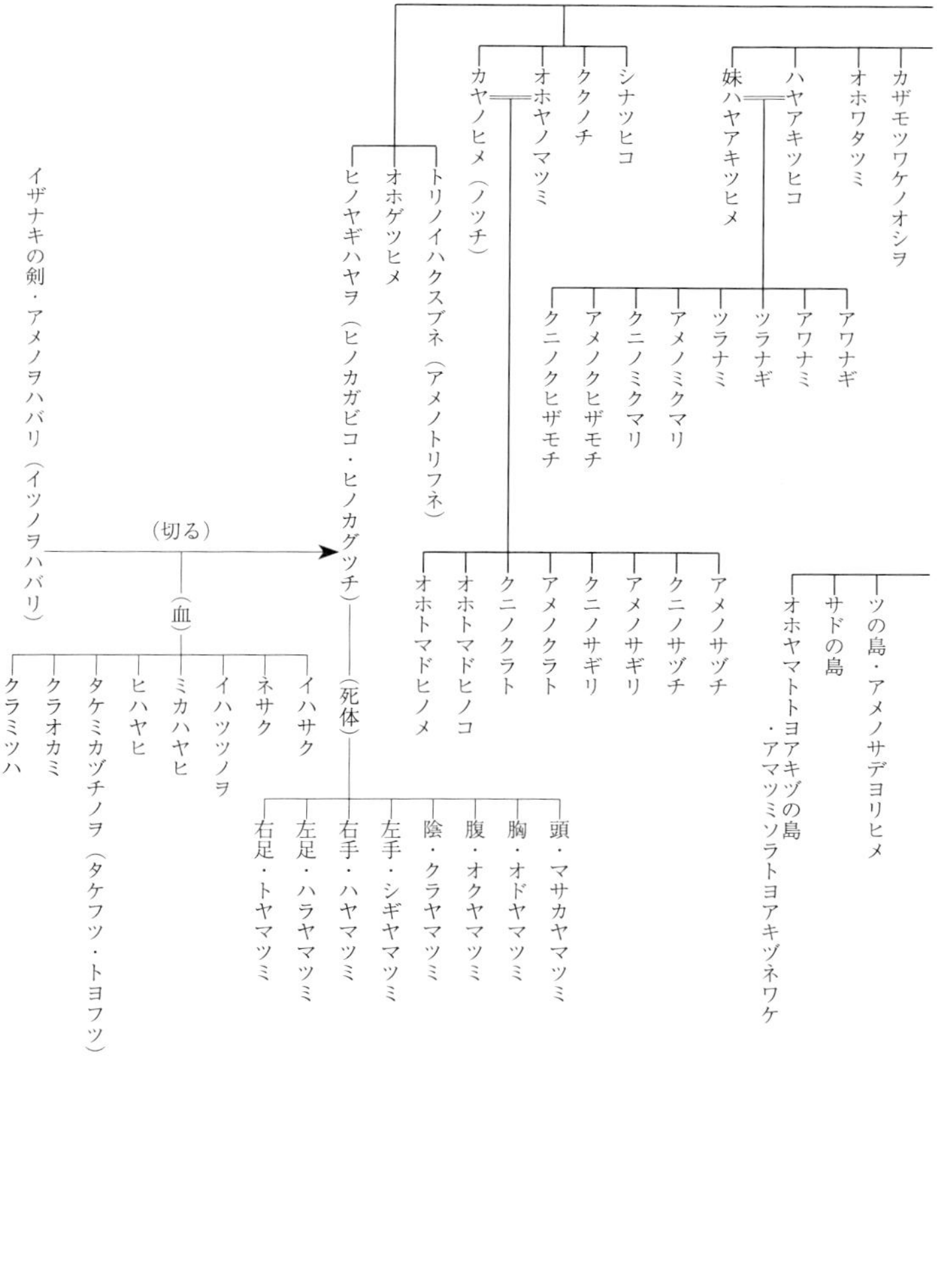
カザモツワケノオシヲ
オホワタツミ
ハヤアキツヒコ
妹ハヤアキツヒメ
アワナギ
アワナミ
ツラナギ
ツラナミ
アメノミクマリ
クニノミクマリ
アメノクヒザモチ
クニノクヒザモチ
シナツヒコ
ククノチ
オホヤマツミ
カヤノヒメ（ノツチ）
アメノサヅチ
クニノサヅチ
アメノサギリ
クニノサギリ
アメノクラト
クニノクラト
オホトマドヒコ
オホトマドヒメ
トリノイハクスブネ（アメノトリフネ）
オホゲツヒメ
ヒノヤギハヤヲ（ヒノカガビコ・ヒノカグツチ）
ツの島・アメノサデヨリヒメ
サドの島
オホヤマトトヨアキヅの島
・アマツミソラトヨアキヅネワケ
（死体）
頭・マサカヤマツミ
胸・オドヤマツミ
腹・オクヤマツミ
陰・クラヤマツミ
左手・シギヤマツミ
右手・ハヤマツミ
左足・ハラヤマツミ
右足・トヤマツミ
イザナキの剣・アメノヲハバリ（イツノヲハバリ）
（切る）
（血）
イハサク
ネサク
イハツツノヲ
ミカハヤヒ
ヒハヤヒ
タケミカヅチノヲ（タケフツ・トヨフツ）
クラオカミ
クラミツハ

二　イザナミの病と死

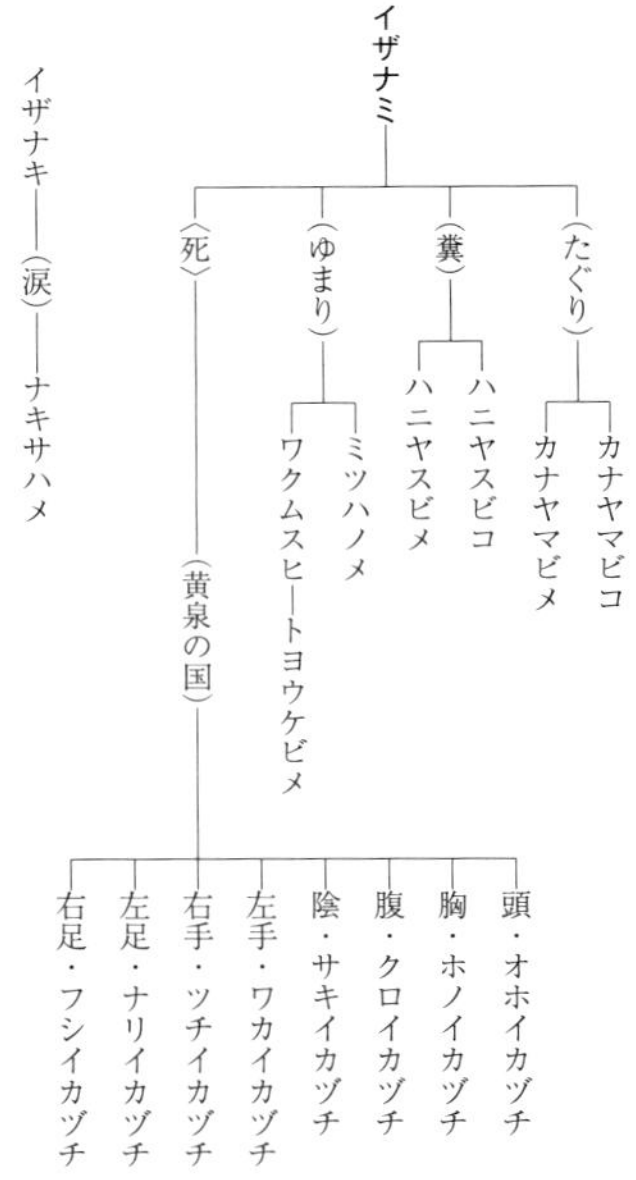
イザナミ
〈たぐり〉
カナヤマビコ
カナヤマビメ
〈糞〉
ハニヤスビコ
ハニヤスビメ
〈ゆまり〉
ミツハノメ
ワクムスヒ—トヨウケビメ
〈死〉
〈黄泉の国〉
頭・オホイカヅチ
胸・ホノイカヅチ
腹・クロイカヅチ
陰・サキイカヅチ
左手・ワカイカヅチ
右手・ツチイカヅチ
左足・ナリイカヅチ
右足・フシイカヅチ
イザナキ
〈涙〉
ナキサハメ

三　イザナキの禊ぎと高天の原でのウケヒ

イザナキ
- （身に着けた物）
  - 杖・ツキタツフナト
  - 帯・ミチノナガチハ
  - 袋・トキハカシ
  - 衣・ワヅラヒノウシ
  - 褌・チマタ
  - 冠・アキグヒノウシ
  - 左手の手纏・オキザカル
  - 同・オキツナギサビコ
  - 同・オキツカヒベラ
  - 右手の手纏・ヘザカル
  - 同・ヘツナギサビコ
  - 同・ヘツカヒベラ
- （汚れた垢）
  - ヤソマガツヒ
  - オホマガツヒ
- （禍を直す）
  - カムナホビ
  - オホナホビ
  - イヅノメ
- （すすぐ）
  - ソコツワタツミ
  - ソコツツノヲ
  - ナカツワタツミ
  - ナカツツノヲ
  - ウハツワタツミ
  - ウハツツノヲ
- （洗う）
  - 左目・**アマテラス** ＝ スサノヲの剣（物実）
    - 〈噛む・吹く〉
      - タキリビメ（オキツシマヒメ）
      - イチキシマヒメ（サヨリビメ）
      - タキツヒメ
  - 右目・**ツクヨミ**
  - 鼻・**タケハヤスサノヲ** ＝ アマテラスの玉（物実）
    - 〈噛む・吹く〉
      - **マサカツアカツカチハヤヒアメノオシホミミ**（系図七へ）
      - アメノホヒ ― タケヒラトリ
      - アマツヒコネ
      - イクツヒコネ
      - クマノクスビ

四　スサノヲの系図

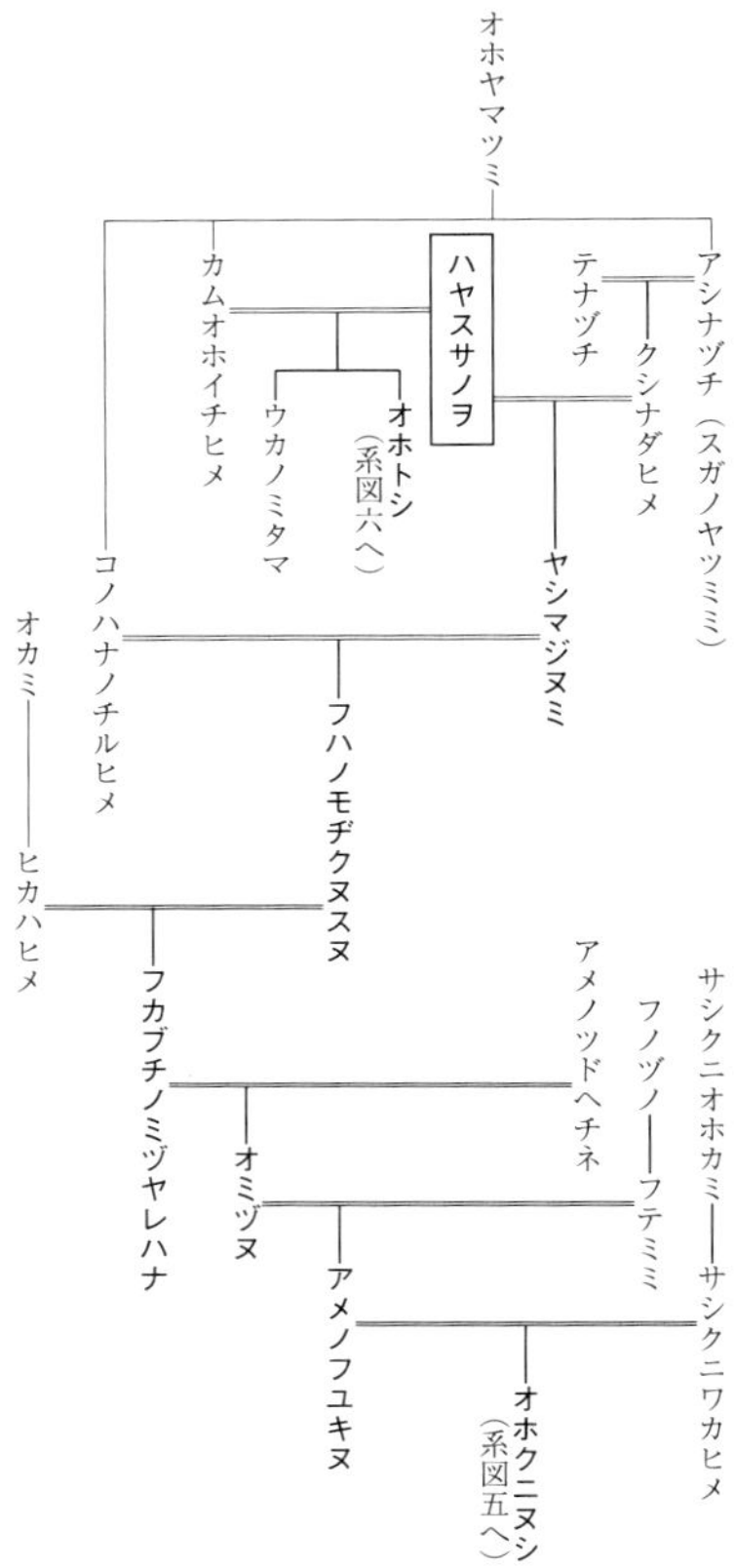

オホヤマツミ
アシナヅチ（スガノヤツミミ）
テナヅチ
クシナダヒメ
ハヤスサノヲ
オホトシ（系図六へ）
ウカノミタマ
カムオホイチヒメ
ヤシマジヌミ
コノハナノチルヒメ
フハノモヂクヌスヌ
オカミ
ヒカハヒメ
フカブチノミヅヤレハナ
アメノツドヘチネ
オミヅヌ
サシクニオホカミ
フノヅノ
フテミミ
アメノフユキヌ
サシクニワカヒメ
オホクニヌシ（系図五へ）

五　オホクニヌシの系図

スセリビメ（スサノヲの娘）
ヤガミヒメ（稲羽）
キノマタの神（ミヰの神）
ヌナカハヒメ（高志）
タキリビメ（胸形の奥つ神）
アヂシ（ス）キタカヒコネ（迦毛の大御神）
タカヒメ（シタデルヒメ）
オホクニヌシ（オホナムヂ・アシハラノシコヲ・ヤチホコ・ウツシクニタマ）
カムヤタテヒメ
コトシロヌシ（ヤヘコトシロヌシ）
八十の神がみ
ヤシマムヂ──トトリ
トリナルミ
ヒナテリヌカタビチヲイコチニ
クニオシトミ
アシナダカ（ヤガハエヒメ）
ハヤミカノタケサハヤヂヌミ
アメノミカヌシ──サキタマヒメ
ミカヌシヒコ
シキヤマヌシ──アヲヌマヲマヌマオシヒメ
オカミ──ヒナラシビメ
タヒリキシマルミ
ヒヒラギノソノハナマヅミ──イクタマサキタマヒメ
ミロナミ
ヌノオシトミトリナルミ
ワカツクシメ
アメノヒバラオホシナドミ
アメノサギリ──トホツマチネ
トホツヤマサキタラシ

【付】その他の神

オホクニヌシ──タケミナカタ
カムムスヒ──スクナビコナ
クエビコ（山田のソホド）
タニグク

六　オホトシの系図

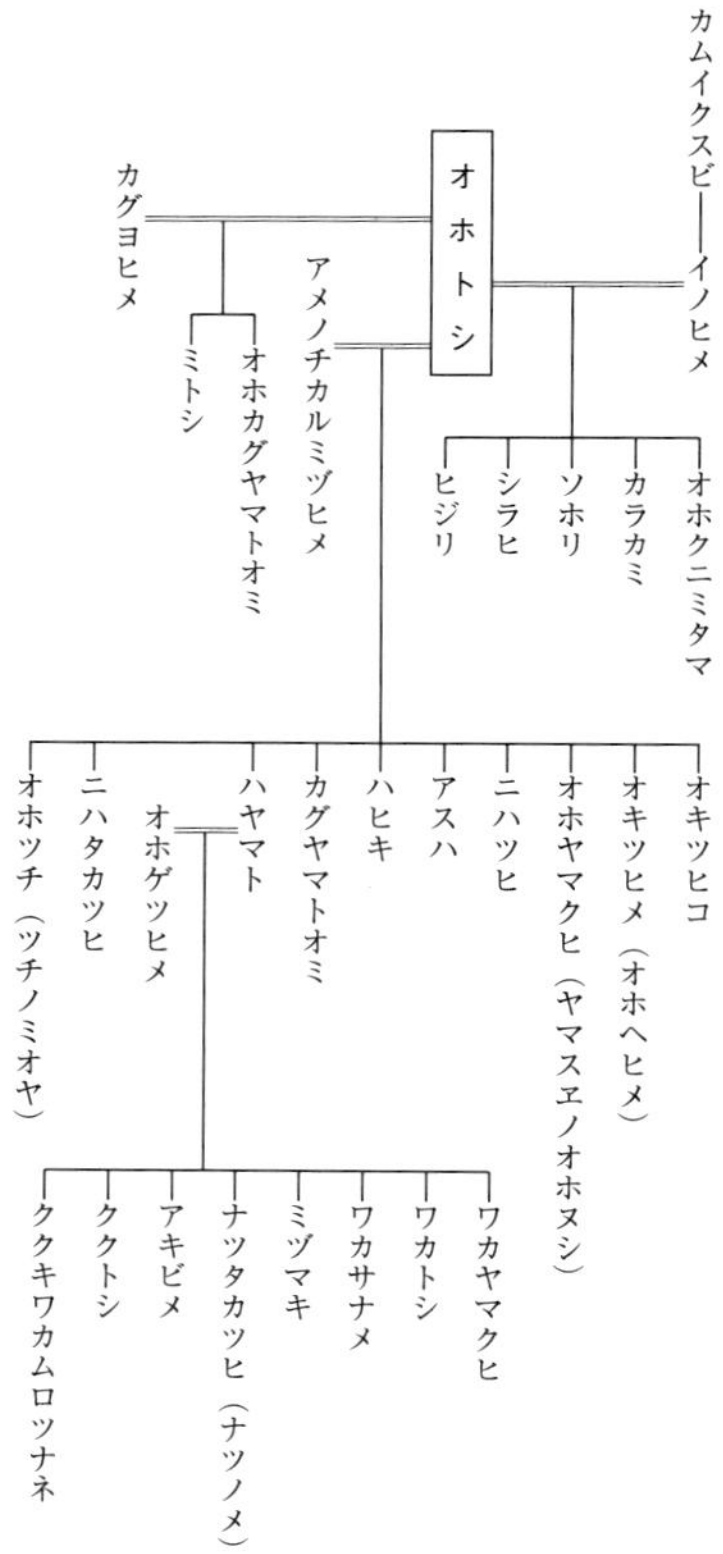
カムイクスビ
イノヒメ
オホトシ
オホクニミタマ
カラカミ
ソホリ
シラヒ
ヒジリ
アメノチカルミヅヒメ
カグヨヒメ
オホカグヤマトオミ
ミトシ
オキツヒコ
オキツヒメ（オホヘヒメ）
オホヤマクヒ（ヤマスヱノオホヌシ）
ニハツヒ
アスハ
ハヒキ
カグヤマトオミ
ハヤマト
オホゲツヒメ
ニハタカツヒ
オホツチ（ツチノミオヤ）
ワカヤマクヒ
ワカトシ
ワカサナメ
ミヅマキ
ナツタカツヒ（ナツノメ）
アキビメ
ククトシ
ククキワカムロツナネ

七　アマテラスの系図

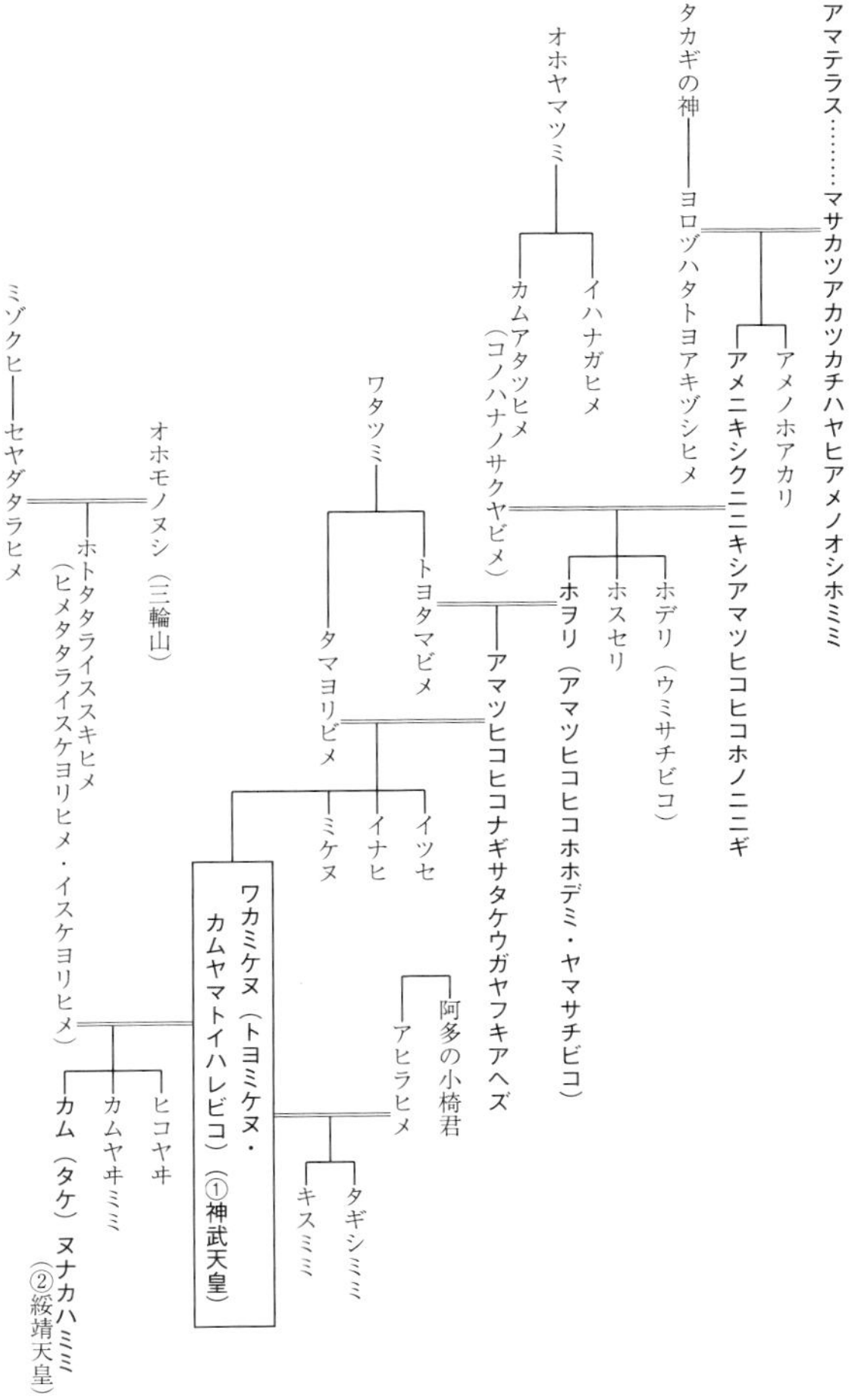
アマテラス……マサカツアカツカチハヤヒアメノオシホミミ
タカギの神
ヨロヅハタトヨアキヅシヒメ
アメノホアカリ
アメニキシクニニキシアマツヒコヒコホノニニギ
オホヤマツミ
イハナガヒメ
カムアタツヒメ（コノハナノサクヤビメ）
ホデリ（ウミサチビコ）
ホスセリ
ホヲリ（アマツヒコヒコホホデミ・ヤマサチビコ）
ワタツミ
トヨタマビメ
アマツヒコヒコナギサタケウガヤフキアヘズ
タマヨリビメ
イツセ
イナヒ
ミケヌ
ワカミケヌ（トヨミケヌ・カムヤマトイハレビコ）（①神武天皇）
阿多の小椅君
アヒラヒメ
タギシミミ
キスミミ
オホモノヌシ（三輪山）
ミゾクヒ
セヤダタラヒメ
ホトタタライススキヒメ（ヒメタタライスケヨリヒメ・イスケヨリヒメ）
ヒコヤヰ
カムヤヰミミ
カム（タケ）ヌナカハミミ（②綏靖天皇）

天皇の系譜

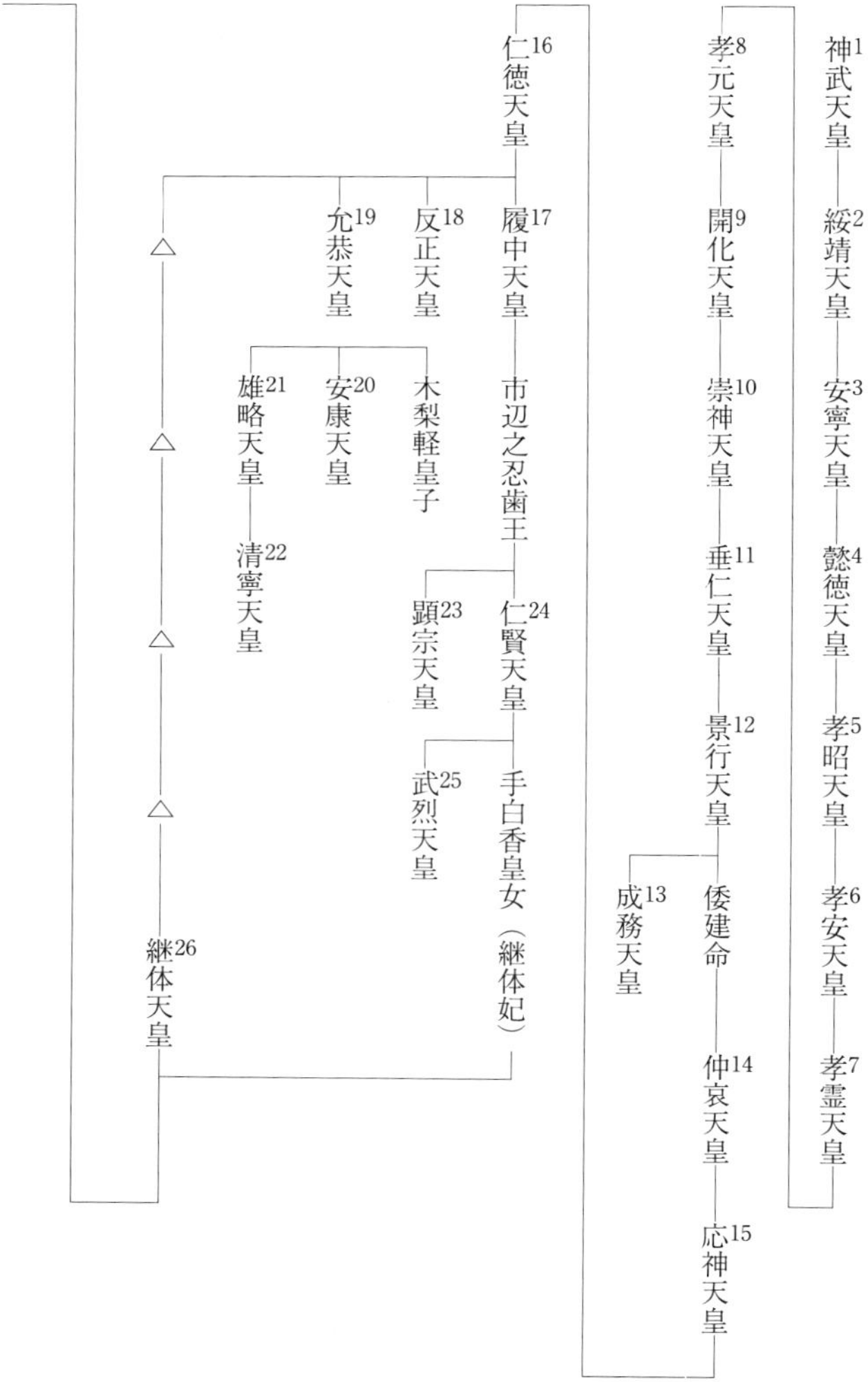
神武天皇[1]
綏靖天皇[2]
安寧天皇[3]
懿徳天皇[4]
孝昭天皇[5]
孝安天皇[6]
孝霊天皇[7]
孝元天皇[8]
開化天皇[9]
崇神天皇[10]
垂仁天皇[11]
景行天皇[12]
成務天皇[13]
倭建命
仲哀天皇[14]
応神天皇[15]
仁徳天皇[16]
履中天皇[17]
反正天皇[18]
允恭天皇[19]
市辺之忍歯王
木梨軽皇子
安康天皇[20]
雄略天皇[21]
清寧天皇[22]
顕宗天皇[23]
仁賢天皇[24]
手白香皇女（継体妃）
武烈天皇[25]
継体天皇[26]

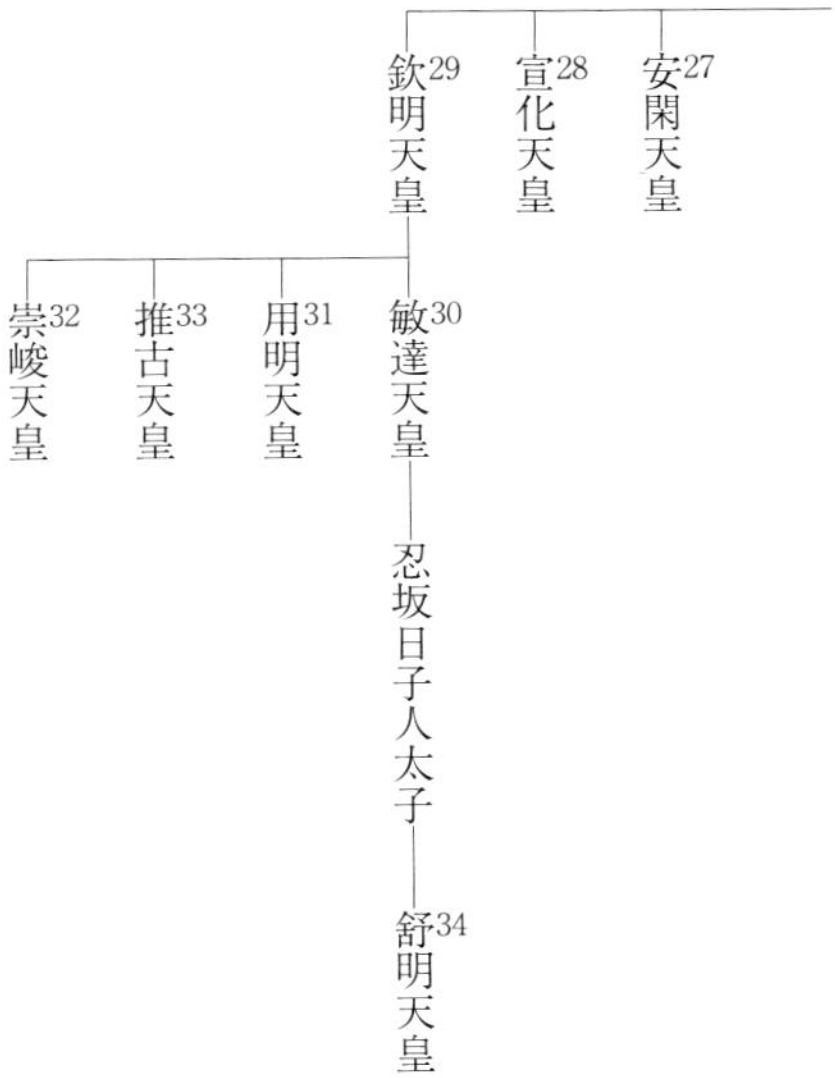
27 安閑天皇
28 宣化天皇
29 欽明天皇
30 敏達天皇
31 用明天皇
33 推古天皇
32 崇峻天皇
忍坂日子人太子
34 舒明天皇

参考文献

古事記とその時代（三浦佑之）

梅沢伊勢三『古事記と日本書紀の成立』吉川弘文館、一九八八年
川田順造『無文字社会の歴史』岩波書店、一九七六年
川田順造『聲』筑摩書房、一九八八年
西郷信綱『古事記の世界』岩波新書、一九六七年
奈良県立橿原考古学研究所附属博物館編『葛城氏の実像』同館発行、二〇〇六年
松前　健『出雲神話』講談社現代新書、一九七六年
三浦佑之『神話と歴史叙述』若草書房、一九九八年
三浦佑之『口語訳　古事記』文藝春秋、二〇〇二年（文春文庫、二〇〇六年）
三浦佑之『古事記講義』文藝春秋、二〇〇三年（文春文庫、二〇〇七年）
三浦佑之『古事記のひみつ』吉川弘文館、二〇〇七年
三谷栄一『古事記成立の研究』有精堂出版、一九八〇年

歴史と神話・伝承（関　和彦）

加藤義成『出雲国風土記参究』原書房、一九五七年
後藤蔵四郎『出雲国風土記考証』大岡山書店、一九二六年
関　和彦『出雲国風土記註論』明石書店、二〇〇六年
関　和彦「出雲古代史と神賀詞」『出雲古代史研究』2、一九九二年

関　和彦『増訂・新古代出雲史』藤原書店、二〇〇六年
瀧音能之『古代の出雲辞典』新人物往来社、二〇〇一年
『式内社調査報告　第二十一巻・山陰道4』式内社研究会、一九八三年
長瀬定市編『斐伊川史』斐伊川史刊行会、一九九七年復刻（初版一九五〇年）

遠征する英雄と歴史（**岡部隆志**）

網野善彦『日本とは何か　日本の歴史00』講談社、二〇〇〇年
石母田正「古代貴族の英雄時代」『論集史学』三省堂、一九四八年
井上光貞『日本の歴史1』中公新書、一九七三年
北山　茂「日本における英雄時代によせて」『続万葉の世紀』東京大学出版会、一九七五年
熊谷公男『大王から天皇へ　日本の歴史03』講談社、二〇〇一年
西郷信綱「古代叙事詩」『日本古代文学』中央公論社、一九四八年
西郷信綱『日本古代文学史』岩波書店、一九五一年
西郷信綱『古事記研究』未来社、一九七三年
西條　勉『古事記と王家の系譜学』笠間書院、二〇〇五年
高木市之助「日本文学における叙事詩時代」『吉野の鮎』岩波書店、一九四一年）a
高木市之助「倭建命と浪漫精神」『吉野の鮎』岩波書店、一九四一年b
都倉義孝「景行天皇と倭建命」『講座日本の神話6』有精堂、一九七六年
三浦佑之『古事記講義』文藝春秋、二〇〇三年
吉井　巌『ヤマトタケル』学生社、一九七七年

五世紀の歴史と伝承（**平林章仁**）

井上光貞「帝紀からみた葛城氏」『日本古代国家の研究』岩波書店、一九六三年
大津　透「大化改新と東国国司」『新版古代の日本』八、角川書店、一九九二年
大橋信弥『日本古代国家の成立と息長氏』吉川弘文館、一九八四年
折口信夫「女帝考」『折口信夫全集』二十、中央公論社、一九五六年
岡田精司「顕宗・仁賢両天皇の実在をめぐって」『歴史手帳』七八、一九八〇年
狩野　久「額田部連と飽波評」『日本古代の国家と都城』東京大学出版会、一九九〇年
鎌田元一『律令公民制の研究』塙書房、二〇〇一年
岸　俊男『日本古代文物の研究』塙書房、一九八八年
鬼頭清明「六世紀までの日本列島」『岩波講座日本通史』2、岩波書店、一九九三年
小林敏男『古代王権と県・県主制の研究』吉川弘文館、一九九四年
西條　勉『古事記と王家の系譜学』笠間書院、二〇〇五年
菅野雅雄『古事記系譜の研究』桜楓社、一九七〇年
関　敬吾『日本昔話大成』一、角川書店、一九七九年
直木孝次郎『日本古代の氏族と天皇』塙書房、一九六四年
直木孝次郎『飛鳥奈良時代の研究』塙書房、一九七五年
直木孝次郎「応神天皇の誕生」『日本歴史』六六四、二〇〇三年（なお、「河内王朝」説関連の論考は『古代河内政権の研究』塙書房、二〇〇五年に収める）
平林章仁『鹿と鳥の文化史』白水社、一九九二年
平林章仁「葛城氏の研究」『歴史読本』五〇―七、新人物往来社、二〇〇五年
平林章仁「古代葛城の地域分割」『史聚』三九・四〇合併号、二〇〇七年

前田晴人『古代王権と難波・河内の豪族』清文堂出版、二〇〇〇年
松倉文比古「仁徳紀の構成（二）」『龍谷紀要』二七―二、二〇〇六年
木簡学会『木簡研究』二七、二〇〇五年。
吉井　巌『天皇の系譜と神話』塙書房、一九六七年
吉井　巌『ヤマトタケル』学生社、一九七七年

死者・異界・魂（辰巳和弘）

伊波普猷「南島古代の葬制」『民族』二―五、一九二七年
西郷信綱『古代人と死』平凡社、一九九九年
辰巳和弘『古墳の思想―象徴のアルケオロジー』白水社、二〇〇二年

古事記の世界観（呉　哲男）

上田正昭『日本神話』岩波書店、一九七〇年
上山春平『神々の体系』中央公論社、一九七二年
上山春平『続　神々の体系』中央公論社、一九七五年
梅沢伊勢三『記紀批判』創文社、一九六二年
梅沢伊勢三『続記紀批判』創文社、一九七六年
大和岩雄『古事記成立考』大和書房、一九七五年
大和岩雄「『古事記』偽書説をめぐって」『東アジアの古代文化』一二三～一三〇号、大和書房、二〇〇五～〇七年
岡田精司『古代王権の祭祀と神話』塙書房、一九七〇年
K・A・ウィトフォーゲル『オリエンタル・デスポティズム』（湯浅赳男翻訳）、新評論、一九九一年

金子修一『中国古代皇帝祭祀の研究』岩波書店、二〇〇六年
熊谷公男『大王から天皇へ　日本の歴史03』講談社、二〇〇一年
呉　哲男『古代日本文学の制度論的研究』おうふう、二〇〇三年
呉　哲男「日本書紀と春秋公羊伝」『相模女子大学紀要』二〇〇六年
呉　哲男「ナショナリズムの起源」『日本文学』一月号、日本文学協会、二〇〇七年
小島　毅『東アジアの儒教と礼』山川出版社、二〇〇四年
西條　勉『古事記と王家の系譜学』笠間書院、二〇〇五年
高橋美由紀「古事記における伊勢神宮」『古事記年報』二十二、一九七五年
寺川眞知夫「タカミムスヒ・アマテラス・伊勢神宮」『万葉古代学研究所年報』第五号、二〇〇七年
直木孝次郎『日本古代の氏族と天皇』塙書房、一九六四年
西嶋定生『秦漢帝国』講談社、一九七七年
早川庄八『日本古代官僚制の研究』岩波書店、一九八六年
早川庄八「律令国家・王朝国家における天皇」『天皇と古代国家』講談社、二〇〇〇年
丸山裕見子「天皇祭祀の変容」『古代天皇制を考える　日本の歴史08』講談社、二〇〇一年
三浦佑之『古事記のひみつ』吉川弘文館、二〇〇七年
三浦佑之「古事記『序』を疑う」『古事記年報』四七、二〇〇五年
三品彰英『建国神話の諸問題』平凡社、一九六一年
溝口睦子『王権神話の二元構造』吉川弘文館、二〇〇〇年
毛利正守「古事記の書記と文体」『古事記年報』四六、二〇〇四年
湯浅赳男『日本史の想像力』新評論、一九八五年

文字からみた古事記（犬飼　隆）

犬飼　隆『上代文字言語の研究』笠間書院、一九九一年（増補版、二〇〇五年）
犬飼　隆『木簡による日本語書記史』笠間書院、二〇〇五年
亀井　孝「古事記はよめるか」『古事記大成　第三巻　言語文字篇』平凡社、一九五七年
神田秀夫『古事記の構造』明治書院、一九五九年
小島憲之『上代日本文学と中国文学（上）』塙書房、一九六二年
小林芳規『古事記　日本思想大系1』岩波書店、一九八二年
小林芳規「字訓史資料としての平城宮木簡」『木簡研究』五号、一九八三年
『時代別国語大辞典上代編』三省堂、一九六七年
瀬間正之『記紀の文字表現と漢訳仏典』おうふう、一九九四年
土居美幸「「参」字考」『萬葉』第一八九号、二〇〇四年
土居美幸「古事記「奉」字考―「マツル」ということば―」『萬葉』二〇〇号、二〇〇八年
中川ゆかり「神話の記述にみられる文字表現」『古事記年報』三一、一九八九年
西田長男「古事記の仏教的文体」『日本古典の史的研究』理想社、一九五六年
西宮一民『古事記修訂板』おうふう、二〇〇二年
西宮一民「古事記と漢文学」『上代文学と漢文学』及古書院、一九八六年
野村雅昭「漢字の機能の歴史」『講座日本語学6　現代表記との史的対照』明治書院、一九八二年
前野直彬『幽明録・遊仙窟』（東洋文庫43）、平凡社、一九六五年
木簡学会『日本古代木簡選』岩波書店、一九九〇年
吉澤義則『対校源氏物語新釈　二』『同　六』国書刊行会、一九七一年

中世神話の世界（斎藤英喜）

阿部泰郎「真福寺本古事記の背景」神野志隆光編『古事記の現在』笠間書院、一九九九年
阿部泰郎「中世王権と中世日本紀」『日本文学』日本文学協会、一九八五年五月
伊藤　聡「伊勢灌頂の世界」『文学』岩波書店、一九九七年十月
伊藤正義「中世日本紀の輪郭」『文学』岩波書店、一九七二年十月
井上寛司「中世の出雲神話と中世日本紀」大阪大学文学部日本史研究室編『古代中世の社会と国家』清文堂出版、一九九八年
岡田荘司「伊勢神道書と古事記」青木周平編『古事記受容史』笠間書院、二〇〇三年
久保田収『中世神道の研究』神道史学会、一九五七年
古賀精一「真福寺本古事記攷」『国語国文』一九四三年五月
小峯和明「中世日本紀をめぐって」『民衆史研究』五九号、二〇〇〇年
斎藤英喜『読み替えられた日本神話』講談社現代新書、二〇〇六年
桜井好朗『中世日本文化の形成』東京大学出版会、一九八一年
神野志隆光『古事記と日本書紀』講談社現代新書、一九九九年
高木博志『近代天皇制と古都』岩波書店、二〇〇六年
田村芳朗「本覚思想と神道理論」『神道大系　天台神道 上』一九七九年
徳田和夫「「中世神話」論の可能性」『別冊国文学・日本神話必携』学燈社、一九八二年
西川長夫「日本型国民国家の形成」西川長夫・松宮秀治編『幕末・明治期の国民国家形成と文化変容』新曜社、一九九五年
三浦佑之『古事記講義』文春文庫、二〇〇七年（初出は二〇〇三年）

山本ひろ子「神道五部書の世界」『国文学　解釈と鑑賞』至文堂、一九八七年九月
山本ひろ子『中世神話』岩波新書、一九九八年

本居宣長の古事記研究（山下久夫）

子安宣邦『「宣長問題」とは何か』ちくま学芸文庫、二〇〇〇年（初版は青土社、一九九五年）
村井　紀『文字の抑圧』青弓社、一九八九年

国定教科書と神話（三浦佑之）

巌谷大四『波の跫音　巌谷小波伝』新潮選書、一九七四年
粉川　宏『国定教科書』新潮選書、一九八五年
三浦佑之『浦島太郎の文学史』五柳書院、一九八九年
三浦佑之「神話と歴史―『新しい歴史教科書』の神話記述をめぐって―」菅原憲二・安田浩編『国境を貫く歴史認識』青木書店、二〇〇二年
三浦佑之「巌谷小波と古事記」『大阪大学　日本学報』二三号、二〇〇四年三月
三浦佑之『古事記のひみつ』吉川弘文館、二〇〇七年
古田東朔編『小学読本便覧』6、武蔵野書院、一九八三年

あとがき

「歴史と古典」と銘打ったシリーズの一冊に古事記をラインナップしたいという話を聞いた時、とても魅力的な企画ではないかと思った。取り上げられる他の作品の事情はよくわからないが、古事記についていえば、歴史学の研究者と文学の研究者は、近くにいるように見えながら実際には棲み分けがはっきりしており、接触が少ないと感じていたからである。内容的に重複する日本書紀が歴史学の領分であるのに対して、古事記は文学研究の対象であるというふうに考えている人は今も少なくない。アプローチのしかたが違うために連携しにくいところもある。

そうした状況を踏まえ、シリーズの意図をじゅうぶんに汲み上げるなら、一つ一つのテーマごとに、文学の側と歴史学の側からそれぞれに論じることで、二つの分野の神話や伝承に対する認識や読みの違いを浮き上がらせるのがよいのかもしれない。しかし、限られた紙幅ではそのような方法はとうてい実現できない。そこで全体を三部に分かち、Ⅰの「歴史と神話・伝承」では、古事記上・中・下の三巻を象徴するテーマについて、Ⅱの「構想と世界観」では、古事記という固有の作品に描かれた構想や世界観について、Ⅲの「古事記以降」では、中世・近世・近代における受容のされ方について、もっともふさわしい書き手を立てて論じてもらうことにした。一冊の小さな書物ではあるが、古事記の全体を見通せる内容にしたかったからである。

そのことと連動して心がけたのは、古事記という作品がもつ奥行きや広がりに対応できる執筆者の人選であった。それぞれの執筆者の専門分野を確認すればわかることだが、古事記という作品は、歴史学と文学の研究者だけではとうていカバーすることのできない多様性をもっている。ここでは「歴史と古典」というシリーズ全体の枠組みを逸脱することはできないので歴史学と文学の周辺領域に限ったが、それでも執筆者は、考古学・日本語学・宗教・思想史など諸分野にわたっている。いずれも、ふだんから私が著書や論文を通して教えを受けている方々である。

本書の刊行が、古事記へのアプローチの仕方や読み方にはいくつもの方法があるのだということを知るきっかけになってくれればと願っている。そして、それらが何のつながりもなく別個に行われるのではなく、縦横に組み合わされ、時には対立し時には補強し合いながら進展していくのが理想なのではないかと考えている。多忙な時間を割いて執筆してくださったみなさんに感謝したい。

この本が、「古典離れ」が指摘されて久しい現在、若い人たちを「歴史と古典」の世界に呼び寄せる足がかりになってくれるなら、とてもうれしい。

二〇〇八年三月　満開の桜を愛でつつ

三浦佑之

執筆者紹介（生年、現職、専門分野、主要著書）―執筆順

三浦《みうら》佑之《すけゆき》　→別掲

関《せき》　和彦《かずひこ》　一九四六年生れ　共立女子第二中学高等学校校長　日本古代史
『出雲国風土記註論』明石書店、二〇〇六年
『古代出雲への旅』中公新書、二〇〇五年

岡部《おかべ》隆志《たかし》　一九四九年生れ　共立女子短期大学教授　古代文学・近現代文学・民俗学
『中国少数民族文化調査全記録』（共著）大修館書店、二〇〇〇年
『古代文学の表象と論理』武蔵野書院、二〇〇三年

平林《ひらばやし》章仁《あきひと》　一九四八年生れ　龍谷大学文学部教授　日本古代史
『七世紀の古代史』白水社、二〇〇二年
『神々と肉食の古代史』吉川弘文館、二〇〇七年

辰巳《たつみ》和弘《かずひろ》　一九四六年生れ　同志社大学教授　古代学
『新古代学の視点』小学館、二〇〇六年
『古墳の思想―象徴のアルケオロジー―』白水社、二〇〇二年

呉《ご》　哲《てつ》男《お》　一九四五年生れ　相模女子大学教授　日本古代文学
『古代日本文学の制度論的研究』おうふう、二〇〇三年
『古代言語探究』五柳書院、一九九二年

犬《いぬ》飼《かい》　隆《たかし》　一九四八年生れ　愛知県立大学文学部教授　日本語史
『上代文字言語の研究』笠間書院、一九九二年
『木簡による日本語書記史』笠間書院、二〇〇五年

斎《さい》藤《とう》英《ひで》喜《き》　一九五五年生れ　佛教大学文学部教授　神話伝承学・宗教文化論
『読み替えられた日本神話』講談社現代新書、二〇〇六年
『陰陽道の神々』思文閣出版、二〇〇七年

山《やま》下《した》久《ひさ》夫《お》　一九四八年生れ　金沢学院大学文学部教授　日本文学・日本思想史
『秋成の「古代」』森話社、二〇〇四年
『本居宣長と「自然」』沖積舎、一九八八年

編者略歴

一九四六年生まれ

千葉大学文学部教授（文学部長）

古代文学・伝承文学

〔主要著書〕

古事記講義　口語訳古事記　古事記を旅する

日本古代文学入門　神話と歴史叙述　古代叙事伝承の研究　古事記のひみつ

歴史と古典

古事記を読む

二〇〇八年（平成二十）六月一日　第一刷発行

編　者　三《み》浦《うら》佑《すけ》之《ゆき》

発行者　前田求恭

発行所　株式会社　吉川弘文館

郵便番号一一三—〇〇三三

東京都文京区本郷七丁目二番八号

電話〇三—三八一三—九一五一〈代表〉

振替口座〇〇一〇〇—五—二四四番

http://www.yoshikawa-k.co.jp/

印刷＝株式会社 理想社

製本＝誠製本株式会社

装幀＝清水良洋

ISBN978-4-642-07150-5

歴史と古典

刊行のことば

日本には、世界に比し膨大な量の歴史資料や古典が私たちの共有財産として残されています。物語や和歌、演じられた芸能などは、誕生した同時代の人を楽しませ、後世の人には古典の楽しさとともに、書かれたその時代を雄弁に語る資料として今日まで親しまれてきました。当時の人には同時代を描いたものであり、時代背景や物事の決まりなどについては解説の必要はありません。ところが、今日の私たちが古典を読むときには、そのままに理解できることと、言葉の意味さえ変わってしまい今ではわからなくなってしまったことがあります。古典に描かれた世界をその時代背景とともに理解するには、適切な水先案内人が必要となってきています。

このたび刊行の「歴史と古典」シリーズは、歴史学・考古学や日本文学などの諸分野の研究者の協業により、古典の内容を明らかにするとともに、その時代の有り様を読み解き、歴史を知るための資料としての古典を浮かび上がらせていきます。

取り上げる古典は、いずれも歴史事実をもとにして構成され、虚構を交えながらも歴史像と時代の心意を表現しています。その虚構さえ、その時代の制約から逃れることはできず、歴史を知る鍵ともなっているはずです。

本シリーズにより、みなさまが古典を読み解くとき、内容を知るだけではなく、描かれた時代やその歴史を今まで以上に豊かなものとし、古典の世界を楽しく、そして深く理解するために、その一助ともなれば望外の幸せに存じます。

二〇〇八年五月　吉川弘文館

歴史と古典

全10巻の構成

古事記を読む	三浦佑之編	二九四〇円
万葉集を読む	古橋信孝編	（続　刊）
将門記を読む	川尻秋生編	（続　刊）
源氏物語を読む	瀧浪貞子編	（次回配本）
今昔物語集を読む	小峯和明編	（続　刊）
平家物語を読む	川合　康編	（続　刊）
北野天神縁起を読む	竹居明男編	（続　刊）
太平記を読む	市沢　哲編	（続　刊）
信長公記を読む	堀　　新編	（続　刊）
仮名手本忠臣蔵を読む	服部幸雄編	（続　刊）

（価格は税込）